In a week,
一週間後、
I will
あなたを殺します
kill you
幼田ヒロ
イラスト あるてら

CONTENTS

目次

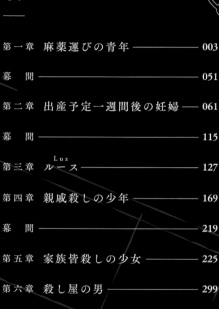

「一週間後、あなたを殺しま

一週間後、あなたを殺します

幼田ヒロ

GA文庫

カバー・口絵　本文イラスト
あるてら

第一章——麻薬運びの青年

DAY 1

「一週間後、あなたを殺します」

陽気な音楽の流れる大衆酒場に似つかわしくないセリフが、耳元で囁《ささや》かれた。

カウンターで一人飲んでいた、目つきの悪い青年は、即座に声の主へ視線を走らせる。

火山地帯に属するこの街ではポピュラーな、灰除《はいよ》け用のフードを被《かぶ》った少女が、すぐ後ろに立っていた。

そのフードは一般的なものと違い、二つの突起が猫耳型に盛り上がっている。

フードにはマントが付いており、そのマントの下から、尻尾《しっぽ》のような紐《ひも》がぶらさがっていた。

明らかに異質な出《い》で立ち。だが青年は見た目のことよりも、かけられた言葉の方がよっぽど気になっていた。

「酔ってるのか？　冗談なら笑えるやつにしてくれよ」

「冗談ではありません。あなたには心当たりがあるはずです」

そこではじめて青年は、少女の顔を覗《のぞ》き込む。

この辺りでは珍しい黒髪や、端正な顔立ちより先に、左右色違いの瞳《ひとみ》が青年の目を惹《ひ》いた。

右目が金色、左目が蒼《あお》色のオッドアイ。

別の世界から来たような容姿に呆《ほう》けそうになった青年を正気に戻したのは、脳内に蘇《よみがえ》った物騒なセリフ。

『一週間後、あなたを殺します』

明確な殺害予告。なぜ一週間の猶予があるのかは分からないが、命を狙《ねら》われる理由には心当たりがあった。

「場所、変えねえか」

「ビール、飲みかけじゃないですか。これから一週間、あなたから離れませんので、どこにいても同じです。一杯付き合いますよ」

青年が何か言う前に、少女は店員にジンジャーエールを注文した。

「こんな時にのんびり飲んでられっかよ！」

青年はコインをカウンターに叩《たた》きつけ、店から勢いよく飛び出した。

裏路地に入り、細い道へ身体《からだ》をねじ込む。幾重にもパイプが入り組んでおり、一見猫くらいしか通れなさそうなルートを、蛇のように身をよじって奥へ奥へと進んでいく。

青年はパイプの間に挟まりながら息を整え、身体の中で魔力を練り、祝詞《ノリト》を口にした。

「《隠　影《ハイド・スキア》》」

すると、青年の姿が視覚的に消えた。

この魔法のおかげで今まで安全に仕事をしてこられた。どんな状況でも逃走できた。

魔法。それは、人間の体内で作られる魔力を、独自の方法で練り上げ、体内から外の世界に出力することで起こる現象。

出力する際、発動したい魔法に合った言葉の羅列『祝詞』を唱える必要がある。

誰《だれ》でも使うことができるが、人によって使える魔法は千差万別。

青年は、この魔法に自信があった。姿を消せる魔法を使える人間なんて、周りには一人もいなかった。

「飲みかけのビール、持ってきてあげましたよ。良い場所ですね。私もここで飲みます」

青年の頭上を走るパイプに足をかけ、逆さ吊《づ》りになった少女は、視《み》えていないはずの青年の目を見据え、その頭の上に器用にジョッキを置く。

少女は逆さ吊りのままジンジャーエールを口に含んだ。

口の中から溢《あふ》れた飴色《あめいろ》の液体は、重力に従いボタボタと落ちてゆく。

こぼれてしまいました、と少女はぽつんと呟《つぶや》いた。

とっておきの魔法が効かない。それを悟った青年は、頭の上に置かれたジョッキをゆったりと手に取り、一気にあおいだ。炭酸が抜けていて不味《まず》かった。

「まだ死にたくねぇなぁ」

「死にます。一週間後に私が殺します」

「なんで一週間後なんだよ」

「私のポリシーです。この一週間、身辺整理するなり遊ぶなり好きにしてください」

「あーマジかぁ。マジ、かぁ。俺《おれ》、死ぬのかぁ」

青年は魔法を解除し、すぐ傍《そば》をよぎった猫の背を撫《な》でた。

猫は嫌がるように身をよじり、文句を言うように低い唸《うな》り声を上げた。

「何度やっても同じですよ」

「くそっ、勝てねぇ！　お前まだ一二歳そこらだろ！　なんでそんなに強いんだ！」

青年は少女の拘束から抜け出そうとしたが、身体はピクリとも動かなかった。

「生まれた時から訓練を受けてきましたので。あと私は一四歳です」

組み伏せられた青年は、抵抗の意思がないことを示すべく、手の平で地面を叩く。

瞬時に腕を解いた少女は、青年の手を摑《つか》み、引っ張って立ち上がらせた。

「魔法も肉弾戦も仕込み武器も、何もかも効かねぇ」

身体強化系の魔法でも使っているのか、視認さえ難しいほどのスピードと、圧倒的なパワーで捻《ね》じ伏せられる。攻撃系の魔法も全《すべ》て弾かれた。こんなに強い人間、見たことない。

「当然です。素人のあなたに、私は倒せない」

「それだけ人間離れした動きを長時間続けてるなら、魔力なんてすぐ枯れるはずだろうが！」

「鍛え方が違いますので」

魔力も体力と同じく、後天的に伸ばすことができる。にしてもこれは異常だ。

「抵抗が無駄だと分かったのなら、早く自分のために行動した方がいいですよ。あなたは残り一週間しか生きられないんですから」

「うるさいっ。チッ、なんで自分を殺しに来たやつと、一緒にいなきゃいけねぇんだ」

「私が依頼を受けたからです。私以外の殺し屋だったら、既にあなたは死んでいましたよ」

「そっちの方がマシだったかもしれねぇ」

「そう言わずに。何かやっておきたいことはありませんか？　私にできることなら、可能な範囲で手伝いますよ」

「殺し屋に手伝いなんか頼むかよ。それに、やっておきたいことなんてすぐには思いつかねぇ」

「表通りでも歩きながら考えましょう」

先導するように、少女は裏路地から表通りへ足を踏み出した。

青年は少女に続き、肩を並べて通りを歩く。

「自分を殺すやつが隣を歩いてると思うと、頭がおかしくなりそうだぜ」

「実際、恐怖に耐えられなかった人もいましたよ。あなたは理性的な方です。理性的なほど一週間の間に、いくらか後悔を潰《つぶ》して死んでいきます」

「後悔。後悔ねぇ」

青年は、遠くを見つめるように目を細めた。

西日が傾き、表通りが茜色《あかねいろ》に染まっていく。

この街には火山が付近にいくつもあり、街の人間の多くは、鉱山資源の採掘に勤《いそ》しむ者とその家族。

仕事終わりのこの時間、表通りは人で溢れる。

青年と同じく二〇歳くらいの若者のグループ。父を迎えに来た母と子。仲睦《なかむつ》まじい男女。

青年の視線が、煤《すす》けた頰《ほお》をした女性に抱き着いている兄妹を捉《とら》えた。

「あの家族が気になりますか」

「ん？　ああ。家ぇ飛び出した時のこと思い出した。俺、妹《いもうと》いんだよ」

「私も兄、みたいな人がいます」

少女もまた、目を細めて兄妹を眺めていた。

「……お前の兄貴分も殺し屋なのか？」

「はい」

「ふーん。仲良いの？」

「訓練や食事はほとんど一緒でした」

「へー。そりゃ良いこった」

「家を飛び出したのは、ご家族と仲が悪かったからですか？」

「いや、良くも悪くもなかった。ただ、貧乏でさ。環境に耐えられなくなって、金持ちになってやるー！　つって、家を飛び出したんだよ。そっから中央の街に行って、食いもん屋で住み込みで働いてたけど、給料安くてさ。もっと金が欲しくて、そういう不満漏《も》らした客ん中に、麻薬の商人がいて――」

　この国ではよくある話だった。貧富の差が激しく、貧しいものは犯罪に手を染めるしか、金持ちになる方法がない。

「麻薬運びをするようになった、と。では家族とはもうずっと連絡を取っていないんですね」

「だな。あいつらまだ貧乏なんかな」

「仕送りしてあげたらどうですか」

　青年は不満そうに眉間にシワを寄せた後、先ほどの兄妹に視線を滑らせ、フッと力を抜いた。

「……そうだな。俺、どうせ死ぬし。金持っててもしょうがないか」

「今日やること、決まりましたね。急ぎましょう。銀行と郵便局、もう閉まっちゃいますから。あなたの時間は限られているので、明日にまわしたくありません」

　少女は青年の手を引いて、銀行の方へ急がせた。

「待てって。俺、金は全部家にあるから」

「あぁ。あなたみたいな人は口座作れませんでしたね」

　少女の手を振り払って表通りから裏路地へ移動し、祝詞を唱える。

「《隠影《ハイド・スキア》》。おい、殺し屋、お前も魔法使え。念のためにな」

「了解」

少女は音もなく姿を消した。

「祝詞を唱えずに魔法を使った？」

「細かいことはいいです。行きましょう」

「お、おう」

青年には、どこから声がしたのか分からなかった。

人が通れるくらい大きなダミーダクトを通って、隠れ家に向かう間、少女の気配は元より、身動きの際に発生するはずの音さえ聞こえなかった。

改めて青年は、この少女から逃れられないことを悟った。


「住所書かないと送れない感じっすか」

「はい。規定でそのようになっております」

「そっすか」

青年は住所不定。住所を明記しなければ、現金書留を利用することができなかった。

この国、キイリングは他国に比べて、銀行などの金融機関が発達しているため、お金周りにうるさい。

受理されなかった申請書と、札束《さつたば》を手に受付から離れた青年に、少女は駆け寄った。

「申請書を貸してください」

申請書に書かれた名前『リカルド・シルヴァ』の下の空白の住所欄に、書き慣れた筆致でこの辺りの住所を書き込んでいく。

リカルドの手から半分ほどお札を抜き取り、申請書と一緒に受付に持っていく。

少女はあっさり手続きを終えて戻ってきた。

「え、住所、どうやって」

「仕事柄、各地に『家』があります。そこの住所を書きました」

「なんで金全部送らなかったんだ。あ！　お前ふんだくるつもりだろ！」

「違います。きっと一週間の間に必要になると思ったんです。最期の日までに、あなたがこのお金を使うべきだと判断しました」

「余計なことしやがって」

「ともかく。これで手続きは終わりです。仕送りをしてみて、どんな気持ちになりました？」

「どんな気持ちも何も別に。何とも」

「そうですか」

少女は、リカルドが気付かないほど小さく肩を落とした。

「さー飯食うかぁ。お前も付いてくんのか？」

「当たり前です。二四時間監視体制です」

「トイレや風呂《ふろ》もか？」

リカルドは冗談のつもりでそう言ったが、少女は眉《まゆ》一つ動かさず「当然です」と答えた。

「仕事に忠実ってわけか」

「はい。見慣れてますし平気です」

「その年で見慣れてるってのも、いや、お前みたいなやつに言っても意味ないか」

「早く食事しに行きましょう。お腹空《なかす》きました」

「はー。何だかなぁ」


リカルドは食事後、すぐに隠れ家に帰り、少女に背を向け手早くシャワーを浴びてから、カビ臭い寝床に潜り込んだ。そんなリカルドに少女は「おやすみなさい」と囁く。

リカルドは挨拶《あいさつ》を返さず目を閉じ、そのまま数時間が経過した。寝返りを打ち薄目を開ける。

少女は立ったまま目を閉じていた。胸は浅く上下しており、寝息のようなものも聞こえた。

少女が寝入っていることを確認したリカルドは、寝床に隠してある投げナイフを握り、音を立てずに狙いを定める。喉元《のどもと》目がけて放たれたナイフの風を切る音が、部屋に響いた。

少女は目を閉じたまま小首を傾《かし》げ、右手で飛んできたナイフの柄を掴む。

「諦《あきら》めが悪いですね。無駄です。どう足掻《あが》いても、私からは逃れられません」

未《いま》だ瞳を閉じたまま、指先にナイフの切っ先をのせて弄《もてあそ》んでいる。

「バケモンがよ。一週間後、睡眠不足でふらふらになったところを襲ってやる」

「睡眠不足にはなりません。日中から適宜脳を休ませていますので」

「クソがっ！　……なんで俺、死ななきゃいけねぇんだ」

「麻薬運びに失敗した上、麻薬倉庫から大量の麻薬を持ち逃げしたからです」

「それって殺されるほどのことなのか？」

「あなたの雇い主からしたら、殺したいどころじゃ済まないでしょうね。メンツが潰れ、取引先からの信用も失い、高価な麻薬も盗まれた。あなたの雇い主は最初、生きたまま捕まえるよう依頼しに来ましたが、私の組織は殺ししか承っておりませんので、渋々受け入れていただきました。仮に失敗していなくとも、軍警察に捕まれば死罪です。たとえ運ぶだけの立場であろうとも。今、この国では麻薬が蔓延《まんえん》しており、国が総力をあげて取り締まっています。厳罰化が進む一方で、ゆくゆくは所持者にも罰が下るようになるのではないかと言――」

「もういい分かった！」

「はい。口、つぐみます」

少女はリカルドに投げられたナイフで口元を隠した。

そのまま先ほどと同じように立ったまま目をつぶる。

その日、リカルドは明け方まで眠ることができなかった。

DAY2

「まだ死んでねぇ」

リカルドは寝ぼけ眼《まなこ》のまま、自身の身体に目を走らせる。

気配を感じ横を見ると、ベッドの傍《かたわ》らに少女が立っていた。

「私は殺し屋ですが嘘吐《うそつ》きではありません。約束は守ります。あと六日は殺しません」

リカルドが目を覚ましたのは、昼過ぎだった。

「数日後に死ぬって分かってるのに、いっちょまえに腹は減る。何か買いに行くか――」

「通りのパン屋さん、気になってます」

「あっそ」

リカルドは無造作に財布を懐《ふところ》に入れて、少女と共に通りへ出る。

通りは昼ご飯を求める人間でひしめいており、需要に応《こた》えるべく彩《いろど》り豊かな店たちが軒を連ね、美味《おい》しそうな匂《にお》いを漂わせていた。

「良い匂いだ。あそこにしよ」

リカルドが吸い寄せられたのはパン屋だった。

「優しいところあるんですね。私の希望を聞いてくれるなんて」

「偶然だわ」

各々《おのおの》好きなパンを買い、ベンチに腰かけて食べる。

「お前さ、シャワーとかトイレとか行ってるとこ、昨日から見てないけどどうしてんだ?」

「食事中にそういう話はちょっと。それに女の子にそういうこと聞くの、どうかと思います」

「殺し屋風情が何言ってやがる」

「それもそうですね。疑問にお答えすると、ちゃんと行ってます。あなたが寝ている間に」

「途中で俺が起きたらどうするんだよ」

「探知魔法を使用しているのでシャワー中、排泄《はいせつ》中であろうと対応可能です。対応が難しい環境だとしても問題ありません。ある程度の日数、排泄せずとも稼働できる訓練を積んでいますので」

「もうどんな話聞いても驚かなくなってきたわ」

一つ目のパンを食べ終わったリカルドは、二つ目を手に取った。

「菓子パンがお好きなんですね」

リカルドが購入したパンは全て菓子パンだった。

「そういうお前もチョコパンじゃねぇか。まあ、菓子パンってか、菓子が好きで。そういえばちっせぇ頃、菓子職人《パティシエール》になりたいとか思ってたような気ぃするわ。俺みたいなやつがなれるわけねぇのにな」

「………」

少女はそれから黙ってパンを咀嚼《そしゃく》し続けた。一口が小さいため、リカルドが三つ目のパンを食べ終わるのと、少女が一つのパンを食べ終わるのは同時だった。

「やることねぇし昼寝でもすっかなー」

「お菓子、作りましょう」

「はい？」

少女は口元に付いたパンくずを舌で舐《な》めとってから、強引《ごういん》にリカルドの腕を引っ張り、食材を購入すべく食料品店へ連れ込んだ。


「こんな帽子まで必要か？」

リカルドの頭には、少女が白い紙で作った縦長の帽子が鎮座していた。

「コック帽って言うんですよ。衛生面を考えると必要です。髪の毛が混入したら大変です」

「分かっちゃいるが、ちょっと立派過ぎないか？」

「形から入るのが私のポリシーです」

「ポリシー多いのな。んで、何作るんだよ」

「クッキーを作りましょう。レシピはそこの棚にあります」

二人は、少女の組織がこの辺りに持っている『家』の一つに来ていた。リカルドの隠れ家にはロクな調理器具がなかったためだ。

調理が始まった。少女は材料や器具の受け渡しに徹する。

リカルドは、ぎこちないながらも丁寧に、真剣な眼差《まなざ》しで、形を整えた生地をオーブンに入れた。その様を、少女はじっと眺めていた。

「俺さ、菓子作りってもっと難しいもんだと思ってたんだけど、案外できるもんだな」

リカルドは焼き上がったクッキーを不思議そうに見つめた。

どうにも自分が作ったのだという実感が湧《わ》かない。

「足を踏み入れさえすれば後は何とかなるものです。最初の一歩を踏み出す勇気さえあれば」

「そういうのよく分かんね」

キッチンからリビングのテーブルへ二人で移動し、焼き上がったばかりのクッキーを並べる。

「いただきましょう。冷えてカリカリになったクッキーもいいですが、出来たてでやわらかいクッキーもまたいいものです」

「ちょっと待て。味見させてくれ」

「する必要はありません」

少女はリカルドの制止を聞かず、大口を開けて一枚まるごと口に放り込んだ。

「ど、どうだ⁉」

リカルドは思わずテーブルに身を乗り出した。

「やっぱり、味見なんて必要ありませんでしたよ。美味しいです」

少女は常に無表情。それは今も変わらない。ただ、声音は弾んでいた。

「そ、そっか。俺も食ってみっか」

一枚頬張《ほおば》る。すぐに二枚目、三枚目と口に入れ、音を立てて噛《か》み砕《くだ》く。

「ちょうど良い甘さで食べやすいですよね。何枚でもいけちゃいます」

「ああ、そうだな。レシピのおかげだ」

「でも、作ったのはあなたです。これは、あなたのクッキーです」

リカルドは表情を見られないように、少女から顔を逸《そ》らした。

「片付けは俺一人でやる。やらせてくれ。お前は残りのクッキー食ってろ」

テーブルに置いておいたコック帽を目深に被り、リカルドはキッチンへ向かった。

少女はその後ろ姿を目を細めて見送った後、やや形が不ぞろいのクッキーへ手を伸ばした。

ＤＡＹ３

「今日はお菓子作りしないいんですか？」

賑《にぎ》わっている表通りを、二人は人波をかき分けながら進む。

半歩後ろを歩く少女に話しかけられたリカルドは、視線を前に向けたまま答える。

「しない。暇つぶしに散歩する。隠れ家にいるとお前が視界に入るから、息が詰まるんだよ」

「慣れてください」

「死神が近くにいることに、慣れるわけねぇだろ」

「死神ですか。よく私の二つ名を知ってましたね」

「知らなかったけど。お前そんな風に言われてんのかよ。見た目だけなら黒猫とかいう二つ名付いてそうなのにな」

爛々《らんらん》と光る金と蒼のオッドアイ。艶《つや》やかな黒髪。黒い猫耳付きフード、黒いインナー、黒いショートパンツ、黒いタイツ、臀部《でんぶ》から垂れている尻尾みたいな紐をまじまじと眺める。

「新人時代は黒猫って呼ばれてましたよ。任務をこなし続けていたら、いつの間にか死神に変わってました」

「見た目より功績の方が有名になったのな。あのさ、ずっと気になってたんだけど、その猫耳と尻尾なんなの？　仮装？」

「どちらも暗器が仕込まれています」

「聞かなきゃ良かった。はぁ。どっか見晴らし良い場所ねぇかな」

「ありますよ。ちょっと歩きますけど」

「そこ行くか」

「了解。先導します」

少女は足早にリカルドを追い越した。そんな少女の、臀部付近から生えているように見える、尻尾のような紐に目を取られながら、リカルドは後を追う。

「この火山地帯に、こんな場所があったんだなぁ」

「昔、地震があって地形が変化して、こうなったらしいです」

辿《たど》り着いたのは、開けた平地。暗色の多いこの街には似つかわしくない、見渡す限りの緑。

地平線の見える草原。リカルドは自分と同じくらいの背丈の岩に手足をかけた。くぼみを利用してひょいひょいと器用に登り、天辺で腰を下ろす。

「何もない、つまらない場所のはずなのに、なんでか肩の力が抜けやがる」

「ここには何もありません。だからこそ空気が美味しく感じられ、ただそこに在るだけの自然を美しく思い、己《おのれ》と向き合うことができるんです」

「自分と向き合って何になるんだよ。一銭にもならん」

「生きやすくなります」

「生きやすくなるだと？　俺あと数日しか生きられないんだけど。お前なりのジョークか？」

「いいえ。本気で言ってますよ」

「お前が何を伝えたいのか分からん」

「おや、見てください。あんなところに人がいますよ」

少女は手でひさしを作り、草原と森の境目へ目を向けた。

「ほんとだ。ふらついてんな。怪我《けが》人か病人か」

「声かけてみましょう」

「んなことする必要ないだろ」

「暇つぶしにはぴったりじゃないですか。どうせあと数分もすれば、景色に飽きて帰りたくなるんでしょうし」

「お前さぁ。はぁ、めんどくせ」

摑まれた手を振りほどこうとせず、少女が進むままに身を任せた。

「どうされました？　どこか悪いんですか？」

少女は、森の中に入っていこうとしている、リカルドと同じ二〇歳そこそこに見える男性の肩を叩く。

「うあ？　あー」

焦点の合っていない落ちくぼんだ目。唇の端からこぼれる粘性を持った涎《よだれ》。露出された腕に浮かぶ多数の注射痕。

「なんだコイツ」

「分からないんですか？　あなたが運んでいたのと同じ種類の麻薬の使用者ですよ。見たことないんですか？」

「ラリッてるやつは数人見てきたが、ここまでのやつは見たことねぇ」

少女は、後ずさりするリカルドの手を摑み、引き寄せた。

「付いて行ってみましょう」

「嫌だ」

「どうせ暇なんですからいいでしょう」

「暇じゃねぇ。やりたいことが」

「あるんですか?」

「い、いや、その」

問答をしている間に、どんどん森の奥へ。途中、男性が倒れて、動かなくなった。

「亡くなってはいないようですね」

少女は小さな身体で男性を担《かつ》いだ。が、背負ったものの体格差のせいで、男性の足先がずるずると地面をこすってしまっている。

「貸せ。俺がやる」

リカルドは、少女から男性を引き継いでおぶった。

「どんな心境の変化ですか」

「別に」

男性が目指していた方角へ向かって、二人は並んで歩く。人が何度も歩いた形跡のある道を。見えてくる。森の中にぽっかり空いた空間が。そこに無数に存在するテントが。呻《うめ》く人々が。

その中の一人が、リカルドに駆け寄ってきた。

「連れて来てくださったのですか⁉　ありがとうございます！」

周りの中毒者たちに比べて血色の良い、若い女性がリカルドから男性を受け取り、肩を抱いてテントへ連れていった。

「麻薬をやり過ぎると、こんな風に、なっちまうんだな」

頭を押さえてうずくまっている者、不明瞭な言葉を呟きながら宙を掻く者、ひたすらその場でぐるぐる回り続けている者。皆一様にやせ細っていた。

「ええ。麻薬は人を壊します。だからこんなもの、流行《はや》らせてはいけないんです」

意識不明瞭な者たちが大半の中、一人だけニコニコ笑いながら近づいてきた男がいた。

「聞いてくれよ！　ようやく事業が軌道に乗ったんだ！　これで従業員を増やせるし、これまで辛《つら》い思いをさせてきた家族に楽をさせてやれる！」

テンション高くそう言ったかと思ったら、急に目が虚《うつ》ろになり、静かになった。

その男は胸元《むなもと》に手を突っ込み、服の生地の裏に隠していた注射器を取り出す。

少女は男の手から注射器を取り上げ、真っ二つにし、遠くへ投げ捨てた。

「うあああ！　それをよこせええええ！」

「ごめんなさい、ちょっと寝ててください」

麻薬を取り上げられて叫び出した人の後ろに回り込み、首筋に手刀を叩き込む。

「な、なんてことを！」

テントから戻って来た女性が、血相を変えて少女たちのもとへ走ってきた。

「フェリキタスを服用しようとしていたので、取り上げて破棄しました。すると暴《あば》れ出《だ》したので、意識を失ってもらいました。しばらくしたら起きるはずです」

フェリキタスは蔓延している麻薬の中でも、特に厄介なもの。

都合の悪い記憶を一時的に消し、幸せだった頃の記憶だけを呼び起こして繋《つな》げる。凄《すさ》まじい多幸感を得られる反面、離脱症状も重い。他の麻薬より高値で取引されているため、裏組織に多くの金が集まるという弊害もある。

「そうですか、まだ隠し持っていたのですね」

「ここは？　あなたが責任者ですか？」

「一応、責任者、ということになるのでしょうか。ここは、麻薬のせいで家族に捨てられた者や、生活できなくなった中毒者たちが、身を寄せ合う場所なんです」

「なるほど。見たところ、設備や食料が不足しているようですが」

「動ける者だけで日銭を稼いでいるのですが、どんどん動ける者が減ってきておりまして。先ほど連れて来ていただいた彼も稼ぎに行っていたはずなんですが、あの様子を見ると、おそらく再び麻薬に手を出してしまったのでしょうね」

俯《うつむ》いてしまった女性に、少女はマントの中から小袋をいくつか取り出し、差し出した。

「これ、使ってください。少ないですが、食料と、包帯、消毒液諸々の簡易医療キットです」

「ほ、本当にいただいていいんですか?」

「はい」

「ありがとうございます！　でも、どうして見ず知らずのわたしたちに?」

女性は、小袋を大事そうに胸に抱きながらそう聞く。

「人助けが趣味なもので」

「それは、良い趣味をお持ちですね」

女性のこけた頬が、柔らかく持ち上がった。


「殺し屋の趣味が人助けってどういうことだよ」

「いけませんか?」

「矛盾してるだろ」

「そうでしょうか」

森から平原に戻った二人は、岩の上で沈みゆく夕日を眺めながら、ポツポツと話す。

「なんで麻薬なんてやっちまうんだろ」

「理由は様々です。辛いことがあって、それを忘れたいだとか、楽になれる薬だよ、なんて言われて渡されたりだとか、食べ物の中に少量混ぜられたりだとか」

「騙《だま》されるパターンもあるのか。ひでえな」

「ですね。ああいう人たちを減らすために、国が厳罰化を進めてるんです。麻薬を作る者、売る者、人から人へ流す者。どこかの段階で食い止めなければいけないんです」

「…………」

リカルドは黙って、夜の帳《とばり》が降りてゆく様を見つめた。

DAY4

「物資の補充をするために『家』に行きたいんですけど」

リカルドの隠れ家で、朝食のパンを食べ終わった少女が口を開いた。

「行けば？」

「あなたから目を離すわけにはいきません。なので私に付いてきてください」

「物資って何だよ」

「医療キット諸々です」

リカルドの脳裏に、昨日の出来事が蘇る。

「……分かったよ」

「良かったです。分かってもらえなかった場合、手荒な手段を取らざるを得ませんでした」

「そうだったな。どうせ俺はお前に従うしかないんだもんな」

「早速行きましょう。私も残り少ないあなたの時間を奪いたくありません」

「残り少ない俺の時間、か」

少女に付いていきながらリカルドは、残りの時間をどう過ごすか考えた。これまでは何も浮かばなかったのに、おぼろげながら、したいこと、すべきことが見えてきた。

『家』でマントの中に物資を詰め込んだ少女と共に玄関を出ると、ワイバーンが門の前に降り立った。ワイバーンの背中には、郵便物を届けに来た配達員が乗っている。

四肢に加えて翼のあるドラゴンに対し、ワイバーンは腕が変化して翼になっている。サイズがドラゴンと比べてかなり小さいため、人間を一人くらいしか乗せられない。その分、ドラゴンより御しやすいため、配達員の足、もとい翼として重宝されている。

ただ、ワイバーンは長い距離を飛行できない上に、積載量が少ない。そのため、郵便局から遠い地域や、荷物の量や重さによっては人間が直接届けに行くことになる。

そうなると長い日数がかかってしまう。荷物を早く届けたい人は、ドラゴンを用いて運搬する飛空便を利用する。

飛空便は、大量の荷物を長距離移動させることができる上、人間も数人搭乗可能。国の認可した施設でのみドラゴンの飼育、管理が許されているため、数が少ない。そのため飛空便は利用できる場所が少なく、料金はかなり高い。

「リカルド・シルヴァさんですか？」

「あ、ああ。俺がそうだ」

「あなた宛てのお手紙です」

配達員は小綺麗《こぎれい》な封筒をリカルドへ渡すと、一礼してワイバーンに乗り、空へ飛び立った。

「この手紙、ここに届いたってことは、お前のじゃないのか？」

「いえ。組織からは通常の手段で手紙は届かないはずです。差出人を確認してみてください」

「……母親からだ」

「きっと仕送りに関する手紙でしょう。開けてみては？」

リカルドは無造作に封筒を破り、中の便箋を取り出し、胡乱気《うろんげ》な目で読み始めた。目線が下がっていくにつれ、瞳が見開かれていく。読み終わった後に大きく息を吐き、便箋を懐に入れてから歩き出した。

「昼飯買いに行くぞ」

「何て書いてあったんですか？」

「大したことじゃねぇよ」

「差し支えなければ、教えていただきたいです」

通りへ出た二人は、並んで歩を進める。

「再婚したってさ。金持ちと。もう貧乏じゃなくなったから帰って来いって。ラウラも心配してるからって」

「ラウラさん。以前言ってた妹さんですか？」

「そうだ。お節介のな。今度結婚するらしくて、仕送りは結婚式代として使わせてもらうから、顔だけでも出せって」

「結婚式、いつなんですか？」

「二ヶ月後」

少女は、フードを深く被り直した。

「んでお前が気まずそうにすんだよ。どうせ行かねぇよ。俺みたいなやつが行ったら迷惑かかるだろうが。お兄さんのご職業は？　麻薬運びです。はい、結婚式はめちゃくちゃだ。破談になること間違いなし」

「お昼ご飯、何にしましょう」

「決めてねぇ。足の向くまま気の向くまま、だ」

そう言ったそばから、リカルドはとある店のドアに手をかけた。

「甘い匂い」

「文句あっか？」

「ないですよ。お昼ご飯にスイーツ、大いに結構です」

その日一日、リカルドは心ここにあらずといった様子で、宙を眺めて過ごす時間がほとんどだった。夜、寝床で仰向《あおむ》けになりながら脚を組み、両手を頭の後ろに回して天井《てんじょう》を見ていると、目の前に急に本が現れた。少女が差し出してきたものだ。

「なんだこれ」

「詩集です。たそがれているご様子だったので、役に立つかと」

「本なんて読まねえよ」

「残念です。私の愛読書でオススメなんですが」

少女は分かりやすく肩を落とし、部屋の隅へ戻ると、立ちながら片手でそれを読み始めた。

リカルドは、少女の目が文字列を追っているのを確認してから、ナイフを握った。油断している今なら殺《や》れるかもしれない。

「無駄ですよ」

少女は本から顔を上げず言い放った。

「はぁ。読書に集中しててもダメか。お前相当腕が立つ殺し屋だろ。何人殺してきた？」

「数えるのが面倒くさいです」

「数えきれないほど殺してきたのか」

「数えられますよ。自分が殺した人間は、全員覚えています。共に過ごした一週間は、忘れません」

「へぇ。俺との一週間もか？」

「はい。もちろん」

リカルドは、あっそ、と小さく呟いてから寝返りを打ち、壁際を向く。

午前〇時を過ぎたところで、少女は電気を落とした。

「明日は何をする予定ですか？」

「お前の『家』でやりたいことがある。あー、手伝ってもらってもいいか？」

「喜んで」

その夜、少女が来てからずっと不眠症気味だったのに、なぜかぐっすり眠ることができた。

DAY5

「すごい量ですね」

薄力粉。バター。卵。砂糖。キッチンにはそれらが大量に鎮座していた。

「できるだけたくさん作りたい。休む暇ねぇぞ」

少女が作ったコック帽を頭にのせ、腕まくりをする。

「了解。体力には自信あります」

「だろうな。俺よかよっぽどありそうだ。でも作るのは」

「あくまであなた、ですよね。私は手伝いだけです。わきまえてますのでご安心を」

「お、おう。分かってるならいいんだ」

「これが全部クッキーになるんですね。何枚分なんでしょう」

「一〇〇枚超えるかもな」

調理は昼休憩を挟んで夕方まで続いた。

「一〇〇枚どころじゃありませんでしたね」

「どれくらいの量でどれだけ作れるかとか、分からんかったからな」

「あと十何枚か作れそうですが、どうします」

「わざと残しておいたんだ。これ使ってチョコクッキー作ろうかと思って」

リカルドが取り出したのは、チョコレート専門店で買った高級チョコレートだった。

「なるほど。チョコレートの加工はひと手間ありますが、大丈夫ですか？」

「教えてくれ。頼む」

「了解」

少女は指示を飛ばしつつ、時に手も添えて、チョコレートクッキー作りを手伝った。

真剣に調理するリカルドの横顔を、眩《まぶ》しそうに見つめながら。

リカルドは大量のプレーンクッキーを、全て大きな袋に入れて肩に担ぎ、チョコレートクッキーは小さな袋二つにそれぞれ数枚ずつ入れた。片方はラッピングされた袋。片方は簡素な袋。

簡素な方はポケットに入れ、ラッピングされた方は少女に突き出した。

「これ、私に?」

「ち、違うわ。これから郵便局に行く。割らないように持っててくれ。お前なら何があっても割らないだろ?」

「勘違いさせるなんて、罪な人ですね」

「お前が勝手に勘違いしただけだろ。じゃ、行くぞ」

サンタクロースのように大袋を担いだリカルドと、指先でラッピングされた袋を弄んでいる少女は、並んで郵便局へと向かった。


「承りました」

リカルドはラッピングされた袋を、無造作に郵便局員に突き出した。

「頼んだ、じゃなくて、よ、よろしくお願いします」

「無料でメッセージカードをお付けすることができますが、いかがでしょうか」

「いらないで――」

「お願いします」

「お、おい」

横から少女がメッセージカードを受け取り、リカルドの腕を引っ張って記帳台へ。

「書くべきです」

「ってもよぉ。俺、気の利《き》いたことなんて」

「いいんです。何でも。一文でも。一単語でも。あるだけで全然違いますから」

リカルドの腕を掴む少女の手に力がこもる。鋭い眼光からは、殺気に似た何かが放たれていた。少女の圧に屈したリカルドは、ペンを握り、迷いながらゆっくりと、時々止まりながら文字を紡《つむ》いでいく。

「『俺は今、菓子職人になるために修業してる。だからそっちには戻らない。一人前になるまで連絡しちゃいけない決まりだったけど、今回だけ許してもらえた。結婚おめでとう』ですか。優しい嘘が吐ける方だったんですね」

「んだよ文句あっか」

お前のおかげで、こんなこと書けるようになったんだよ、なんて言えるはずがない。

「いいえ。とても良い文章だと思いますよ」

「やっぱり捨てようかな」

「ダメです」

少女はメッセージカードをかすめとり、跳ねるような足取りで受付に提出した。

「勝手なことすんなって」

「私の組織の住所使ってるんですから、これくらい目をつぶってほしいものです」

「それ言われちまうとなぁ」

「きっと喜びますよ、妹さん」

「どうだかな」

「大丈夫ですよ。あなたのクッキーは美味しいですから」

「そうかよ」

リカルドは先ほどから、少女から顔を背《そむ》けっぱなしだった。

「それで、その大きな袋の方はどうされるんですか？」

「いいから黙って付いてこいって」


見渡す限りの草原。草を踏む音が小気味よく響く。

「なぁ、あのテントの場所、どのあたりか覚えてるか？」

「はい。こちらです」

淀《よど》みなく脚を動かす少女に、大袋を担ぎ直して付いて行く。

ほどなくして、テントが見えてきた。

ちょうどリーダーの女性が、老婆をテントに運ぼうとしているところだった。

老婆は女性よりも大柄なせいでフラついていて、今にも倒れそうだ。

「これ、ちょっと持っててくれ」

少女が走り出そうとした直前、リカルドは大袋を少女に渡し、急いで飛び出した。

「あなたは、この前の」

「運ぶの手伝わせてくれ」

「あ、ありがとうございます」

戸惑う女性と共に、テントの中の簡易ベッドの一つに老婆を横たえた。

「食料、足りてねぇんだよな」

「残念ながら、慢性的に」

「ちょっと待ってろ」

振り向いたら、そこには既に少女が、大袋の口の部分を広げて待ち構えていた。

「よければこれ、ここの人たちで食ってくれ。危ないもんじゃない。クッキーだ。毒とかも入ってない。何なら俺が今ここで毒見してやる」

リカルドは袋からクッキーを一枚取り出し、口に放り込んだ。

それを女性が確認したのを見てから、少女は大袋を手渡した。

「わ！　こんなにたくさん⁉　ありがとうございます！　助かります！　なぜこんなに親切にしてくださるのですか？」

「そこにいるちっこいやつと同じだ」

「人助けが趣味、ですか？」

女性は僅《わず》かに笑いながらそう言った。

「と、ともかくそういうことだから！」

「あの！」

テントを出て行こうとするリカルドを呼び止めながら、女性はクッキーをかじった。

「こんなに美味しいクッキーなら、皆きっと喜びます。改めて、ありがとうございます」

深々と腰を折った女性を見もせずに、片手を上げて、早足で帰り道へ消えていった。

リカルドは森を抜けたところではじめて立ち止まり、大きく息を吐く。

「贖罪《しょくざい》のつもりですか？」

少女が落ち着いた声音でそう尋ねた。

「しょくざい？　なんだその言葉。知らねぇけど、こうしなきゃいけねぇって思っただけだ。その、多分、こういうことしたくなったのは、お前のおかげだ」

「少しは楽になりました？」

「なんでか分からないけど、何か、モヤモヤがちょっとなくなった」

「それは良かったです」

あまりに柔らかな声に、思わず背けていた顔を戻して少女の顔を覗き込んだ。いつも通りの無表情だった。

「…………」

「何でしょう」

「別に」

何を期待してるんだ俺は。どうしちまったんだ。こいつを殺したいって、思ってたのに。

DAY6

「今日は何をするんですか?」

昼下がり。表通りを二人はぷらぷらと歩く。心なしか、少女の尻尾のような紐が、普段より楽しげに揺れていた。

「明日、俺は殺されるんだよな?　明日の何時に殺されるんだ?」

「深夜二三時五九分に」

「なら今日じゃなくて明日が最後の日だな」

「そうなりますね」

「何すっかなぁ。真っ昼間っから酒飲むのも悪かねぇなぁ」

「一杯奢《おご》りますよ」

「なんでお前に奢られなきゃいけねぇんだよ」

大衆食堂へ足を向けた瞬間、少女はいきなりリカルドへすり寄り、腕を組んだ。

「っ⁉　お、おい、何のつもりだ？」

「尾《つ》けられてます。数は二」

少女の声音が冷たく鋭いものに変わった。

「お前、恨み買ってそうだもんな」

「いえ。聴力拡張魔法で聞き取ったところ、ターゲットはあなたです」

「は？　なんで俺が」

「『運び屋』『あいつのせいで』『シメる』等々聞こえてきますね」

リカルドは麻薬を持ち逃げした時のことを思い出した。

「同業者か、元仲間か」

「どうします？」

「とりあえず話だけしてみるわ。ヤバくなったら魔法で逃げる」

「了解」

尾行してくる二人からのコンタクトを待ちながら、それとなく裏路地へ入っていく。

「おい。てめぇ、リカルドだろぉ」

二人組のうち、大柄な男が後ろから話しかけた。

「おう。久しぶりだなお前ら」

リカルドは余裕そうにゆったり振り返る。

「昼間っから女連れて楽しそうだなぁ」

大柄な男は額に青筋を浮かべながら、ニタニタと汚く笑った。

「そういうお前らこそ、どうしてこんな辺境にいるんだ？」

「どっかのクソ野郎が仕事ミスったせいで、同じチームだったオレらが、連帯責任で辞めさせられたからだよぉ。そこらじゅうから目ぇ付けられてっから、こんなとこまで仕事探しに来るハメになったんだぜぇ」

「そいつぁお気の毒に。でも良かったな。仕事辞められて。麻薬運びなんてやらない方がいい。続けてたら後悔することになっただろうからな」

「ああん？　アホじゃねぇのお前。ただちょこっと隠れながら運ぶだけで、たんまり報酬がでるんだぞぉ？　お前も一緒に旨い汁すすってきただろうがぁ」

「そうだったな」

血走った眼《め》で息を荒らげながら話す大柄な男とは対照的に、リカルドは冷めきっていた。

「辞めさせられたっつってもよぉ。オレらのボスは優しいからぁ、クソ野郎を捕まえたら戻ってきてもいいって言ってくれたんだぜぇ。しかもぉ、そのクソ野郎が息さえしてりゃあどんな状態でもかまわないってさぁ。最悪殺しちまってもいいって――」

「《隠　影《ハイド・スキア》》」

「《蝙蝠耳《バット・アフティ》》」

リカルドが祝詞を唱えた直後、大柄な男の後ろに控えていた小柄な男も祝詞を唱える。

小柄な男が魔法を発動させた直後、大柄な男は地面を蹴《け》り、何もないはずの空間を摑んだ。

「残念でしたぁ。お前のやり口は知ってっからよぉ。こういう時のために耳を良くする魔法、覚えさせたんだぁ。お前のソレさぁ、音までは消せねぇだろぉ？　地面を踏む音とかでぇ、どこにいるか分かっちゃうんだよねぇ。《縛　縄《バインド・カロース》》」

魔法でできた縄が、姿の見えないリカルドに巻き付いた。

そこ目がけて大柄な男の拳《こぶし》が放たれ、空中で止まり、鈍い音を響かせる。

「がぁっ！」

リカルドはたまらず声を上げた。血の味が口の中に広がっていく。

「痛いかクソ野郎。どんどんいくぞぉ。とりあえず歯ぁ全部折るからなぁ！」

二発目が飛び、これもまた空中で止まった。

鈍い音が鳴る。大柄な男の拳から。

ゴキン、グリュ、と、指が一本ずつ不自然な方向に曲がっていく。

「な、んだっ、これえええぇ！」

大柄な男が痛みに悶《もだ》えている間に、リカルドを拘束していたドス黒い縄は消え、小柄な男は何の前触れもなくその場で気絶し、倒れ伏す。

「おいリカルドぅ！　てめぇ！　許さねぇぞぉ！　ぜってぇまた見つけ出すからなぁ！」

姿の見えないリカルドに向かって、大柄な男が吠《ほ》えた。

その時既にリカルドは、少女に抱えられて隠れ家の方向へ移動していた。

「来るの、遅いって」

ペッと道端に口の中の血を吐き出す。

「すみません。軍警察を呼びに行っていたもので」

「お前、いつの間に」

「もうじき現場に到着するはずです。彼らから麻薬の匂いがしました。おそらく所持しているでしょう。運び屋だと伝えてありますが現行犯逮捕ではないですし、罪に問われるか微妙ですが、まあ厳しい取り締まりは受けるでしょうね」

少女は、リカルドをダミーダクトの中に引っ張り込むべく、襟首《えりくび》を摑もうとした。

リカルドはその手を振り払い、せき込みながら自力で隠れ家へ向かう。

「あいつ、また見つけ出すっつってたけど、俺、明日死ぬから一生見つからないんだよなぁ。ざまぁみろ。……あのさ、どうして助けてくれたんだ？　あのままでも俺、多分死んでたぞ」

寝床に倒れ込んだリカルドに少女は近づき、マントの中から医療キットを取り出した。

「言ったでしょう。一週間後に殺すと。それまでは何があっても死なせません。それに、あなたを殺すのは私の任務です。この私が任務失敗などあり得ません」

「いってぇ！」

「我慢してください。頬の表側と裏側、両方怪我してるので、あまりしゃべらないように」

傷口に塗り込まれた薬を拭おうとする手を摑んで捻《ひね》り上げ、患部に布を当てて縛る。

リカルドは、明日死ぬから手当てなんて必要ないと言いたかったが、真《ま》っ直《す》ぐな眼差しで黙々と手当てをする少女を前に、口を開くことができなかった。

リカルドは夜眠るまで、そのまま隠れ家の寝床で過ごした。

これまでの自分。ここ一週間の出来事。

考えた。夜、意識が落ちるまで、考え続けた。

DAY7

「今日は何をするんですか？」

早朝。リカルドは頬の布を取り換えながら、もはや恒例となった問いかけを受ける。

「飯食って、本を読む」

「あなたが本を？」

「生まれてこのかた一度も読んだことなかったから、一日がかりになるかもしれねぇ」

傷口は一応くっ付いたため、まだ痛むが、ある程度しゃべることはできた。

「何を読むんですか?」

「お前の詩集、貸してくれねぇか」

「はい。喜んで」

少女は珍しく慌てた様子で詩集を取り出し、これまた珍しくやや弾んだ声音でそう言った。

リカルドは、黄ばんでところどころ折れたり破れたりしている詩集を受け取る。

「買い替えりゃあいいのに」

「いいんです。この汚れは何回も読んだ証ですから。それに、私たちは任務に必要な分以外、ほとんどお金が与えられません。モノは大事に、長く使い続けなきゃいけないんです」

「がっぽりもらってるもんだと思ってた。金もロクにもらえないのになんでこの仕事してんだよ」

「生まれた時から組織にいたからです。これ以外の生き方を知りません」

「ふうん。休みの日は何してんの?」

「休みはほとんど与えられません。身体を休める時間くらいしか。そのため就寝時間を削って好きなことをします。詩集を読んだり、お菓子を食べたり」

「そか。あのさ、俺の金、あと少しだけ残ってっから、お前にやるよ」

「私は、ターゲットからお金を受け取らないのがポリシーなんです。奪うこともしません」

「お前、ほんっとにポリシーが多いのな」

「今日はやけに私に質問しますね。どういう風の吹き回しですか？」

「んあ？　ああ、まあ、そういう気分なんだ」

リカルドはここ数日で、自分の気持ちが変わりつつあることに気付いた。でも、どう変わったか具体的には分からなかった。

「なんでも訊《き》いてくださいね。可能な限り答えます」

「いんや。もういいわ。朝飯食おうぜ」

「分かりました。ほっぺたまだ痛いですよね。今日の食事は私が作ります。なるべく痛まない料理にしますね」

「お前、料理なんてできたんだ」

「一通りのことはできますよ。任せてください」

少女は隠れ家の中の簡易キッチンに立ち、手慣れた様子で調理器具を操《あやつ》り始めた。

リカルドは寝転がったまま詩集をめくる。目が滑るため何度も戻りながら読んでいく。

朝食を食べ、また読み、休憩しながら物思いに耽《ふけ》り、昼食を食べ、また読み、休憩しながら物思いに耽り――。

「いいんですか。最後の一日なのに、こんな使い方をして」

午前〇時。その、数分前。

寝床で仰向けになっているリカルドの枕元《まくらもと》に、少女は膝《ひざ》をついて目線を合わせている。

「考えてたんだ。これまでのこと。やっと答えらしいものが出せた。良い一日だったわ」

「これから死ぬのに、よくそんなすっきりした顔で話せますね」

「やせ我慢だバカ。死にたくねぇよ。こえぇよ。今だって逃げ出したい。けどお前の目をかいくぐることなんてできない。諦めるしかねぇだろ。だから死ぬことについて考えないために他のこと考えてたんだ。なぁ、俺ってどうやって死ぬんだ？」

「私、ターゲットの一週間の過ごし方で殺し方を変えるんですよ。あなたは私の魔法で死にます。痛みなく一瞬のうちに命を奪う魔法で」

「それってさ、もしかして一番、楽な死に方なんじゃないか？」

「そうですよ」

「そいつぁありがてぇわ」

少女は臀部から垂れ下がっている、尻尾のような黒い紐を片手で引っこ抜く。

するとその紐は瞬時に硬質化し、棒状の柄になった。少女はその柄を天に捧《ささ》げるように持つ。

「〇時ぴったりに魔法が発動します。心の準備をしておいてください」

「心の準備はもうできてるよ。あのさ、俺、お前に言っておきたいことがあって」

本当は死ぬことが怖くてたまらなかったが、やせ我慢してその気持ちを隠す。

「聞きます」

少女は一言も聞き漏らすまいと、魔力を練りながら耳をそばだてる。

「最後まで迷ったけど、やっぱりこれ、お前にやる」

リカルドは、ポケットから小袋を取り出した。

「これは、あの時のチョコクッキー？」

「お前、チョコパン、食ってたろ。チョコ、好きなのかと思って」

少女は片手を柄に添えたまま、もう片方の手で小袋を受け取り、器用に開いて一枚かじる。

「お世辞抜きで今まで食べたクッキーの中で一番美味しいですよ」

少女は唇の端についた粉を綺麗《きれい》に舌で舐めとりながら、小袋をマントの中にしまった。

「そっか。お礼、できて良かったわ」

リカルドは天井を眺めながら、ほっと息を吐く。

「なぜ私にお礼なんて」

「お前、名前、何て言うんだ」

「コードネーム33。親しい者からはミミと呼ばれています」

「俺さ、ミミに感謝してんだ。気付かせてくれた。色々と。菓子職人になりたかったっつう、小さい頃の夢を思い出させてくれた。家族の今を知れて、妹のやつに見栄を張ることもできた。それに、あの、テントでのことだ。俺、自分が悪いことしてたって自覚なかったんだ。ミミ、わざとあのテントに連れてってたんだろ」

「バレてましたか。実は周辺調査で、あのテントの存在、知ってました」

「だよな。都合良いなと思った。あそこに行ったおかげで、俺、悪いことしてたんだって自覚できたんだ。自覚できたから何だっつう話なんだけど、しないよりはする方がいいって、何となく感じたんだ。自覚したら苦しくなったけど、その苦しさを紛らわせるためにクッキー持って行ったら少し楽になれた。ミミが、必要になるからって金を残しておいてくれたおかげで、色々できた。もっと早く、家飛び出す前とかにミミに会えてたら、俺の人生マシになってたんじゃないかって、思うんだ」

「それはあり得ませんよ。私、プライベートでは人と接触しませんから。私に会えるのは同じ組織の人間か、ターゲットだけです」

「そう、だな。ミミは殺し屋だった。殺されるようなことしなきゃ会えないんだった」

リカルドは小さく笑って、腹の上に置いておいた詩集を握り締めた。

「詩集、ほとんど理解できなかった。けど、人間になった猫の話は良かったな。見た目は猫のまんまだけど、思いやりとか罪の意識とか知ることで、人間って認められた。俺みたいだって感じた。ミミがこの一週間で俺を人間にしてくれたんだ」

リカルドは口元に笑みを作る。そろそろ〇時だ。

「人助けが趣味って本当だったんだな。ミミは、俺を助けてくれた。ありがとよ」

死への恐怖でぶるぶる身体を震わせながらも、リカルドは言い切った。

「どういたしまして」

リカルドははじめて、ミミの笑顔を目にした。その笑顔を焼きつけてから、目を閉じた。

震えは止まっていた。

ミミは魔法を発動させる。並の魔法なら瞬時に発動させることのできるミミが、発動までに数分を要するほど難しいその魔法。祝詞を唱えずとも魔法を使えるミミは、祈るように瞼《まぶた》を閉じながら、あえてその祝詞を口にする。

「《汝の旅路に幸あらんことを《Bon Voyage》》」

柄の先から不可視の刃が出現。鎌が完成する。

ミミは鎌をリカルドの首目がけて振るった。実体を持たない刃が首を通り過ぎる。すると、リカルドの意識は、眠りに落ちていくかのように消えた。

亡骸《なきがら》の頭にコック帽を被《かぶ》せ、ミミは残りのチョコクッキーを一枚一枚味わって食べる。小袋の底に残っていた小さな欠片《かけら》まで口に流し込んだ後、この一週間そうしていたように、照明のスイッチに手をかけた。

「おやすみなさい、リカルドさん」

interlude
幕間

「よっ、ミミ。報告終わったか」

任務完了報告を終え、組織本部の出入り口から出ようとした時、ミミの目の前に、逆さ吊《づ》りになった人物が音もなく現れた。

「ニイニ」

リカルドよりやや年下、ミミよりは年上、大人ではないが子どもでもない男性。

一八〇センチ以上はあろう背丈。太すぎず細すぎず、ほどよく筋肉の付いた肉体。普段は服で隠れているが、右肩から二の腕、手首の手前まで、稲妻のような傷痕が走っている。そのせいで「稲妻」という二つ名が付いた。

「そのイントネーションやめろって。僕はミミの兄貴じゃない」

「ニイニ」

「何度言っても変える気なしか。頑固だね」

ミミは不躾《ぶしつけ》に手を伸ばし、ニイニの耳たぶに触れた。

「やわらかい。落ち着く」

ニイニの耳たぶは人より厚く、幼い頃から施設の仲間たちによく触られていた。ミミも例外ではない。ミミには、自分が一番ニイニの耳たぶに触れているという自負があった。

「やめろって。ってこの癖《くせ》も昔からだもんな」

「ちょうどニイニに会いたかった気分」

「ん？　任務で何かあったか？」

「うん」

コードネーム22、通称ニイニ。

ミミは組織の施設で育った。感情が希薄で、殺し屋として圧倒的な素質を持っていたミミは、施設の中で孤立していた。

そんな時、珍しく施設に転入者が現れた。それがニイニだった。

施設ではゾロ目は縁起が良いと言われており、その縁で二人は仲良くなった。コードネームは組織に加入した順番ではなく、ランダムに付けられるため、同世代にゾロ目が揃《そろ》うのは珍しかった。

ミミにとっては、幼なじみのような、兄のような、そんな存在。

ミミとニイニが顔を合わせるのは実に半年ぶりだった。

二人とも組織の中での実力はトップクラス。一般組織員より多くの仕事を振られていた。

「ニイニも報告終わり？」

「ああ。さっき任務終わったばっかりなのに、一時間後また違う任務に向かえってさ。疲れを取る暇もない」

ふわりと地面に降り立つ。現れた時と同様に音がしない。

ミミがよく逆さ吊りになるのはニイニの影響だった。人間は前後左右は警戒するが上下は気にしない、とはニイニの言。

「ニイニは疲れるほど任務に体力使わない」

「まあね。上の連中はそれが分かってて、僕に限界ギリギリまで任務を詰め込んでる」

「それだけニイニが必要とされてるってこと」

「ミミも僕と似たようなものだよね？」

「ニイニよりは休みもらえてる」

「おっかしいなぁ。今のミミなら僕並みに仕事できるだろうに」

「できたとしてもニイニと同じくらいの仕事量になったら、組織に抗議する。現状の仕事量で手いっぱい」

「それだからお金貯《た》まらないいんだって」

「私は今のお給料で十分。ニイニはお金欲しいの？」

「うん。だから任務詰め込まれるの、ありがたいっちゃありがたいんだ」

ニイニは、遠くを見ている時のように目を細めた。

そんなニイニの、ミミの左目とは色合いが異なる青い目に、ミミが映り込んでくる。

「買いたいものでもあるんですか？」

「もう買っちゃったんだ。借金もしてね。完成が楽しみだな〜」

「何買ったの？」

「教えないよ～」

「教えてください」

ニイニの袖《そで》を引っ張る。ミミはどうしてもニイニの前だと子どもっぽくなってしまう。

そんな二人の前に、ニイニより更に身長の高い、壮年の男が出現した。

ミミの無表情とはまた違う、どこか陰を含んだ瞳《ひとみ》。

右眼は黒革の眼帯で覆《おお》われており、蒼《あお》い左眼だけが二人を射すくめる。

アルク。コードネーム1。組織最強の男。

ひとたび姿を現せば、その存在感に気圧《けお》される。

「お前たちに無駄口を叩《たた》いている暇があるのか？　殺し屋同士馴《な》れ合うな。弱くなる。疾《と》く次の任務に向かえ」

ニイニはアルクが言い終わるのを待たずに姿を消した。

この組織では、他者との接触は良くないとされている。たとえ組織員同士だったとしても。

アルクはその風潮を生みだした本人だと言われており、見かけたらこのように注意をしに来る。素早く応じなければ、ボスから与えられた権限を用いて、ペナルティを課すことがあるほどだった。

「どうしたコードネーム33。お前も行け」

「私は次の任務まで半日ありますので」

「お前ほどの組織員なら、もっと任務を詰めるべきだな。時間が空いているのなら、私が久しぶりに稽古をつける。来い」

そう言い残し、アルクは現れた時と同様、ミミでさえ認識できないレベルで消えた。

ミミは昔から殺し屋としての才を組織に認められており、あっという間に周囲の組織員の実力を抜いていったため、いつしかアルクが直々に訓練を施すことになった。

独り立ちした現在でも、こうやって稀《まれ》に訓練に連行されることがある。

ミミは本部の地下二階、訓練場へと急いだ。


ミミは生まれた時から組織にいるが、未《いま》だに本部の全容を把握していない。させてもらえない。把握しているのは、組織の創設メンバーだと言われている三人だけ。

そのうちの一人がアルクだ。

訓練場の扉を開くと、一面に灰色が広がる。ミミにとっては見慣れた光景。

ミミが殺し屋として育った施設は本部とは別にあり、以前はそちらで訓練していた。が、施設卒業後はもっぱらこちらの訓練場を使っていた。

普段は訓練場の中央に仁王立ちしているアルクだったが、今回はなぜか姿が見えない。

それを認識した瞬間、ミミは前方に身を投げ出す。

さっきまで立っていた場所に、数本のナイフが突き刺さった。

避《よ》けられたことに安心している暇など与えられない。

身を投げ出した先の地面から、魔法によって生成された黒い杭《くい》が飛び出す。これも身をひねって紙一重で躱《かわ》し、杭を横から蹴《け》って距離をとる。

距離をとった先に、アルクの気配を感じた時にはもう遅かった。

手刀が脳天に叩き込まれ、危うく意識が落ちかける。

これまで培ってきた戦闘訓練により、不明瞭な意識の中でも、追撃を避けるように自然と身体《からだ》が動く。魔法が発動する。

意識が戻ってきたと思えば、無数のナイフが凄《すさ》まじい速度で襲ってくる。全《すべ》ては回避、防ぎきることができず、腕や脚に傷を負う。

そこからナイフに塗ってある毒が体内に侵入してくる。組織員は毒に耐性ができるよう訓練を積んできてはいるが、それでも身体が辛《つら》いことに変わりはない。

負傷、毒程度で動きが鈍れば即座に仕留められる。

悲鳴を上げる身体を無視し、ひたすらアルクの攻撃を避け、受け流し、僅《わず》かな隙を狙《ねら》って攻撃を仕掛ける。

一時間以上、戦闘訓練を行ったが、ミミの攻撃はただの一度も通らなかった。

「訓練、止《や》め」

「ありがとう、ございました」

ミミは訓練場の床に倒れ込んだ。

普段の任務の比ではない緊張感。運動量。

疲労困憊《こんぱい》のミミに対し、アルクは息すら上がっていなかった。

「体力不足だ。咄嗟《とっさ》の判断も甘い。魔法ももっと有効活用できるはずだ。隠密《おんみつ》魔法に関しては、完璧《かんぺき》に近いが改善の余地がある。物音を僅かに消しきれていない。高度な探知魔法を扱う者に違和感を抱かせる可能性があるため注意しろ。格闘も、その身体の小ささを活《い》かした動きを意識すべきだ。彼我の距離を誤認させる等、やりようはある。組織のために精進するように」

「了解。任務の合間に鍛錬に励みます」

アルクはミミに背を向け、姿を消した。

乾ききっていない傷、解毒しきれていない毒、底をついた体力により、ミミは身体をクの字の形に折ったまま、その場に横たわり続けた。回復魔法を使う気力もない。

「もうアルクさんは行ったよな？　まだ残ってないよな？」

虚空から声が聞こえてくる。

「ニイニ、ですか。任務は？」

「簡単そうだったから、ちょっとだけサボり中。ミミが心配で、様子見に来た」

ニイニは隠密魔法を解き、転がっているミミに駆け寄った。

「ダメですよ。他の組織員に見つかったら大変なことになります」

「見つかるようなヘマしないって。今、本部の医療班忙しそうだから、僕が応急処置だけしちゃうね」

ニイニは、ミミに解毒薬を投与してから、傷の処置を進めていく。

「助かります。ありがとうございます。後は自分で何とかしますので」

あらかた処置が終わったところで、ミミは身体を伸ばした。

「どういたしまして。相変わらずアルクさんは容赦ないなぁ」

「本気できてもらわないと訓練になりませんし、ここまで傷を負うのは、私が弱いからです」

「アルクさん、最近できたばっかりの殺し屋組織、一人で壊滅させたらしいよ。うちの組織にちょっかいかけてきたからって。相手は軍の元暗殺部隊にいた、選《え》りすぐりの人物ばかりだったらしい。それだけ強いアルクさんの訓練に付いていけてるだけすごいよ」

「まだまだ実力不足です。組織のために、もっと強くならないと」

「ミミは昔から組織っ子だね。それじゃあ僕は任務に戻るよ。無理しないでね」

ニイニはポケットから取り出したアメをミミの手に握らせてから、訓練場を出て行った。

昔から変わらない。アルクとの訓練でボロボロになるのも。ニイニに気遣われるのも。

ミミは仰向《あおむ》けになりながら、早速アメを口に含む。ミルクの甘味が舌にじわりと広がった。

第二章 ――出産予定一週間後の妊婦――

DAY 1

「一週間後、あなたを殺します」

ボロ小屋の中、ベッドに横たわる、腹の大きな年若い妊婦の目の前でミミは告げる。

「この子だけは産ませて」

妊婦は突如現れたミミに驚きもせず、お腹《なか》を撫《な》でながらそう言った。

「出産予定日は？」

「一週間後くらい。多分」

「そうですか。処理対象はあなた一人です。お腹の赤ちゃんは含まれていません」

「そう」

ミミから目線を外し、窓の外を眺める妊婦の顔は疲れ切っていた。

「病院へは行かないのですか？」

「あんたも知ってんでしょ。指名手配中よ。顔を見られたら終わり。それに身分を証明するものもお金も何もない。行けるわけがない」

「それでも、産むんですか」

「当たり前じゃない。最悪へその緒だけでも切れるよう、ハサミだけは肌身離さず持ってる」

妊婦は服の中から鋭利なハサミを取り出した。

「《加　速《アクセラ・ラピドゥス》》」

祝詞《ノリト》が唱えられた途端、ハサミは人が放つにはあり得ないほどの速度でミミへ飛んでいった。

それをミミは手の甲で側面から弾《はじ》き、ハサミを粉々にする。

「無駄ですよ。そうやって私を殺そうとしてきたターゲットは皆失敗しています」

「腕利《うでき》きってわけね」

妊婦はさして残念がりもせず、破片になったハサミを見てため息を吐《つ》いた。

「私のハサミどうぞ。先ほどのものよりは小さいですが、ないよりマシですよね」

ミミは懐《ふところ》からハサミを取り出し、妊婦へ渡した。

「あんた、変なやつね。殺す相手にこんなことする必要ないでしょ」

「そんなことありません。この一週間、何かしたいことがあれば協力しますよ」

「じゃあご飯買ってきて。街の方にある軽食屋のジンジャーエールとポテトフライ」

「あなたの傍《そば》から離れられないので無理です」

「妊婦になると、強烈に特定のものが食べたくなるの。こんなお腹で遠くまで行けると思う?」

ミミはターゲットから一瞬でも目を逸《そ》らすとどうなるか、知っていた。経験があった。

だから、ターゲットが常に視界に入る場所で一週間過ごすことにしている、のだが。

「仕方ありませんね。広域探知魔法をかけてから買いに行きます。家に誰《だれ》かが侵入する、あるいは家から誰かが出るとすぐに分かりますので、無駄なことはしないように。また、私の魔法の範囲外に店があった場合、引き返しますのでご了承ください」

「分かった。お金はその引き出しの中に入ってるから」

ミミは部屋の隅にある机の引き出しから、小さな財布を取り出し、中を確認する。

「残りの資金ですと、外食は控えるべきだと思いますが」

「じゃあ机の上に置いてあるそれ、売ってきて」

机の上にちょこんと鎮座している、銀色のリング。

妊婦を見やると、窓の外を眺めながら微《かす》かに震えていた。

「これ、売ってはいけないものでは」

「背に腹は代えられないって言葉知ってる？」

ミミは再び袋の中の金額を確認した。

「ジンジャーエール、ポテトフライの金額を差し引いて……特売……値切り……セット料金……何かあった時のための分……いけますね。ご安心ください。私が自炊するので、リングを売らなくても食い繋《つな》げられます」

「そ」

ミミは妊婦の震えがおさまったのを目視してから、では行ってきますと呟《つぶや》く。

瞬間、音もなくその姿がかき消えた。

「消えちゃった」

妊婦はミミが消えてから五分ほど経《た》った頃、試しに窓の外に手を出してみた。数秒後、窓の外にミミが現れる。上の方からにゅっと逆さ吊《づ》り状態で。

「言ったでしょう。探知魔法をかけていると。何をしても無駄です」

「うわ。ほんとにすぐ来た」

「全く。あと少しで買えたのに」

「は？　街の方まで歩きで三〇分以上かかるのにそんなすぐ行けるわけ」

「行けますよ。私なら」

妊婦はしげしげと頭から爪先まで目を滑らせた。

一五〇センチあるかないかの身長。整ってはいるがあどけなさの残る顔。細っこいボディライン。童のような小さな足。

「そうは見えないけど」

「私みたいな人間は幼少期から身体《からだ》をいじられてますし、朝から深夜にかけて戦闘訓練、魔法訓練を積んできました。見た目に騙《だま》されてはいけませんよ」

「あんたにも色々あるってわけね。ま、どうでもいいけど。早く買ってきて」

「呼んでおいてそれですか」

「はーやーくー」

「子どもっぽい言い方ですね。また窓の外に手出さないでくださいよ」

「はいはい、分かりましたよーっと」

妊婦は、ものの数分で戻ってきたミミから、良い匂《にお》いのする紙袋を引っ手繰ると、両手で次々とポテトフライを口に突っ込み始めた。一心不乱に。口いっぱいに頬張《ほおば》った後、ジンジャーエールを流し込む。

「おいしい。おい、しい、こんなの、ひさし……」

妊婦の頬《ほお》を、一筋の滴が通る。後を追って、何筋も、何筋も。

「ふ、うっ」

ミミは、ゆっくりと妊婦の背をさする。

食べ終わり目元を拭った妊婦は、また外を眺め出した。そのうちしとしとと雨が降り始める。

「雨、嫌いなの。髪がくるくるなるから」

「伸びっぱなしですね。私、切りますよ。さっきのハサミ、一時的に返してもらえませんか」

「勝手にすれば」

妊婦はハサミをベッドの上に投げ出した。

ミミは部屋の奥からタオルを持ってきて、妊婦の周りを囲むように敷いた後、そのハサミを掴《つか》み、痛んだ焦《こ》げ茶《ちゃ》色の髪を一房つまんだ。

ちょきん。ちょきちょき、ちょきんちょきん。

瞬く間に梳《す》かれ、カットされ、毛先が整えられる。

ミミはマントの中から小さな鏡を取り出して、妊婦に仕上がりを見せる。

「こんな感じでいかがでしょう」

「まあいいんじゃない」

表情を変えずに淡泊にそう言う。

「ついでに身体も拭いちゃいますね」

「勝手にすれば」

妊婦の服を脱がせ、沸かした湯にミミ自前のタオルを浸す。濡《ぬ》れたタオルをよく絞り、垢《あか》まみれの肌を磨いていった。

「気持ち良いですか？　痒い所あったら言ってくださいね」

「…………」

ミミは、妊婦の頬を流れる滴を、タオルで撫でるように吸い取った。

その後、簡易的に髪も洗い、梳《と》かし、爪《つめ》を切る。

「こんなものですかね。それでは晩ご飯の材料買ってきますので、家から出ないでください」

うん、と妊婦は窓の外を見ながら返事をした。ミミが出て行った後、窓に映る自分を眺めながら、切り揃《そろ》えられた髪に触れた。

DAY2

「散歩しに行く」

深夜二時過ぎ。妊婦は唐突にそう言った。

「こんな夜中にですか？」

部屋の隅で立ちながら目を閉じていたミミは、瞬時に言葉を返す。

「顔見られるとまずいから」

妊婦はベッドから降りると着替え始めた。

帽子を深々と被《かぶ》り、ボロボロの外套《がいとう》の襟《えり》を立てて口元を隠す。

「そんなに重いお腹で歩けるんですか？」

「陣痛あった時に比べれば全然歩けるよ。元気な赤ちゃん産むために歩くんだ」

妊婦はゆったりと脚を動かし、お腹を撫でながら玄関を抜ける。

外に出ると、ミミは妊婦の右隣に移動し、ぴったりと張り付いた。

「いくら監視のためとはいえくっつきすぎなんだけど。うっとおしい」

「何かあっては大変ですから」

「あっそ」

そのまま二人は連れ立って月明かりが照らす夜道を歩く。

まともに舗装されていない道。ボロ屋ばかりの景観。

「治安が悪そうですが、今までこんなところで、この時間に一人で歩いていたんですか？」

「そうするしかなかった。魔法使えるし、そもそもここら辺に住んでいる人間は人を襲う元気も気力もない人たちばかりだから平気。まともに動けない老人か、身体の一部を失った人か、病気で動けない人。ここにはそういう人たちが集まるんだ」

ゆえにまともな施設がなく、何かするためには離れた街の方に出るしかない。行商人も金の匂いがしない貧困地区には来ない。

しばらく歩いた後、休憩のため、二人は木製の簡易ベンチに腰かける。ベンチには誰かが置き忘れた新聞があった。

「珍しい。新聞なんて贅沢品《ぜいたく》が忘れられてるだなんて。どこかの金持ちが読んでそのまま捨てたのかも」

妊婦は新聞を開いたが、数分もしないうちにミミに押し付けた。

「難しい文字ばっかりで全然読めないや。読んで」

「了解」

ミミは淡々と新聞を読み上げていく。一記事終わるごとに妊婦はコメントするが、大体「分からない」『興味ない』『つまらない」のどれかだった。

ただ一つの記事を除いて。

『ドラゴン不法飼育者（エレナ・エリアス　25）未《いま》だ捕まらず　遺族の爪痕《つめあと》消えず』

そこに写っていたのは、今まさにミミの隣に座っている、妊婦の顔だった。

「きっと軍警察が捕まえられないから、仲間や遺族があんたに依頼したんだよね」

「私も軍警察かもしれませんよ？」

「そんなわけないでしょ。ちっさいし、一週間後に殺すとか意味分からないこと言うし。殺し屋とかそんなところでしょ」

「バレましたか」

「依頼主はあたしが死んでせいせいするだろうね」

「そうでしょうね。何人も殺されてますから」

エレナはおもむろにミミが手にしていた新聞を掴み、破いて捨てた。

風がそれを遠くへと運んでいく。紙片はすぐに暗闇《くらやみ》に呑《の》み込まれていった。

「あんたも私が死んだ方が良いと思う？　お腹の赤ちゃんも、生まれてこない方が良いと思う？」

薄く笑ってはいるが、唇の端だけ痙攣《けいれん》している。

ミミは相も変わらず、感情を込めないまま答えた。

「私は殺し屋です。罪あるターゲットを法を通さず殺す仕事です。何が良いのか悪いのか、私に語る口はありません。組織の規定に従うのみです。規定ではターゲットのお腹の中の赤ちゃんは、処理対象に含まれません。あなたを殺し、赤ちゃんは殺しません。それだけです」

「あんた、やっぱり変だよ」

「よく言われます。昔からこうなので、何が変なのか自分では分かりません」

「それでいいよ。そういう人間の方が接してて楽だって思う人もいるって」

「そういうものでしょうか」

エレナの表情筋は、無自覚に緩んでいた。

DAY3

「昼間はダメだって」

「大丈夫です。怪しまれないことは検証済みですから」

昼食後、ミミがお手製のドラゴンを模《かたど》った仮面をエレナに押し付けた。

「本当に大丈夫なの？」

「はい。調べました。この地では古くからドラゴンを祀《まつ》っており、このような仮面を着けていた人は昔この辺りに多かったらしいです。仮面を着けていたご老人も数人確認済みです。何かあったら私が対応しますから」

「まあ、あんたが何とかしてくれるって言うなら」

エレナはドラゴンの仮面をじっと、物憂げに眺めた。

「デザインが気に入りませんでしたか？」

「ううん」

エレナは仮面を顔にはめる。意外にも視界が広く、通気性も良くて驚いた。

ミミはエレナの手を引き、通りへ出る。

「私が先に行きますね」

同じくドラゴンの仮面を被ったミミが単身、通りを歩く。

通りにいた人たちは一瞬ミミに目を向けるが、何も言わずにすれ違うのみ。数人の子どもがカッケー！　とはしゃいだくらいだ。

エレナは、ミミが通りの向こう側から迎えに来る前に、自ら足を踏み出す。

夜風とは違う生ぬるいそよ風。身体全体で感じる日光の暖かさ。太陽を見上げると目の奥が痛くなる。そんな、当たり前の感覚さえ。

「なーんか、久しぶりだなぁ」

昼間に歩けることがこんなにも嬉《うれ》しいだなんて。

エレナは、通りの先で待っているミミに向かって、普段よりゆっくりと歩を進めた。

「どうです？　怪しまれないでしょう？　このままお散歩しましょうか」

「うん」

通りを二人で歩いてゆくと人工物が少なくなっていき、やがて左右に木々が連なる道へと入っていく。そこで、この辺りでは珍しい若いカップルと出会った。

木漏れ日《こもれび》に照らされるその二人の姿を目にした途端、エレナの足がピタリと止まる。

そんなエレナに、カップルはニコニコしながら近づいて来た。

「こんにちは！　もうすぐ産まれそうですね！　元気な赤ちゃん産んでくださいね！」

カップルの女性のお腹もエレナほどではないが、膨らんでいた。

「……あなたもね。二人で助け合って、頑張って」

「はい！　ありがとうございます！」

去り行くカップルの背中を見送る。エレナは仮面の奥で、何度も瞬《まばた》きをした。

「どうかしました？」

「帰ろっか」

エレナは道端に落ちていた小石を、蹴《け》っ飛《と》ばし、蹴っ飛ばし。

「旦那と、よくこうやって石蹴っ飛ばして遊んでたな。おもちゃなんてなかったから、自然のもの全部が遊び道具だった」

「旦那さん、ですか」

「そ。旦那とあたしはね、結婚する前から家族だったんだ。経営難の孤児院を二人で出てから、ずっと一緒だった。日銭稼いで野宿して。大変だったけど充実してたあの日々に戻りたいって、今も思ってる」

ミミは、あえて旦那さんが今いない理由を訊《き》かなかった。

「幸せだったんですね」

「なんで幸せな時間ってずっと続かないんだろうね」

「この世に不変のものなどないからです」

「そういうこと言ってほしいんじゃないし」

「すみません、私、ズレてるところがあるようで」

「あんたってずっと殺し屋なの？」

「はい。生まれた時から」

「そりゃズレてて当然でしょ。ってかあたしもズレてるし。そもそもズレてるって何？　どこからどのくらいズレてるの？」

「世間一般という枠からじゃないでしょうか」

「枠にハマれる人生送りたかったな。普通の家庭に生まれて、普通に育って、普通に働いて、普通に旦那と出会って、普通に子どもを産んで、育てて、普通に死にたかった。あんたもそう思わない？」

「思いません。というか、想像できません。生まれた瞬間から私は私ですから」

「はぁ。あんたと話してると不思議な気分になる。人間と話してる気がしない」

「私、一部では死神って言われてるらしいですよ」

「あんたみたいなちんちくりんには似合わないね。大鎌でも持ったら？」

「取り回しが悪く目立ちます。殺すだけなら小さなナイフで十分です」

「その考え方が死神っぽい」

「そうでしょうか」

「そうだよ」

そう言って、エレナは少しだけ笑った。

DAY4

「～♪」

おやつの時間を少し過ぎた頃。

エレナはお腹を撫でながら子守歌を歌っていた。歌といっても歌詞はなく、メロディだけ。

どんな魔法や薬でも催眠されないミミが、この時ばかりは眠気を覚えた。

知らないはずなのにどこかで聴いたような気がする、郷愁誘うその音《メロディ》。

メロディラインの力だけではない。エレナが子へ向けるその声音、微笑《ほほえ》み、撫でる手つき、全《すべ》てが合わさり、子守歌となる。

　子守歌が止《や》んだタイミングでミミは口を開いた。

「素敵な歌ですね」

「そうかな。よく分かんない。孤児院で聴いた覚えはないんだけど、なぜかこのメロディ覚えてたんだよね。不思議だよねぇ」

「きっとお母様が歌っていたんですよ」

「かもね。まあ街で偶然聴いただけかもしれないし、深くは考えないようにしてる。この歌には感謝してるんだ。この子、お腹の中蹴る時、一回じゃなくて連続で蹴るから結構しんどいんだけど、これを歌うと落ち着いてくれるから」

　お腹を撫でる手を止めたエレナは、昨日被っていたドラゴンの仮面を手繰り寄せた。それをまつげを震わせながら見つめた後、いつもそうしているように窓の外、空を眺める。

「あの日がなければ、この子が生まれた後もずっと、聴かせてあげられたのにな」

「あなたの飼っていたドラゴンが、若者グループを襲った事件の日ですか」

「天気が良くて、旦那とブランカ、あ、ドラゴンの名前ね、で飛ぶには絶好の日だった。あんた、ドラゴンに乗ったことある？」

「任務で数回乗ったことがあります」

「でも、決められた航路を安定した飛行で進むだけだったでしょ。ブランカはそんな訓練受けてなかったから、とっても自由に空を飛んでた。それに振り回されるのが楽しかった」

「ドラゴンの個人飼育が、法律で禁止されていることは知っていましたか？」

ドラゴンは身体が大きく凶暴。魔法こそ使えないものの、空を飛ぶことができ、鋭い爪や牙《きば》を持つ。そのため危険動物に指定されており、人里付近で発見された場合、保護または殺処分される。

「知ってた。訓練に付いていけない野良ドラゴンが、殺処分されることも。ブランカはね、森の奥で両親の死骸の前で鳴き続けていたところを、あたしと旦那で保護したの。その時から片目と片腕がなかった。人に見つかったら殺処分になるって思った。両親のいないあたしたちに似てたから、二人でこっそり世話することにしたの。懐いてくれたし、育てているうちに情も湧《わ》いちゃってね。旦那とブランカと山の中で静かに暮らし続けるはずだった」

「そこに、若者グループが来たんですね」

「やつら、森の中で猟を楽しんでた。その一環か、飛んでたあたしたちに矢を放った。何回も。怒ったブランカは、やつらを殺した。乗ってたあたしたちも振り落とされた。当たり所が悪かった旦那は落下後まもなく、あたしとお腹の子を残して死んじゃった。死の間際《まぎわ》に『逃げろ』って言った旦那の言葉に従って、あたしは今ここにいる」

「そういうことがあるので、たとえ野良でもドラゴンを攻撃することは禁止されているんです。攻撃されたことを話せば、情状酌量の余地があったのでは」

「犠牲者の中に大富豪の息子がいたんだってさ。駆けつけた軍警察に殺されたブランカの身体を調べれば、矢が刺さってたこと、すぐに分かるはずなのに。そういうこと」

ミミは口を開きかけてやめた。エレナもそれ以上話そうとはせず、黙って空を見つめ続ける。

「あ、また蹴った。そろそろ産まれたいーって言ってるのかな」

再び口から溢《あふ》れるメロディに、ミミの表情が和らいでいく。

ミミは懐から財布を取り出し、唇を引き結びながら眉間にシワを寄せた。

「念のために残しておいた分で、ギリギリいけるでしょうか。メロディ短めですし、基部はなんとかなるとして外箱は装飾に拘《こだわ》らなければ……値切ることも視野に入れて……」

「何ブツブツ言ってんの」

「お腹の子が落ち着いたら街の方まで出ましょう」

「は？　なんで？」

「そのメロディを遺《のこ》すために、です」


「ね、ねえ。流石《さすが》に街でこの仮面は怪しすぎない？　目立ちたくないんだけど」

街に着くまでエレナを抱えて歩いたというのに、ミミは息一つ切れていない。

「大丈夫です。ドラゴンを祀る文化は、元々はこの街から波及したものですから」

ただ昔の文化なので、道行く人は何かイベントあったっけ？　と疑問符を浮かべる人ばかり。

店に入ろうとしたら、警備員らしき人間が近寄ってきた。

「その仮面は？　お顔を確認させてもらっても？」

ミミが人知れず体内で魔力を練った時、突然付近にいた老人が警備員に突っかかった。

「あんた知らんのかい⁉　昔っからここら辺ではドラゴンを祀ってたんだ！　近頃はそれを知らんもんばっかりで信じられん！　いいか、なんでドラゴンを祀るようになったかっちゅうと、遠い遠い昔のある日、魔物が人里に降りてきてな――」

「ちょ、ちょっと爺《じい》さん」

「今のうちに入店しましょう」

しれっと二人は店内に滑り込んだ。

店内は暖色系の明かり、ニスが塗られた甘やかな木材家具で溢れており、入った途端に緊張がほどける雰囲気が漂っていた。

安らかな雰囲気を作っている要因はそれだけでない。常にそこここで流れている、多種多様なメロディたち。シンプルな木箱から、クマのぬいぐるみから、楽器を模したものから。

ドラムに雨粒のごとく設置された突起が振動板を弾く。

ここは、街の小さなオルゴール店。

「ねぇ、この楽器？　なのかな。これ、何？」

「オルゴールです。ネジを巻いた分だけ曲を奏でてくれます。試しにこれを回してみてください。あ、巻き過ぎは厳禁ですよ。壊れちゃいますから」

エレナはミミから、バレリーナの女の子の人形が台座に乗ったオルゴールを、恐る恐る受け取った。まずはその造形に見入ったのち、おもむろにネジを巻く。

ネジが固くなったところで、手を離した。

バレリーナの女の子が回り出すとともに、煌《きら》びやかな音たちが躍《おど》り始める。

エレナは息を呑んだ。人形を眺めながら耳をすませる。

オルゴールの演奏が終わった途端、呼吸を思い出したかのように大きく息を吐いた。

「すごいねぇこれ。すごい。別の世界に行っちゃったみたい」

子どものように目を輝かせて、ミミの腕を摑んでゆさぶる。

「確かに、ネジが回っている間だけは、この世界を離れているのかもしれないですね」

「他のはどんな音がするのかな⁉」

エレナはネジが回っていないオルゴールを、片っ端から回していった。

店の奥の方にいる店主が怒っていないか、ミミが確認すると、店主のお婆《ばあ》さんはニコニコと人の良さそうな笑顔をエレナに向けていた。

店内を一周したエレナは、達成感に満ちた晴れやかな顔でぐるりと辺りを見渡した。入店した時と比べ物にならないほど賑《にぎ》やかになった、その空間を。

「ここにずっといたい」

「ダメですよ。このお店に来た目的は、子守歌と同じメロディを奏でるオルゴールを作るためなんですから」

「メロディを遺すって、そういう意味だったんだ！」

二人は店内の端にあるクラフトコーナーの丸椅子に座る。

「すみません。オリジナルオルゴールを作りたいのですが」

「はぁいよぉ」

店主のお婆さんが緩慢な動きで二人のもとへ歩み寄る。

「料金についてですが、持ち合わせが少々不足しておりまして。足りない分を後日支払うことは可能でしょうか？」

「割り引きしたげるよぉ。懐かしい仮面見せてくれたからねぇ。あんたらドラゴン好きなのかい？」

「好きでも嫌いでもありません」

「あたしは――」

エレナは言葉に詰まる。ブランカと出合わなければ。そんなことを考えたこともあった。けれど。

「あたしは、好きです。大好きです」

「そうかい。爺さんもドラゴンが大好きだったのよぉ。ふふ、色々思い出してきたわぁ」

頬を赤らめるお婆《ばあ》さんに、エレナはまるで、お腹の子を撫でる時のような微笑みを向けた。

それからお婆さんの馴《な》れ初め話を延々と聞くことになり、途中でミミが口を挟んだことでようやくオルゴール作りに入った。

「道具はこれ使ってねぇ。作り方はその紙に書いてあるよぉ。分からないことがあったら声かけてねぇ。急がなくてもいいからねぇ。納得いくまでお作りよぉ」

お婆さんは店の奥から道具類と、分厚いマニュアルを置いて、また奥の方へ引っ込んでしまった。エレナは分厚いマニュアルに顔をしかめつつ、ページをめくる。

最初の数ページを読み終わったところで、パタンと表紙を閉じた。

「難しい。書いてあることの半分も分からない。あたしにできるかな」

「私も手伝いますのでご安心を」

ミミはマニュアルをパラパラと高速でめくり、あっと言う間に最後まで読み終わった。

「理解しました。ガイドします。まず音を拾いますので、子守歌、歌ってください」

エレナは頷《うなず》き、喉《のど》を震わせ、メロディを奏でる。

ミミは心身が緩みそうになるのをこらえて、スラスラと淀《よど》みない手つきで、譜面にメロディを書き込んでいく。譜面を見ながらメロディだけ口ずさむミミに、エレナはオーケーサインを出す。

「すごい。マニュアル読めるのも、すぐ理解できるのも、譜面書けるのも」

「幼少期より訓練を受けていますので。暗号を瞬時に解読するための速読力、知識力、思考力。

ターゲットの精神・身体情報や戦況把握のための聴力、識別力。それらが役に立ちました」

「あんたってさ、何でもできるよね。何でもできるようになるまでに、きっとたくさん苦労してきたんだね。すごいね」

「苦労という感情が湧いたことはありません」

「そっか。何か、悲しいね」

「そうでしょうか」

「そうだよ。そんなに色々できるんだからさ、殺し屋以外の道でも幸せになれるよ」

ミミは殺し屋以外の道とやらを考えてみたが、何一つ浮かばなかった。

「想像できません」

「想像できるようになるまで一緒にいてあげたかったけど、無理だね。そうだ、何か趣味はないの？　好きなことを仕事にするのもアリなんじゃない？」

「人助けです」

エレナは思わずミミのポーカーフェイスを二度見した。

「人助け⁉　ふ、ふふ、くあっはっは！　殺し屋のくせに変なの！　それじゃあ大抵の仕事は向いてることになるね。どんな仕事も何かしら人の役に立ってるんだし」

エレナはこんなに大きな声で笑ったのはいつぶりだろうと、目の端に浮かんだ涙を拭った。

悲しくて流した涙はたくさんあったけど、笑い過ぎて流した涙なんて、あの日以来一度もなかった。

「殺し屋の仕事もですか？」

「それはないって」

「ですよね」

テンションの変わらないミミのシュールさに、エレナはまたしても声を上げて笑った。

「初心者さんはドラムの突起部分の取り付けが甘くなりがちなんだけども、しっかりできてるねぇ。細かいところのネジ締めも、位置もほぼ完璧《かんぺき》。器用だねぇ。どっちがやったんだい？」

「あ、あたしです」

エレナは恥ずかしそうにちょこんと控えめに手を挙げた。

「そうかい。赤ちゃん産んでしばらく経ったら、うちで働かないかい？　ドラゴン好きだしセンスあるしで、来てくれると嬉しいんだけどねぇ。息子も遠方で仕事してるし、この店継いでくれる人いないのよぉ」

エレナはお世辞なんじゃないかと思った。今まで器用だなんて、言われたことがなかったから。お世辞だったとしても、その言葉はじわじわと染み入って、身体の芯《しん》を温めた。

「そうできたらいいんですけど、もうすぐここを離れなきゃいけなくて」

「どこに行くんだい？」

「旦那のところです」

死後の世界で旦那に会えたらいいな、という希望を込めて、エレナは笑顔で答えた。

「そりゃいいねぇ。爺さんも昔は色んなところに出稼ぎにいってたもんさ。この店作るためにね。お金のためと分かっていても、あたしゃ離れ離れん時は寂《さび》しかったよぉ。店をかまえてからはずうっとここにいてくれたけどねぇ。夫婦は一緒にいるのが一番！」

「あたしも、そう思います」

「あたしゃあんたが気に入ったよ。どれ、箱に模様彫ってあげるよぉ」

一番安いプランのため、オルゴールを収納する箱は何の装飾もないただの木箱だった。

その木箱に、お婆さんが彫刻刀をしゃっしゃっと軽快に滑らせる。無駄なく正確に線が彫り込まれていく様子は、それ自体がパフォーマンスとしてお金が取れそうで、エレナもミミも息を呑んで見入った。

「はいよぉ。こんなもんでどうかねぇ」

木箱には、大空に翼を広げるドラゴンが浮かび上がっていた。背には二人の男女が小さく描かれている。今にも木箱から飛び立っていきそうだ。

エレナはしばし放心状態に陥《おちい》った。

ブランカそっくりだったから。二人で飛んだあの風景そのものだったから。

「ありがとうございます。ありがとう、ございます」

「いいのよぉ。ここを発《た》つ前にまぁた顔出してねぇ」

「はい」

エレナはオルゴールを両手で摑み、胸に抱きながら店を後にした。

エレナの仮面の隙間《すきま》から透明な滴が零《こぼ》れ落ちたのを見たミミは、エレナの手を引いてひと気のない道に入った。エレナは、自分で仮面を外した。

「ふっ、っふうう、えぐっ」

ミミはハンカチをエレナの目元にあてがいながら、背中をさすった。

DAY5

午前中に軽く散歩した二人は、朝の清涼な空気を肺いっぱいに取り込みながら、部屋でのんびりと過ごしていた。初日と比べて会話は日に日に増えていき、部屋の隅が定位置だったミミは、ベッドの隅に腰を下ろすのが自然な形になっていた。

エレナは昨日からオルゴールを常に傍《かたわ》らに置き、箱の模様を眺めたり、ネジを巻いたり、何度も手に取って微笑んでいる。

「昨日はお礼言いそびれちゃった。ありがとね。オルゴール一緒に作ってくれて。それにお金も。財布事情悪そうなのに。あんたって給料低いの？」

「とっても低いです」

「危険な仕事なのにねぇ。こんなんじゃ足りない、って要求すれば？」

「任務で必要なものや、最低限生活できる分はもらっているので、不満は感じません」

「お金はあるだけあった方がいい、って言葉は通用しないか。きっとあんたはそういう価値観で生きてないいんだろうね」

「一般の価値観と自分の価値観のズレは皆さんと話していて感じるのですが、なにぶん昔からのもので、中々修正できないんですよ」

「あんたと話してると飽きないわ」

「恐縮です」

その返事にも笑えてきてしまう。

いつかお腹の子と友達になってくれないかな、とエレナは瞬間的に思ったが、それは諦《あきら》めた。この小さな殺し屋は安易に友達を作りそうにないから。物思いに耽《ふけ》りながら、オルゴールの入っている箱を何度も開け閉めする。

「あのさ、机の上のリング、持ってきてくれない？」

箱の中にオルゴール以外の物が入れられそうな、小さなスペースを見つけたエレナはすぐにミミに声をかけた。

「どうぞ」

瞳《ひとみ》を閉じ、次に開けた時にはもうエレナの手に銀色のリングがおさまっていた。

「家の中にいるのに本気出さなくても」

「腕がなまらないように適度に動いているだけですよ」

「きっとあんたならどんなやつでも一瞬で殺せちゃうんだろうね」

「そんなことはありません。組織に私より強い人間が少なくとも二人はいますよ」

「はぁ。信じらんないけど、あんたが言うならそうなんだろうね」

「それよりそのリング、どうするんですか？」

「この中に入れておくの。これ、旦那の形見だから。旦那のリングと、あたしの子守歌。この子に遺せるのは、これだけ。これだけでも遺せて、良かった。ねぇ、あんたに頼みがあるんだけどさ。聞いてくれる？」

「聞きます」

エレナはミミから目を逸らし、窓から空を見上げる。

「この子が生まれたら、孤児院に預けてほしい。どの孤児院でもいいから。このオルゴールも一緒に渡してあげて」

「最初からそうするつもりでしたよ」

関係のない人間にするには重すぎる頼みだからと、半ば祈るように頼んだのに、ミミはあっさりそう言った。

「あんた、殺し屋なんだよね?」

「そうですが」

「やっぱり変だよ」

「言ったでしょう。私の趣味は人助けだと」

エレナは、これまで何度もしたやり取りなのに、可笑《おか》しくて毎回心の中で笑い声を漏《も》らしてしまう。

このやり取りの後は大体会話が途切れて穏やかな時間が流れるのだが、今回はそうじゃなかった。常人には判別できないほど僅かに眉《まゆ》を動かしたミミは、急に立ち上がる。

「どうしたの?」

「用ができました。少々外出します。数分程度です。広域探知魔法をかけますのでご安心を」

口早に言うや否や、空間に溶けるようにその姿が消えてなくなった。

エレナは自分でも驚くことに、ミミがいない部屋に物足りなさを感じた。

「不思議な子。あの子ともっと早く、違う状況で出会えてたら」

その先の言葉は呑み込んだ。赤ちゃんが、今日も元気にお腹を蹴ったから。

いつものように子守歌を口ずさもうとして、やめる。試したいことがあったのだ。

オルゴールをお腹に近づけ、箱を開け、ネジを回す。

『〜♪』

お腹の子が、蹴るのをやめた。

ミミがいないのも相まって、エレナは嗚咽《おえつ》を我慢しなかった。

もう自分の喉から発せられる歌が必要なくなったことの寂しさと、このオルゴールが自分の代わりをしてくれることの嬉しさと、子守歌をもうすぐ歌えなくなることの悲しさと。

目元を拭った後、窓の外を見上げる。

この空が。かつて旦那とブランカで飛んだこの空が、どんな時も励ましてくれた。

そんな空に、小さな点がポッと現れる。

目にゴミでも入ったのかと、目をこすってからもう一度見上げた。その点が大きくなっており、おぼろげながら、それが何であるか分かるようになってきていた。

「ドラゴン?」

エレナが見間違えるはずがない。

ドラゴンが上空からエレナの方に迫っていた。

窓を閉めようと手を伸ばしたものの間に合わず、ドラゴンは窓から室内に飛び込んできた。

身体はエレナよりやや小さいくらいの、子どものドラゴンだ。

ドラゴンはベッドの前で激しい鳴き声を上げながら暴《あば》れていた。

動きに合わせて血がそこかしこに点々と散る。ドラゴンの右後ろ脚にナイフが刺さっていた。

暴れている原因はきっとあれだ。

子を守らねば。

エレナはハサミを取り出し、祝詞を唱えようとした。その時、ドラゴンと目が合った。

苦しんでいる。あの時のブランカと同じように。

フラッシュバックした記憶が、魔法発動を阻害する。

バッ、とドラゴンが翼を広げ、狭い室内にもかかわらず飛び上がった。

このままではエレナのもとに落下する。急速に迫る死の恐怖。

それは、自分の死ではなく、お腹の中の子に迫る死に対する恐怖だった。

エレナは頭《こうべ》を垂れ、上半身全体でお腹を覆《おお》った。

ドスン、と、重いものが床に落ちる音がし、部屋に静寂が訪れる。

「人でないものが侵入したのは検知できましたが、まさかドラゴンだったとは。流石の私も焦りましたよ。無事、ですよね？」

窓際から聞こえた声。恐る恐る顔を上げる。

窓の外側で逆さ吊りになっているミミが、指先をドラゴンに向けている。

ドラゴンは光の縄で口、翼、胴体、脚を縛られていた。おそらくミミの魔法によるもの。

エレナは一気に緊張が解けたせいで意識を失いかけたが、飛び散っている血が見えた途端、身体に力が入った。慎重にベッドから降り、縛られて動けないドラゴンに近づいていく。

「何をするつもりですか」

「怪我《けが》してる。助けなきゃ」

自分を、お腹の子を殺していたかもしれないドラゴンを、エレナは助けたいと思った。

刺さっているナイフの柄にかけられたエレナの手に、ミミの手が重なる。

ナイフが抜けた後、ミミは素早く傷口部位周辺を圧迫し、止血した。

「エイミー！　ダメ、エイミー！」

圧迫をエレナが引き継ぎ、応急処置の道具をミミが取り出したところで、窓の外から幼い声が聞こえてきた。ドラゴンが割った窓から家の中に侵入しようとしているのを察知したミミは、咄嗟《とっさ》に身構える。

「あなたは？」

ミミは外に向かって問いかける。

「エイミー何かしちゃった⁉　変な人にいきなり刺されそうになったのを、エイミーが庇《かば》ってくれて！　そのせいなの！　あたしのせいなの！」

目にいっぱいの涙をためながら少女はそう訴える。目視にて一〇歳前後の子どもと確認。敵意もなく怪しい素振りも見せず魔力も練っていなかったため、ミミは警戒を解いた。

「落ち着いてください。まずはこの子の手当てを。手伝ってくれますか？」

「う、うん！」

少女が来た途端、血走っていたドラゴンの瞳が細められ、荒かった呼吸が穏やかなものになっていく。傍らでドラゴンに語りかけ、撫で続けている少女の姿を見て、エレナと目配《めくば》せすると、ミミは拘束魔法を解いた。

ドラゴンからエレナを守るべく身構えていたミミだったが、落ち着いた様子のドラゴンを確認し、身体を弛緩《しかん》させた。

少女は二人の視線に気付いて振り向き、頭を下げた。

「ごめんなさい！　ごめんなさい！　ごめんなさい！」

「見ての通りこの方は妊婦です。お腹の子にまで被害が及ぶところでしたよ」

ミミが冷静にそう言うと、少女の瞳が再び潤み始める。

尚《なお》も何か言おうとしたミミにエレナは小首を振り、少女に歩み寄る。

「この子は、あなたが飼っているの？」

エレナは、かつての自分の姿と重なる少女に対し、柔和な笑みを浮かべた。

「ち、違う」

「嘘吐《うそつ》かなくていいよ。あたしも昔、こっそり飼ってたんだ。ドラゴン」

「えっ⁉　ほんと⁉」

怯《おび》えたような、か細い声から一変、明るく弾む。

「ほんとだよ。だから言わせてもらうね。その子を街の方にある役所に預けて。さっき見つけました、って。大丈夫、きっと信じてもらえるよ」

「で、でも！　この子、生まれつき翼の形が変で、上手に飛べないの！　そういう子は国に殺されちゃうって聞いた！　エイミーが死ぬのは嫌っ！」

　エレナは、まるで過去の自分に語りかけているような感覚に陥った。

「それでも、預けよう。その子が今日みたいに、誰かを殺すかもしれない。その誰かはあなたの家族かもしれないし、お友達かもしれない」

「この子が大きくなったら、きっと今日みたいなことは起こらないよ！」

「あたしが飼ってた子は大人になっても、痛くて、暴れて、人を殺しちゃったの。人間も同じでしょ。刃物で刺されたら、大人も子どもも関係なく痛くて、泣いちゃう。暴れちゃう」

　少女は、エレナに目を覗《のぞ》き込まれ、生唾を飲み込んだ。

「お別れ、しないといけないの？」

「そうだよ。もしあなたではない別の人がこの子を見つけていたら、もっと早く預けられて、殺されちゃってたかもしれない。ほんの短い時間でも一緒に過ごせて良かったって思うしかないんだよ」

　見つめ合うエレナと少女の横から、ミミが口を挟んだ。

「最近は、殺処分予定のドラゴンを寿命が尽きるまで保護する、国認定の非営利組織が出来始めました。もしかしたらその子、助かるかもしれませんよ」

「そうなの⁉」

「はい」

「そうなんだって。だから、安心してその子を預けておいで。また何か起こらないうちに」

エレナが少女の頭を優しく撫でる。

「最後にばいばいしていい？」

「もちろん」

少女はドラゴンの首に、ギュッと抱き着いた。そんな少女の頬をドラゴンが長い舌で舐《な》める。

どれだけそうしていただろう。

ようやくドラゴンを離した少女が、エレナとミミに頭を下げた。

「迷惑かけてごめんなさい。この子の怪我の手当てをしてくれて、色々教えてくれて、ありがとうございました。あたし、大きくなったら、その、ひえいりそしきってところで働いて、またこの子に会いに行こうと思います」

「気にしないで。さあ、行ってらっしゃい」

「はい！」

来た時と同じく窓から出て行った一人と一匹を見送ったエレナは、ベッドに戻って一息吐く。

「ねぇ。ドラゴン保護組織があるって、本当？」

「本当ですよ。ただ最近発足したばかりで、所在地も王都のみ、国もこの活動にそこまで資金を回していない関係で、保護され生き残るドラゴンは僅かですが」

「じゃああのドラゴンが生き残る確率は」

「現段階ではゼロでしょう。それでも、あなたの時のような悲劇が起こらないよう、預けなければならないんです」

「これで、良かったんだよね」

エレナは、過去の自分とは違う道を歩ませた少女に思いを馳《は》せた。

「はい。ドラゴンの個人飼育自体犯罪ですし、これが最善手です。未来に起こりうる悲劇を、あなたが未然に防いだんですよ。あなたは、過去の自分を救ったんです」

「あんたのおかげだよ。……助けに来てくれてありがと」

「私はあなたではなく、お腹の子を守ったんですよ」

「とか言っちゃって、本当はあたししか目に入ってなかったクセに」

「バレましたか」

ミミは無表情のまま、おどけるようにチロッと舌を出した。

エレナは冗談のつもりで言ったのにそう返されて戸惑ったが、その戸惑いは胸の内に留《とど》めた。

ミミから顔を背け、黙って窓の外に顔を向ける。

困ったな。この殺し屋少女との別れが惜しくなってきた。

自分を殺す相手にこんなこと思うなんて、変なの。

DAY6

「昨日の子、変な人にいきなり刺されそうになったたって言ってたけど、なんでそんなことするんだろうね。自分が逆に襲われるかもしれないのに」

朝食後、エレナはベッドでお腹を撫でながら呟いた。

「ドラゴン殺し《スレイヤー》にでも憧《あこが》れていたのでしょう」

「ドラゴン殺しって？」

「保護が困難だと判断された暴れドラゴンを処分する職業です。国が設定する厳しい試験をクリアし、資格を得た者だけがなれます」

ブランカを攻撃した若者たちは、ドラゴン殺しごっこでもしていたのだろうか、とエレナはぼんやりと思った。あの場に本物のドラゴン殺しがいたらどうしていただろう。若者グループがブランカを攻撃する前にドラゴン殺しが現れたら、あたしは素直にブランカを引き渡していただろうか。若者グループがブランカを攻撃し、ブランカが暴れ始めた時に現れたら、あたしはブランカが殺される様を、静観できただろうか。

「そういえば、その変な人が刺したナイフ、いつの間にかなくなってるね。ちゃんと引き抜いたはずなのに。まさかあの小さな女の子が持ち帰ったんじゃ⁉」

「持ち主ともども軍警察に提出しました」

「なんだ。いつの間にか成敗してたんだ」

「この辺りに出没する危険人物を野放しにはしておけません。その人物があなたを襲撃する可能性もありますから」

「それもそうだね」

「そんなことより、荷物をまとめてください」

「はい？　どしたのいきなり」

「病院へ移ります」

朝食で使った皿を洗い終えたミミは、エプロンをくるりと畳んで自前の背嚢《はいのう》にしまった。

「だから、あたしは顔が割れてるから病院に入れないって」

「昨日突然外出したのは、組織からの返答を聞くためだったんです。給料の前借りができたので、組織直轄の病院へご案内できます。病院で安全に産みましょう」

エレナはその献身が身に染みて、思わず胸を押さえた。

「あんたって、あんたってさ、どうして、そこまでしてくれるの」

「前も言いましたが、趣味です。趣味のためなら給料の前借りくらいしますよ」

「殺し屋なのに趣味が人助けって冗談、何回聞いても笑っちゃうからやめて」

「冗談のつもりはないんですが」

「荷物、このオルゴールだけあればいいよ。これ以外いらない。他に大したものないし、そもそもあたし明日死ぬし」

「分かりました。目的地までは私があなたを運びます」

「ゆっくりお願いね。お腹が張って痛いから」

「了解」

休憩を挟みながら移動すること数時間。

組織の人間しか分からない、いくつもの関所を通り抜けようやく辿《たど》り着いたのは、誰も寄り付かなそうな人工物ゼロの山奥、の地下。

任務で負傷した殺し屋たちが運ばれてくる、光届かぬ闇《やみ》病院。

白色が基調の内装で、見た目は普通の病院そのもの。違いは、地下にあるため窓が一切《いっさい》ないことと、薬品の匂いを覆いつくす血の臭いだけ。

二人が訪れた際、ちょうど半身が焼けただれた殺し屋が、処理班によって運ばれてきた。

処理班は、死体の処理をするのが主な仕事なのだが、その他にも現場の証拠隠滅、負傷者の運搬、各班のサポート等、幅広く活動している。

エレナの部屋は決まっているのか、ミミはエレナを抱えたまますいすいと院内を進んでいく。

その間に何人も負傷者が運び込まれてきた。

「殺し屋も大変なんだねぇ。ってか怪我してるのほとんど若い人ばっかりじゃない？」

「はい。経験の浅い者ほど怪我をします」

「あんたも怪我するの？」

「訓練以外ではしたことありません」

「優秀なんだね」

「怪我しないため、死なないため、殺すための訓練は苦ではありませんでしたから」

いつもは、やっぱりあんた変だよ、と突っ込むが、負傷している若い殺し屋たちを見たせいで、口が開かなかった。

過酷な世界にいることを微塵《みじん》も感じさせない無表情。淡々とした動き。

苦しく感じない。そんな風になってしまった、少女の生い立ちを慮《おもんぱか》って。


その日の夜。家にいた時と同じく、エレナはベッドに背を預け、ミミはベッドの端で脚をぷらぷら揺らしていた。

「こんなに柔らかくて暖かいベッドはじめて。すぐ眠っちゃいそう」

「もうすぐ産まれそうですか？　ならそのまま眠っちゃってください」

「産まれそう、だと思う。明日くらいに。でもまだ寝たくないなぁ」

「どうしてですか」

「だってあんたとゆっくり話せるの今日で最後でしょ。明日は出産やら何やらで色々あるだろうし。その後あんたに殺されるし」

「私なんかより、ご自身の身体のことを一番に考えてください」

「ちょっと夜更かしするくらい大丈夫だって。あと私『なんか』とか言わないでよ。あたし、あんたに会えて良かったたって、思ってるんだよ」

「あなたを殺すのに？」

「どうせ死んでたよ。捕まって死刑。この病院もあんたがいなきゃ入れなかった。一人で上手《うま》く出産できたかどうか。ってかあんたが守ってくれなきゃ、あの怪我したドラゴンに殺されてた。お腹の赤ちゃんもあたしも、今無事なのは全部あんたのおかげ」

「あなたはよく私のことを変だって言ってきますけど、殺し屋に会えて良かったなんて言うあなたも変ですよ」

「あはは、そうかもね。まあさ、こうやってあんたに感謝してるやつもいるんだし、もっと自分のこと大切にしなよ」

「私は私を大切にしようと思ったことはありません。殺し屋ですよ」

「そんな悲しいこと言わないでよ。その気持ち分からんでもないけどさ。旦那と一緒になる前はあたしもそうだったたし。あんた、親やきょうだいはいる？」

「いません。兄、みたいな人はいますが、血は繋がっていません」

「あたしと同じだね。恋人は？」

「いません」

「好きな人は?」

「いません」

「気になる人も?」

「いません」

「そっか。そういう機会、なさそうだもんねぇ。自由にできる時間もないの?」

「ありません。基本、余剰時間は休息に消えます」

「じゃあさ、殺し屋辞めた後は?」

「辞めません」

「仮に辞めたとして! どういう人と一緒になりたいなぁって思う?」

「分かりません。想像したことすらありません」

「ああもう! 環境的に恋愛に興味持つの難しいっぽい! じゃああたしがぴったりの人見つける! そうだなぁ、どういう人がいいかなぁ。同業の殺し屋? あんたは大人しいから、元気な人がいいかな? それとも落ち着いた人? うーん、想像しづらいなぁ」

目に見えて楽しげに話し始めたエレナを見て、ミミは疑問を口にした。

「そんなに、恋愛って楽しいのですか?」

エレナは、パン! とベッドのシーツを叩き、目を輝かせた。

「楽しいよ! この人、あたしのことが好きなんだって分かるとめっちゃ嬉しい! それにね、恋愛は結婚に繋がることがあるの。結婚するとさ、家族になれるんだよ。当たり前のことなんだけどさ。しかも、相手が自分の家族になるだけじゃない。子どもが生まれれば家族が増えるんだよ。これってすごくない？　あたしは結婚とほぼ同じ時期に旦那が死んだから、正式に『家族』として旦那と過ごせた時間、ほとんどないんだ。だからあんたには、あたしができなかった分、家族との幸せな時間、作ってほしいなーなんて思ったり」

最初の勢いはどこへやら、最後の方は、はにかみながらシーツを直していた。

家族になれる。その言葉にミミは妙に惹《ひ》かれたが、すぐに我に返る。

「それは魅力的かもしれません。でも私、かわいくありません。相手が見つかるでしょうか。この左右色の違う瞳、よく不気味だと言われますし」

「あたし、不気味だなんて思ったこと、一度もないよ。綺麗《きれい》じゃん。瞳大きいし宝石みたい。宝石なんて見たことないけど、間違いない」

「そうでしょうか」

「そうだよ。不気味だなんて言うやつらの感性のがおかしいんだって。あんたはかわいいし、瞳もとっても綺麗！　いつまでも眺めていられるくらい！」

ミミの瞳を覗き込もうと身を起こそうとしたエレナを、ミミが慌てて押さえつける。

「ありがとうございます。ただ、相手が見つかっても、組織のルールで結婚できないんです」

「え⁉　なんで⁉」

「弱くなるから、だそうです。組織か、家族か、どちらを取るか、二択を迫られた時、人はどちらを取ると思いますか？」

「それはもちろん家族だよ！」

「そういうことです。人生の優先順位が変わってしまうんです。家族を人質に取られ、『解放してほしくば、組織の情報を渡せ』と言われたら、渡すしかなくなる。だから組織は、家族どころか、組織員同士で仲間を作ることさえ、良い顔をしません」

「そうなんだ。それは寂しいね。じゃあさ、やっぱり組織辞めればいいんじゃん！」

「万が一にもあり得ませんが、もし私が殺し屋を辞めたら、そのあたりのこと、少しだけ考えてみます」

「約束ね！　あーあ、そこまであたしが生きてたら、色々と世話焼けたのになー。結婚式で、あんたの親類側で出席したりとかさ。あんたの赤ちゃんの面倒見たり。きっとあんたと同じで、綺麗な瞳してるんだろうね」

「それは無理なんです。私は殺し屋になる過程で生殖機能を失っていますから。人を産む身体ではなく、殺す身体なんです」

それまでの饒舌《じょうぜつ》さが嘘だったように、エレナの舌の根が硬直した。

こんな一〇代半ばの少女が、既に子どもを産めない身体になっている？

ここで悲しそうな表情を見せてはいけない。咄嗟にそう判断したエレナは、先ほどと同じ笑顔を作った。

「そっか、じゃあそれはナシで！　子ども欲しくなったら養子もらうとかできるしね。あたしと旦那、二人きりの時以外はいつも仏頂面だったから、養子にもらってくれる人がいなくて。もしあんたが想《おも》い人と結婚したら、あたしらみたいな子ども、もらってあげてほしいな」

「はい。ぜひ」

「あたし、あの世から、あたしの子どもとあんた、二人とも見守ってるからね」

「……ありがとうございます」

ミミは、普段は滅多にターゲットに触れさせない手を握られても拒否せず、握り返した。

その時だった。エレナが脈絡なく口を押さえる。

「どうされましたか」

「う、産まれそう」

「すぐに医師を呼びます」

ミミは目にも留まらぬ速さで医師のもとへ向かう。エレナはすぐに分娩室へ運び込まれた。

時計の針は長針短針ともにぴったり一二を指していた。

DAY7

「コードネーム33。今すぐ分娩室へ」

分娩室から出てきた壮年の男性医師がミミを呼んだ。

「デュオ、何かあったんですか。赤ちゃんは無事生まれましたか」

「子は無事だが親がダメだ。出血多量でまもなく亡くなる。まだ意識があるから話してこい」

組織専属医のデュオは煙草《たばこ》を取り出し、口にくわえた。

「配慮、感謝します」

分娩室へ駆け込むミミを、デュオは興味深げに見つめた。ミミほどの実力者でも、足をもつれさせることがあるのか、と驚いたのだ。

エレナは荒い息を吐きながら、幸せそうに赤ちゃんを抱いて、産声を上げる様子を笑顔で見つめていた。エレナは足をバタつかせながら入ってきたミミに気付き、同じく笑顔を向ける。

「生まれたよ」

「はい。赤ちゃん、とっても元気ですね」

「なに辛気臭い顔してんのよ。――そっか、もう七日目か。あたし、今から殺されちゃうんだね」

エレナは、自身からこぼれ落ちていく血液に気付いていない様子だった。

ミミは、僅かに下唇を嚙《か》みしめ、普段の無表情を作る。

「そうです。あなたは私がこっそり飲ませた毒で、まもなく死にます」

「気付かなかった。そっか、もう死んじゃうんだ。最期にこの子の顔見れて良かったぁ」

エレナは赤ちゃんの、リンゴのような赤い頰に口づけした。

「私が必ず孤児院に届けますので安心してください。その際にこの子の名前もメモで残しておきます。名前、教えてください」

「名前は、付けない。あたしの痕跡は、オルゴールだけでいい。犯罪者の血が流れてるって、この子に気付いてほしくない」

「了解」

「オルゴール、ちゃんと持ってる？」

「持ってます」

ミミは懐からオルゴールを取り出した。

「お願いね。この子と一緒に」

「この子の手に握らせておきます」

「ありがとう。あんたには世話になりっぱなしだったね。あたしの汚かった身体を綺麗にしてくれてありがとう。あれ嬉しかった。他にも、オルゴールとか、ほんと、たくさん」

段々と声に力がなくなっていく。

「もう十分伝わりましたから。最期は赤ちゃんとの時間を」

「もうさっきお別れは済ませたよ。次はあんたの番なの。数字で呼ばれてるんだね。聞こえてたよ。名前が必要だね。33だから、ミミでどう？　あんた猫っぽいから、猫っぽい名前にしてみた。かわいい感じで良いと思うんだけど」

ミミは咄嗟に、既にそう呼ばれていますよ、と言いかけたが、軽く首を振ってから微笑んだ。

「素敵な名前です。大切に使わせていただきますね」

身体が辛《つら》いだろうに、エレナはニッと明るい笑顔を浮かべた。

「あ、ヤバい、何か、眠く」

エレナの目の焦点が合わなくなっていく。

「もう寝ていいんですよ」

「まだ言いたいこと、ある。ミミさ、人を産む身体じゃなく、殺す身体って言ってたけど、そんなことないよ。だってミミがいなきゃこの子は生まれてなかった。ミミがあたしと一緒に産んでくれたんだよ。ミミはただ殺してるだけじゃない。少なくとも一人、ここに、ミミに救われた命がある。だからもうそんな悲しいこと言わないで」

人を産む身体ではなく、殺す身体だ、とミミが言った時、上手く伝えられなかったことを、ギリギリのタイミングで、感謝を込めて伝えることができた。良かった。

これでもう、心残りは。

「分かりました。言いません」

「空。あたし、空、見たい」

エレナは赤ちゃんを胸に抱きながら、しゃがれた声で最期の願いを口にした。

ここは地下。空を見ることはできない。

「了解」

にもかかわらず、ミミは即座に了承した。自身の瞼《まぶた》に触れてから、天井《てんじょう》を凝視。

取り出したナイフを握り込んだ瞬間、傍目《はため》にも分かるくらいナイフが熱を持ち始めた。

「コードネーム33、何をするつも――」

デュオが一回瞬きした時には地下二階の天井が直径一メートルほど切り取られていて、二回目の瞬きの時には地下一階の天井が。

地上まで開通させたミミがエレナの傍らにふわりと着地した。

「後で私が徹夜して直しておきますので」

「いらん。処理班に、患者が痛みのあまり錯乱してしでかした、て理由付けて直してもらう」

「助かります」

ミミはエレナの顔を覗き込んだ。目は半開きになっており、焦点は全く合っていなかった。

ただその目は真っ直《ます》ぐ漆黒の空を向いている。

「天窓から空が見えますよ」

「うん。見えるよ。綺麗な青空が。あれ、旦那と、ブランカが、近づいてきてる」

「きっと迎えに来てくれたんですよ」

「また会えるなんて、夢みたい。あたし、行かなきゃ」

「ここでお別れです。さようなら、エレナさん」

「ありがとね。ばいばい。ミミ」

エレナの腕からずり落ちそうになっていた赤ちゃんを、ミミが片手で抱きとめる。もう片方の手でミミは鎌を展開し、祈りを捧《ささ》げるように掲げ、目を閉じた。

「《汝の旅路に幸あらんことを《Bon voyage》》」

ドラゴンの背に乗る夫婦を思い浮かべながら、魔力を練らず、祝詞のみ口にした。

ミミが鎌をしまったタイミングでデュオが口を開く。

「コードネーム33。死体はどうする」

「この方はターゲットなので、通常任務と同じく処理班へ私が連絡します」

「お前、ターゲットに子を産ませたのか」

「違反ではないはずです」

「それはそうだが、ボスが聞いたら何て言うか」

「言うんですか、ボスに」

エレナの瞼を下ろしたミミが振り返る。ミミの両の目を直視したデュオは身震いし、すぐに明後日の方を向いて苦い顔をした。

「言わないからその目やめてくれ」

「よろしくお願いします。それでは」

　未だ元気な泣き声を上げている赤ちゃんを抱えたミミは、その場から一瞬で姿を消した。

　デュオはため息を吐き、付近の看護師にエレナの亡骸《なきがら》を遺体安置所に運ぶよう指示した。


「産まれたてですね」

「はい。事情は話せません」

　どこかの街の、小さな孤児院にて。

「そういう方は多いです。この子の名前は？」

　ミミは言葉に詰まった。エレナは名付けなかった。一瞬、名前を付けてあげてほしいと頼もうかと思ったが、赤ちゃんの顔を見て思いとどまった。

　この子に相応《ふさわ》しい名前は。

「ブランカです。この子は、ブランカと言います」

　ミミは、生まれてはじめて名前を付けた。

　エレナならこの名前を付けるんじゃないか、と考えた。

「ブランカちゃんですね」

「それと、これを。オルゴールの音色を聞かせてあげると落ち着くと思われます。この子の両親の形見なので、物心ついたら渡してあげてください」

もうこの赤ちゃんの姿を見ることはないだろう。ミミは、そっと赤ちゃんの頬に手を添えた。

『ミミがあたしと一緒に産んでくれたんだよ』

エレナの言葉が、ミミの心に温《ぬく》もりを灯《とも》した。

深々と頭を下げたミミは孤児院に背を向けて歩き出した。

手に残っている温もりを逃さぬよう、ポケットに手を突っ込みながら。

「そうかい。赤ん坊、無事に生まれて良かったねぇ」

ミミは閉店間近のオルゴール店を訪れていた。

「はい。旦那さんのところに行く予定が早まって挨拶《あいさつ》できなくてごめんなさい、と言伝《ことづて》を預かっています」

ミミは、わざわざ事実を伝えなかった。エレナに、誰かの心の中で生き続けてほしかった。

「いいのよぉ。母子ともに元気ならそれで」

「あの、以前オルゴール作りに使用した譜面って、まだ残っていたりしないでしょうか？　もし残っていたらいただきたいのですが」

「残ってるよぉ。印象的だったからねぇ。実はこっそり自分で作ったのよ」

店主のお婆さんはレジ横に置いてあった小さなオルゴールのネジを回した。

「〜♪」

流れ出す、あのメロディ。ミミの頭の中でそのメロディがエレナの声に変換されていく。

ミミは目を閉じ、腕を組みながら聴き入った。

曲が終わり、目を見開くと、お婆さんがオルゴールを差し出していた。

「これあげるよぉ。聴いてる時の顔で分かるよ。あんたにゃあこれが必要だって」

「どうして分かるんですか？　私、感情が表に出ないよう努めているのですが」

「年の功かねぇ」

クシャッと浮かべた笑顔に刻まれたシワが、大樹の年輪を思わせる。

「本当にもらっちゃっていいんですか？」

「いいのいいの。これ趣味で作ったものだしねぇ。それに、もうこの店はお金儲《もう》けのためにやってないからねぇ。爺さんのために、のんびりとね、やらせてもらってるのよぉ」

ミミは両手で水をすくうようにオルゴールを受け取った。

「……ありがとうございます。お礼と言ってはなんですが、こちらをどうぞ。万能薬です。大抵の風邪はこれで治ります。どうか長生きしてください」

懐の医療キットから丸薬の詰まった小袋を手渡した。

「そりゃ便利だねぇ！　ありがとうねぇ」

「こちらこそ。心遣い感謝します」

最後にまた腰を折ってから、ミミを見送るお婆さんに背を向けた。

任務の終了を報告し、束の間の休息を得る。今夜は本を開かず、窓から夜空を見上げることにした。遠視魔法を使い、月を観察。

月は表面がデコボコしていて、人によって色んな模様に見えるらしい。

一番有名なのが、寝そべるドラゴンの模様。

ミミは懐からオルゴールを引っ張り出して、ネジを回した。

「～～～～♪」

その夜、ミミの寝室には、一晩中、オルゴールの音が満ちたのだった。

interlude
幕間

「ニイニは、家族が欲しいって思ったことある？」

「急にどうしたんだ」

ハードスケジュールを乗り越え、組織が用意した休憩所のベッドで横になっていたニイニ。見知った者の気配を感じ、仰向《あおむ》けになると、天井《てんじょう》にミミが張り付いていた。よくあることなのでニイニはそのことに対して全く動じなかった。

「興味が湧《わ》いた」

「家族が欲しいかどうか、か」

ニイニはミミではなく、天井を眺めたまま、しばし黙り込む。

「ニイニは珍しい転入組だった。もしかして、家族、いた？」

組織の育成施設は基本、年端もいかない孤児しか受け入れていない。ある程度の年齢で転入してきたことは、育ててくれた家族を喪《うしな》ったことを指す。

「いた。昔はね」

ミミは幼い頃からニイニと一緒にいたが、過去の話は一度たりとも聞いたことがなかった。

「そう」

ポスン、と、リンゴが一つ落ちたくらいの小さな着地音が、ニイニの横でした。

狭いベッドに、二人並んで寝転ぶ。

「考えたこともなかったな。新しく家族を作ることは」

「変なこと訊《き》いちゃった？」

「むしろ尋ねてくれて良かったとすら思うよ。自分の気持ちを再確認できたからね。――家族が欲しいとは、思わない」

ミミは、相槌《あいづち》を打とうとしたが止《や》め、代わりにこんなことを言った。

「今日、ここで寝ていい？」

「いいよ。懐かしいな。昔はこうやって並んで寝てたよな。ミミは寝相悪くてさ。寝る前は僕の腕にしがみついてたのに、寝入ってからしばらくすると腹丸出しにして何回も肘鉄、キック、パンチ喰《く》らわせてきてさ。何回も起こされたよ。明日は早朝から任務だから、そういうのは勘弁してくれよ」

ニイニの声には疲れが滲《にじ》んでいた。

「もうしない。ニイニ、最近、仕事しすぎ。緩めた方がいい」

「やらなきゃいけないことがあるんだよ。明日も急に入ったボス案件やらなきゃ。急にって言っても、ボス案件が急じゃなかったことないけど」

ボス案件。ボスから最も信頼されているコードネーム1、アルクが、直々に任務を伝えてくる特殊任務。ミミは独り立ちしてから、まだ数件ほどしかこなしたことがない。

ボス自らが情報を集めるため、裏どりは不要。重要度の高い任務のため、通常任務と比べ与えられる期間が極端に短い。そのため実力者に振られることが多い。

「それは大変。早く寝なきゃ」

「早く寝ようとしたのに、いきなり訪ねて来て、家族が欲しいかなんて訊いてくるから、目が冴《さ》えちゃったよ」

「ニイニは目が冴えてても眠れる」

「まあな。そろそろ寝ないと明日の任務に障る。おやすみ、ミミ」

「おやすみ、ニイニ」

限られた時間しか休息できない殺し屋たちは、自在に睡眠をコントロールできる。

灯《あか》りを落とすと、ニイニはすぐに寝息を立て始めた。

このすぐ寝る技能もミミはまだニイニの域に達していなく、僅《わず》かに遅れて意識が落ちてゆく。

その就寝時間のズレによって、ニイニの発した寝言を聞くことができた。

しかし声量がゼロに限りなく近かったため、完全に聞き取ることができない。

落ちゆく意識の中で捉《とら》えたのは、誰《だれ》かの名前。

不明瞭な発声だったものの、響きから、女性の名前のような印象を受けたのだった。


寝る直前のニイニの言葉が気になり、想定していたより深く寝入ることができなかったミミは、身体《からだ》が十分に動く程度には睡眠がとれていることを確認してから起床した。

ニイニの睡眠を邪魔しないよう、隠密《おんみつ》魔法を重ねがけして部屋を出る。

組織から指定された休息時間はまだ残っている。

この休憩所とあの場所は近い。

そのことに気付いたミミは、すぐに移動を開始した。

深夜の森の中を駆け、辿《たど》り着いたのは、組織病院。

目的地は、唯一光の灯《とも》った部屋。通い慣れた、デュオの部屋だ。

組織病院の近くで任務を行った際、ミミは度々ここに立ち寄る。

幼い頃からアルクと訓練していたミミは、他の組織の子どもたちに比べて、怪我《けが》が絶えなかった。ひどい怪我になることも多かったため、組織専属の医者であるデュオと関《かか》わる時間は、自然と多くなった。怪我が治るまでの間、デュオはミミに音楽を聴かせたり本を読ませたりした。本といってもほぼ学術書だったが。

光が漏《も》れ出る扉を開くと、正面奥、書類に目を落としていたデュオが顔を上げた。

ドクター・デュオ。この組織の創始者メンバーの一人。組織の医療面を一手に担っている。常に身体から煙草《たばこ》の匂《にお》いを漂わせているため、すぐに所在が分かる。

「こんな深夜にどうした」

「休息時間が余ったので。暇つぶしです」

「ここは託児所じゃないんだがなぁ」

「私はもう一四歳です」

「もうそんな歳《とし》か。やだねぇ時間の流れが早くて」

大げさに顔をしかめながら、デュオは懐《ふところ》から取り出した煙草に火を点《つ》けた。

「暇つぶしというのは嘘《うそ》です。お礼を言いに来ました。先日は便宜を図っていただき、ありがとうございました」

ミミは、デュオが煙をふかし終わったタイミングを見計らって、頭を下げた。

「律儀だな。あれぐらいかまわん」

デュオはまんざらでもなさそうに、くすんだ金髪を撫《な》でつけた。

「お礼ついでに、新しい詩集を借りに来ました」

「おい、そっちが目的だろう」

デュオは苦笑いしながら、壁一面の書棚から、一冊の文庫本を引っ張り出した。

「そんなことないですよ」

「そんなことあるだろ。ほら。今日発売されたばかりの新作だ。前回のより厚めだぞ」

ミミはデュオが差し出した詩集に飛びついた。

高名な画家が描いた表紙を撫で、紙の匂いを存分に堪能する。

ページを開く前に、ミミは魔石蓄音機へ向かった。

デュオの書斎を訪れた者は、例外なく魔石蓄音機を使いたがる。

本体が高価なのはもちろんのこと、レコード一枚ですら庶民には手が届かず、何より駆動させるための魔石が本体より高い。

魔石とは、魔力含有石の略称。通常、人間の体内でしか生成されない魔力を、なぜか帯びている石。大昔に亡くなった人間の死体から、長い時間をかけてできたものという説が有力だが、真偽は未《いま》だ不明。

魔石が帯びている魔力は微弱で、大型サイズの魔石でも、魔法を一回発動できるかどうかくらいの魔力量。ただ希少なため、その価値は年々高まるばかり。

この魔石蓄音機は、そんな魔石を消費して動かすため、維持費もかかる。そのため、魔石蓄音機を所有できるのは、金持ちか、物好きな人間だけだ。

デュオは後者。給料のほとんどをこれにかけている。

ミミはレコードをかけながら詩集を読む時間が好きだった。詩を読めば読むほど、ターゲットたちの気持ちを理解できる気がするから。

ミミは気分転換に、お気に入りのレコードではなく、別のものを選ぶことにした。

書棚の対面にあるレコード棚を物色していると、一枚だけケースがボロボロになっているものを見つけた。何度も手に取ったことが分かる。

「このレコード、もしかしてデュオのお気に入りですか?」

「それか。ボスが好きだったやつでな。一緒に聴いてたら、オレも好きになっちまったんだ」

「そうなんですね。聴いてみます」

レコードをセットし、起動。

ミミは、レコード棚にあるほとんどの曲と同じように、クラシック音楽が流れるものだと思ったが、意外にもポップな曲だった。

優しい声音、ピアノ、ドラムス、ベース、チューバによって奏でられる陽気な音楽。

陽気といってもエネルギッシュなものではなく、どこか郷愁を感じさせるような、悲しみを乗り越えて得た幸せを表現しているかのような、そんな絶妙なニュアンスを含んだメロディ。

普段は音楽を聴き流しながら本を読むミミだったが、一曲終わるまで、立ったままじっと聴き入った。

ミミはもう一度かけてよいか、とレコードを手に目で伝えた。デュオは渋々頷《うなず》く。

「気に入ったようだな」

「はい。なんだか落ち着きます」

「ボスと趣味が合いそうだな」

「ボスってどんな人なんですか？　私たち一般組織員は姿どころか声すらも聞いたことがないんですが、デュオなら知ってますよね？」

元々、ボスのことは気になっていた。

ミミのいる組織は、ただの殺し屋組織ではない。

ターゲットが重犯罪者の場合のみ、殺しの依頼を受ける。罪のない人間は殺さない。

ある種、義賊的な一面を持っているのだ。

そんな組織を作った人間に、興味があった。

デュオは、いつもしている気難しそうな顔から一転、あからさまに眉尻《まゆじり》を下げた。

「ボスはなぁ、芯《しん》の通った女性だったよ。生き様が美しかった」

「尊敬してるんですね。だからボスと一緒に組織を作ったんですか？」

「オレとボス、それにアルクは同じ時期に軍に入ってな。ボスがアルクを気に入って、元々ボスと知り合いだったオレと三人でつるむようになった。組織を立ち上げてからは、毎日が刺激的で飽きなかった。あの頃は大変だったなぁ。出来たての組織ってことで、他の殺し屋稼業のやつらに目付けられてなぁ。あんなに楽しく、充実した時間が過ごせたのは、全部、ボスのおかげだ」

「ボスに会ってみたいです」

ミミは、生まれた後すぐに、この組織に拾われたと聞いていた。であるならば、ボスは恩人ということになる。

「それは――」

「与太話をしている暇があるのか、デュオ。それに、コードネーム33」

底冷えするような声が聞こえた瞬間、ミミは安息時間が終わったことを悟った。

「相変わらずストイックだねぇ」

「アルク。なぜここに」

「貴様には関係ない」

急に現れたアルクは、魔石蓄音機から流れる音楽を消した。

デュオはため息を一つ吐《つ》いてから、引き出しから薬袋を取り出す。

「時間を無駄にしたくないようだから、手短にいくぞ。どうせこれを受け取りに来たんだろ。ほら、受け取れ」

デュオが放った袋を、目にも留まらぬ動きで懐にしまうアルク。

「アルクは、どこか悪いのですか？」

「貴様には関係がないと言ったはずだ」

「まあそう邪険にするな。ちょっとした増強剤だよ」

「私もその薬に興味があります。任務の成功率が上がるなら、私も使いたいです」

デュオが口を開く前に、アルクが虚《うつ》ろな瞳《ひとみ》をぎょろりと動かす。

「お前にはまだ早い。基本あってこそだ。こんなところで遊んでいる場合ではない。時間が余っているのなら、もっと修練を積め」

ミミとデュオに背を向け、姿を消そうとしていたアルクに、デュオが声をかける。

「最近、原料の集まり具合が悪い。常用せず、使い時を見極めろ」

「了解」

アルクは、ミミが瞬《まばた》きをした間にいなくなった。

「あいつには人は育てられんな。馬鹿《ばか》の一つ覚えみたいに、修練、修練、修練だ」

「それがアルクなんですよ。そういう人なんです」

「流石《さすが》、昔からアルクと訓練に励んでるだけあるな。よく分かってる」

「もう一度、あの曲、聴いてもいいですか？」

組織病院の地下二階にある修練場に向かう前に聴いておきたかった。次、またいつ立ち寄れるか分からないから。

「一曲聴くのにいくらかかるか知ってるのか？　まったく、今日だけだぞ」

「ありがとうございます」

ミミは、音楽をもっとよく聴くために、フードを下ろした。

「珍しいな。お前がフードを下ろすなんて。そういやそのフード、ちょっと前に改造したよな？　なんでそんな猫の耳みたいなもん付けたんだ？　あれか？　黒猫とかっていう通り名に寄せたとかか？」

「違いますし、二年前はちょっと前ではないです」

すげなく返され、デュオは押し黙る。

書類作業に戻り、こちらから視線を外したことを確認してから、ミミは下ろしたフードに付いている猫耳部分に、そっと触れた。

そこには、忘れらない記憶が、詰まっている。

第三章 ルース
Luz

これは二年前、ミミが一二歳の頃の出来事。


「ニイニ。終わった」

束《たば》になったレポート用紙を手渡し、作業が終了したことを告げる。

「早っ⁉　まだ三日しか経《た》ってないぞ⁉」

組織直轄の宿泊施設の一室で、ニイニは驚きのあまり声を上げた。

「造作もなかった」

「適当な仕事してないだろうな？」

ニイニはベッドに腰かけながら疑惑の目をミミへ向ける。

現在ミミは殺し屋見習い。研修期間ということで、手練《てだ》れのニイニとツーマンセルで任務に就いている最中だ。

「してない」

「確認させてもらう」

ニイニは目にも留まらぬ速さで紙束をめくっていく。

「どう？」

「これだけ裏がとれていれば十分。すごいな。研修生は一週間以上かかるのもザラなのに」

「情報集めは得意。そういうのに向いた魔法たくさん使える」

「ミミは情報班でも活躍しそうだ。ま、でも実働班が一番向いてるだろうけど。聞いたよ、卒業試験の戦闘科目、過去最速タイムだった上に教官殺しかけたって。将来有望だなぁ」

情報班は、隠密《おんみつ》魔法に特化した組織員で構成された班。その仕事は多岐にわたる。本部と各組織員との情報のやり取りを助ける他、敵対組織に対する諜報《ちょうほう》や、裏切り者の発見、任務先の地理、気候、文化調査等の仕事を担う。また、ターゲットの情報も集めるが、その情報は広く浅い。そのため、任務に就いた殺し屋、ミミやニイニら実働班が補強する必要がある。

実働班は、総合的に高い能力を有したエリート集団。その仕事は、ターゲットを殺すこと。組織の評判、収益に直結する最も重要な立ち位置。組織全体が実働班をサポートするためにあると言っても過言ではない。責任が重く、任務失敗時のペナルティが大きい。

「ニイニのタイムと同じようなもの」

「僕より一秒も短い。一秒は殺し合いの世界じゃあまりに大きいんだぞ。ミミ、お前くらいなら一秒間に何アクションもできるだろ。僕より強くなりそうで楽しみだ」

「ニイニ、一年前と動き全然違う。追いつける気がしない」

「まあ、死線くぐってきたからなぁ。そりゃ成長もするさ」

「残り六日間、どうしよう。もう今日殺しに行って次の任務早めにもらう？」

ミミはニイニの隣に腰かけながらそう尋ねた。

「そりゃもったいないよ。上の連中が無駄に喜ぶだけだ。サボろう」

「ニイニ、任務は完璧《かんぺき》にこなすのに不真面目《ふまじめ》」

「むしろ不真面目だから完璧にこなせるんだ。ただでさえ休みが少ないんだから自主的に休みを入れるしかない」

「サボり方、分からない」

「ミミは昔から訓練以外のことにあんまり興味なかったもんなぁ。……ミミは、殺す相手に情とか湧《わ》くタイプ？」

「ううん。一切《いっさい》湧かない。仕事だから」

「そっか。なら今回のターゲットに接触してみたら？　女の子だし、歳《とし》近いし、良い経験になりそうだ。ミミは同年代の人間と話したことほとんどないだろ？」

「というか、仲間でもニイニ以外とあまり話をしたことがない」

「昔から口酸っぱくもっと他人と関《かか》わるようにって言ってきたけど、無駄だったよね」

ため息を吐《つ》いて、ミミの、何の感情も浮かんでいない横顔を眺める。

「必要性を感じなかったから」

「この仕事をし続けるなら必要になってくるんだよ。自分の気持ちに折り合いをつけるために。背負っているものを認識するために」

「気持ちが揺らいだことはないし、何を背負っても動きに支障が出ないよう訓練してきた」

得意げに胸を張るミミを見ていられなくて、ニイニは天井《てんじょう》を仰《あお》いだ。

「よし。決めた。これは命令だ。ターゲットと何でもいいから話をしてこい。一般人との過度な接触は禁止されているが、ターゲットなら問題ないはずだ。何話してもどうせ数日後に自分で殺すからな。その代わり自分のことを話すなら、他者に情報を漏《も》らさないように二四時間監視すること。僕も一緒に監視するけど、ミミの研修レポートを毎日提出しないといけないから、夜中に少しだけ抜ける。警戒を怠らないように」

「了解」

「もし六日後に自分で殺せなかったら、今回に限り僕が殺す。その時は遠慮なく言えよ」

「私が殺せないなんてことあり得ない」

「そういうこともできるって覚えておいてくれればいい。じゃ、僕は姿を消して陰ながらミミとターゲットを見守ってるから」

魔法を発動しようとしたニイニの服の袖《そで》を、ミミがちょこんと小さくつまんだ。

「ターゲットと任務以外でお話しするの、不安。付いてきて」

ニイニはミミの顔を二度見した。

ほんの僅《わず》かに眉尻《まゆじり》が下がっている。

ニイニは途中から組織の施設に入ったが、ミミは生まれた時から組織の施設で育っている。

幼い頃から様々な技術を叩《たた》き込《こ》まれてきたミミは、いわゆる情操教育を受けていない。

また、感情を殺す訓練で類い稀《まれ》なる才能を発揮していた。上層部は感情を殺す技術が高い人間を高く評価する。ミミは戦闘技術も高いため、実働班入りが卒業時点で確定していた。

ニイニは見抜いていた。ミミは感情を殺すのが上手《うま》いんじゃない。感情があまり湧かないように育てられてきただけなのだと。

そんなミミが、不安がっている。これはとんでもないことだった。こんなところを上層部が目撃したらニイニがペナルティを受けるのは必至。

「分かった。付いて行ってやる。じゃあ明日の朝八時頃、ターゲットの住処《すみか》を訪ねるか」

「了解」

「ん。予定決まったしこれにて解散」

ミミは頷《うなず》き、音もなくかき消えた。

ニイニの姿もベッドの上から消えた。保管庫から貯金を下ろすためだ。

誰《だれ》かと何かする際はお金がかかるもの。女の子はお金がかかるものだと聞いたニイニは財布がいっぱいになるまでお金を下ろした。

これくらいあれば十分だろうと高をくくっていたニイニは、後に絶望することになる。

「あなたを殺しに来たのですが、任務日数に余裕ができたので、すぐには殺しません。あと五日余裕があるのでお話ししませんか？」

「ミミ！　何をバカ正直に！」

ニイニは魔力を練りつつ暗器に手をかけた。ターゲットが叫んだり攻撃行動に移ったりしたらすぐに殺せるように。

小さな掘っ立て小屋の戸口で、ターゲットのおさげ髪の少女はタレ目を丸くさせた後、なんと微笑《ほほえ》んだ。

「正直にそんなこと言うなんて、変な子。あなた、軍警察、じゃないよね。誰かにわたしを殺すように頼まれたのかな？」

「私は依頼を受けて人を殺す殺し屋、の見習いです」

「こんなに小さくてかわいい殺し屋さんがいるんだ。驚き」

なぜか淡々と進んでいく会話に、ニイニはツッコミを入れざるを得なかった。

「驚きなのはこっちだよ。なんで殺すとか言われて驚かないの？　ミミもいきなり殺しに来たとか言っちゃダメだって」

「だってわたし、殺されるようなことしたから。いつかはそういう時が来るって思ってた。軍警察に捕まって死刑になるかと思ってたけど、こんなにかわいらしい殺し屋さんに殺されるなんて思ってもみなかったな〜」

微塵《みじん》も揺らがず、少女はのんびりと答えた。

「なぜ言っちゃダメなんですか？　ターゲットとお話しするのは任務外なので、嘘《うそ》を吐《つ》くのは良くないかなと」

首をかわいらしく傾《かし》げるミミを見て、ニイニは頭を抱えた。

「任務外だろうと、場合によっては嘘を吐かないといけない時もあるの！」

「仲良さそうでいいなぁ。お兄さんと殺し屋見習いさん」

「う、うん。そうだね。あと一応僕も殺し屋ね。もうミミが言っちゃったから言うけど」

「お兄さん、わたしの一個二個上くらいだよね？　殺し屋さんって怖いイメージあったけどそのイメージ崩れちゃったなぁ」

ニイニは想定していた反応とは違ってどう話したらいいか分からなくなっていた。

ミミはもちろん対人能力が足りていないが、ニイニもニイニで足りているとは言えなかった。

「私とお話ししてくれますか？」

ミミは再度、少女に問う。

「もちろんいいよ。わたしも誰かとずっとおしゃべりしたかった。それがあなたみたいな歳の近い女の子なら大歓迎だよ。汚いところだけどどうぞ上がって」

「お邪魔します」

するりと室内に入っていった二人を見送った後、ニイニは隠密魔法を使って姿を消した。

「お話の前に、まず見た目どうにかしようよ」

テーブルで対面してすぐに少女はそう言った。

「見た目、とは？」

「かわいくない」

「かわいいが分かりません。そもそもこの見た目は殺し屋の仕事のためにしているのです。この黒いフードは頭部を守るとともにこちらからの視線を隠すため。インナーは伸縮性、耐刃性に優れ、ボトムスは脚の動きを阻害しないよう短めに——」

「その服装の理由分かったからもう説明しなくていいよー。ん～、それじゃあひと工夫しようか。あなた、ミミって呼ばれてたよね？」

「正式にはコードネーム33です」

「だからミミなんだね。猫の名前みたい。目もちょうどオッドアイで猫っぽい。よし、方向性決まった！　そのフードと同じ生地ある？」

「ありません。特殊素材ですので組織に問い合わせてみない——」

と、ミミが話している途中で、突然黒い布の切れ端が宙を舞い、テーブルの上に着地した。

「魔法？　物を作りだす魔法があるなんて聞いたことないなぁ」

少女が物珍しそうに切れ端をつまんだ。

「いえ。ニイニが自分の衣服の一部を切り離したのかと」

「そういえばお兄さんいつの間にかいなくなってたね。えっ、すぐ近くにいるの⁉」

周りを見渡しても、闇雲《やみくも》に手を振ってみても、ニイニの存在は毛ほども感じられなかった。

「はい。私はまだ未熟なため検知できませんが、この切れ端は間違いなくニイニのものです」

「あのー、この切れ端は、どの部分を切ったの、かな?」

「腕部です。ご安心を」

「なんで分かるの!?」

「匂《にお》いで分かります。それで、この切れ端をどうするのですか?」

「そ、そうなんだ。この切れ端をかわいく縫い付けるの」

「普通の針や糸では難しいです。最低でもキメラの牙《きば》程度の硬度の針や、ビッグスパイダーの糸程度の靭性を持った糸がひつよ――」

う、とミミが言いかけたところで、今度は針と糸が虚空から現れた。

「これもお兄さんの?」

「おそらくニイニの暗器の一部を削り出した針と、右靴下の糸ですね。これらも特殊素材で作られているので縫い付けられます」

「靴下って分かるところはもう驚かないけど、右の方って分かるのはなんで!?」

「それで、これらでどう縫い付けるんですか?」

「まあ見てなって。さあフード脱いで脱いで」

言われた通りフード付きマントを脱ぎ、少女に手渡す。

少女は慣れた手つきで針に糸を通す。当たりも付けずに、どこを縫えばいいのか分かっているかのように、チクチクと迷いなく生地を縫い付けていった。

今まで見たことがない複雑な縫い方だった。ひと目で技量の高さが分かった。

「職人技ですね」

「えへへ、これが仕事ですから」

少女によってフードに三角形型の突起が二つできた。

「これは？」

「見て分かるでしょ。猫耳だよー。これだけで仮装っぽくなるでしょ。ほら、これ被《かぶ》ってさ、にゃーんって言ってみて」

「嫌です」

「お願い！　ねっ！」

身を乗り出し、鼻息荒く頼む少女を見て、ミミは出来上がった猫耳フードを被った。

「にゃーん」

棒読みではあるが、確かに鳴いた。

「もっと笑顔で！　声に感情込めて！」

「ごめんなさい。それは無理です。嫌ではなく無理なんです」

「分かった。それじゃあ、こう手をクイッと、猫が顔を洗う時みたいに曲げるポーズとって！」

「にゃーん」

「かわいすぎるううう！」

悶《もだ》えている少女の横で、ミミは猫耳を撫《な》でつけた。

「この突起、実用性がゼロなんですが」

「そんなことないよ。お菓子詰めておくとかできるよ」

「では暗器でも詰めておきましょう」

「んー、まあ見た目かわいいからいいか！」

ミミは頭を撫でられながら、猫耳の中に収納する暗器を組織に発注するべく、計画を練り始めたのだった。


「仕事用のお洋服はかわいくなったから、次は私服買いに行かない？」

「行きません。必要性を感じません。服はこれだけでいいです。それに私たちはプライベートの時間がほとんどないので私服を着る機会がありません」

「そうなのお兄さん？」

はらりと、少女の前にメモが舞った。

『身体を休める時間だけ確保できる。ただ皆やや多めに休息時間を申請して、寝る時間を削ってプライベートの時間を捻出している。中にはオシャレして街へ買い物をしに行く者もいる』

少女が読み終わると、メモはひとりでに塵《ちり》になった。少女はもうそれくらいでは驚かない。

「だって！ オシャレするとね、楽しい気分になれるんだよ！ 鏡見るだけでワクワクするんだよ！ 買いに行こ！ 今すぐ！」

「私はまだ研修生で、お給料がほとんど出ないためお金がありません」

「お兄さん？」

少女が呼んだ途端、虚空から財布が出現した。その財布をミミが瞬時にキャッチする。

「ニイニ、ありがとう。いつか返す」

「お兄さん、ありがと！ さ、行こっか！」

少女はミミと腕を組もうとミミの脇《わき》に手を入れようとした。その瞬間、ミミは少女の手首を捻《ひね》り上げようとし、そこで思いとどまって手首を摑《つか》んでいるだけの体勢になった。

少女はニコニコ笑顔で、どうしたの？ と問いたげに小首を傾げる。

殺し屋の性《さが》で、つい身体が反応してしまった。

こういう場合、どうすれば。

硬直したミミを解きほぐしたのは、ニイニの見えざる手だった。

ニイニがミミの腕を少女の腕に誘導し、ミミはそれに素直に従った。

ニイニは魔法で少女に自分の声を聞かれないようにしてから、ミミの耳元で囁《ささや》く。

「今は身構えなくていい。僕が警戒しておくから、ミミは心の向くままに行動して」

ミミは、少女に分からないくらい小さく頷き、自分から少女を引っ張って戸口へ向かった。

「私、世の中のことに疎いので、色々教えてください」

前を向いてずんずん進むミミの横顔を少女は見つめた後、任せて！　と元気良く答えて、ミミと同じ歩幅で街へ向かって歩き出した。


街へ着いた二人はすぐに服屋に突撃し、あらゆる系統の服を試着した。

「あれもこれもいい。あぁ迷う～。かわいい系もカッコいい系も似合うとか反則でしょ！」

端麗な容姿、引き締まった身体を持つミミは、少女の主観だけでなく、誰が見ても何でも似合っていた。

「私にはどれも同じもののように見えますが。強いてあげれば機能性が――」

「機能性とかそういう話はナシ！　オシャレは不便でできている！　ここはもうお兄さんに選んでもらうしかなくない？　ね、この三種類だとどれがいいと思う？」

一つはシンプルな白いブラウスと紺色のロングスカート、一つは胸元《むなもと》が強調されるような黒いタンクトップに太ももがさらされた丈の短いジーパン、一つはフリルのあしらわれた薄黄色のトップスに黒い短めのキュロットスカート。

静寂が場を支配したのち、白いブラウスが、風にあおられた時のようにひらひらたなびいた。

「お兄さんはブラウス&ロングスカートの大人しめをご所望だぁ！　これにしよ！」

テンション高くお会計に向かおうとした少女を、ミミが引き留めた。

「え、何？　他のが良かった？」

「あなたの分がまだです。欲しそうにしていた服があったでしょう」

「あー、わたしはいいや。また今度にする」

ニコッと小さく笑って、手を左右に振る。

「お金がそんなにないんですね」

「ハッキリ言うねぇ」

「大丈夫です。ニイニが出してくれます」

「今日会ったばかりの人に奢《おご》らせるのはちょっとね」

「五日後には死ぬんですよ。遠慮なんてかなぐり捨ててください」

その一言で少女は真顔になった後、ふっ、と短く息を吐き出した。

「そうだったね。そうだった。うん、じゃあ、お兄さんに買ってもらおうかな」

言うや否や、少女が見ていた刺繍《ししゅう》の美しい服が、ふわふわと浮いてレジカウンターへと飛んでいった。同時に、ミミに渡してあった財布からいくらか紙幣が飛び出して同じ場所へと辿《たど》り着く。

「あの～お客様、店内で魔法を使うのはお控えいただけますと」

店員には浮遊魔法か何かかと思われたらしく、やんわりと注意された。

魔法は生活に密接に関係していて、どこでも誰かしら魔法を使っているため、法規制等はされていないが、公共の場では不要。不審な魔法は使わないのがマナー。

少女は、ぼーっと突っ立っていたミミの頭に手を置いて頭を下げさせながら、自らも頭を下げる。その後、そそくさと会計を終え、ミミの手を引きながら出入り口まで走った。


「うーん、似合うねぇミミ！　清楚《せいそ》！　風が吹くと、こう艶々《つやつや》の黒い髪がふわぁと浮いてさ。絵になる、ってこういうことなんだなぁって！」

買った服に着替えて店を出てからというもの、少女の興奮が止まらない。何度も褒めそやす。

「あなたの新しい洋服も素敵ですよ。刺繍が目を惹《ひ》きます」

ワンピースタイプの服の白い生地に、様々な花がカラフルな糸で描かれている。その複雑さは器用なミミにも、縫い物を生業《なりわい》にしている少女でさえ再現できそうにない。

「ね、すごいよねこれ。わたしもいつかこういうのを縫いたいなーって思ってたんだ」

裾《すそ》をつまんで、糸の表面をさらりと撫でる。

そのいつかはこない。そのいつかは、隣にいるミミが断つ。だからミミは黙るしかなかった。

それに気付いた少女は慌てて口を開く。

「あ、思ってたのは昔で、今は思ってないから！　ミミも知ってるかもしれないけど、あの事件があってからわたし、そういうこと考えられなくなっちゃったから。それよりどう？　普段とは違う恰好《かっこう》してみて」

「そうですね。新鮮、と言うのでしょうか。違和感、とは違いますね。むずがゆいです。ただ、褒められるのは悪くない気分です」

くるりとその場で軽《かろ》やかに回ると、長いスカートは花弁が開くように膨らんだ。ミミは不思議と心がわきたった。その心の動きに慣れず、バッと勢いよくスカートを押さえた。

「こんなにかわいいと、殺し屋さんだって思われないかもね」

「その方が好都合です。なるほど、隠密衣装として、逆に目立たない、と」

「そうそう！　衣装は多ければ多いほどいい！　任務のために。これからもいっぱい、お洋服買おうね！」

「任務のためならば」

「あーあ、もっと時間とお金があれば、わたしが全部、作ってあげられたのにな。かわいいのからカッコいいのまで、何でも。ごめん、今のは言ってもしょうがないことだからナシ！　ミミも、これをきっかけに、お洋服好きになってくれたらいいな」

「まだ洋服の良さは分かりませんが、少なくともあなたが選んでくれたこの服だけは、大切にしたいと思っています」

「おお、嬉《うれ》しいこと言ってくれるねぇ！」

この笑顔を見られただけで、この服を買って良かったと、ミミは思った。

それから二人は夕ご飯を何にするか話しながら食材を買い、帰路につく。

その帰路の途中、二人の前によろよろとふらつきながら子猫が現れた。

ちょうど二人の足と足の間あたりで、パタリと倒れる。

「猫ちゃん⁉　どうしたの⁉」

少女はハンカチを取り出し、迷いなく子猫を抱き上げた。

耳元に近づけると弱々しい呼吸音が聞こえた。ミミは子猫をじっくりと観察する。

「衰弱してますね。ところどころ怪我《けが》も見受けられます。親とはぐれて行き倒れたのでしょう。自然界ではよくあることです」

「この子、助かるかな⁉」

「いくつか動物にも効く薬を所持しています。清潔にし、食事を与え、傷口を消毒し、寝床を確保すれば助かる見込みがあるかと」

「お兄さん、この子、先に家に連れていって！　わたしたちはこの子のご飯買ってくるから！」

少女は、子猫がハンカチごと自分の手から離れたのを確認してから、来た道を猛然と引き返し始めた。ミミもそれを追う。

少女とミミが家に着く頃には、子猫は身体中綺麗《きれい》に拭かれていた。傷口も軟膏《なんこう》らしきものが塗られている。ニイニが先に傷口の清拭、消毒を行っていたのだ。

少女はタオルを持ってきてそこに子猫を乗せ、買ってきた猫用フードを手ずから与えた。

ちろちろと小さな舌や口を必死に動かして食べる子猫を見て、少女の表情から険が消えた。

「良かったぁ。ミミも、お兄さんもありがとう」

「なぜ子猫を助けたのですか？」

胸を撫でおろす様を見て、ミミは不思議そうにそう尋ねた。

「なぜって？」

「非生産的なことをなぜ進んで行うのか、と疑問に思いました。生存競争に負け、しかるべき結末を迎えようとした動物の運命を、なぜ捻《ね》じ曲げるのだろうか、と。服を買うのをためらっていたあなたが、突然現れた猫のためのエサ代を惜しまない。それはなぜだろうと」

眉一つ動かさず、淡々と述べるミミの目を、少女は真《ま》っ直《す》ぐ見返した。

「そうだね。確かに何の得にもならない。助けたのはわたしのわがまま。お父さんにいつも言われてたんだ。困っているものがいたら助けなさい、それがどんな人でも動物でも、って。いつかそういう行いは自分に返ってくるって。結局わたしの人生で、そういうのは返ってきたことなかったけど、守らないと、あの世でお父さんに会えた時に怒られちゃう――なんて思ってたんだけどね。わたし、人、殺しちゃってるから、お父さんに会えないか。それでも、お父さんの言葉なしでも、きっとわたしは同じ行動をしていると思う。可哀《かわい》そうだな、助けてあげたいなって思っちゃったから」

少女は考えながらしゃべっていたようで、ところどころ間が空いたり、たどたどしくなったりしていた。ミミは、こくり、と生唾を飲み込んだ。

新しく触れる価値観。反射的に遠ざけたくなったのと同時に、胸の奥にじんわりと温かい痺れが現れる。そんな自分に驚き、身体が無意識に震えた。

「何と言っていいのでしょう。自分から、なぜ、と問いかけておいて申し訳ないのですが、言葉が見つかりません」

「ごめんね、変なこと言ってたかも。忘れて。とにかくわたしはこの子を最期の日まで飼うよ！　さっき何の得にもならないなんて言ったけど、そんなことなかった！　猫はかわいい！　癒《いや》される！　癒されるって得でしょ！　それにこの子、ミミにそっくりだよ！　黒猫で、しかも目が一緒！　オッドアイ！　右が金で左が蒼《あお》！　どう、親近感湧いてこない？」

少女は恥ずかしそうに頬《ほお》を赤らめながら両手をわちゃわちゃ左右に振り、早口でそう言った。

「そう言われると湧いてきたような気がしなくもないです」

「でしょでしょ！　皆でお世話しよ！」

子猫を慈しむように柔らかな瞳《ひとみ》で眺める少女を、ミミはじっと見つめた。

先ほどから、新しく湧き上がる感情に翻弄《ほんろう》されつつ、この感覚は悪いものじゃない、とミミは本能的に察した。

「お兄さんはどこで寝るのかな」

お風呂《ふろ》上がり。ミミの髪を櫛《くし》で梳《と》かしながら、ひそひそ声で会話をする。ぐっすり寝ている子猫を起こさないようにするためだ。

「ニイニや私含む組織員はどこでも寝られます。立ちながらでも、逆さ吊《づ》りでも」

「すごいねぇ。でもせっかくならベッドで寝た方がいいよね。でもわたしの家、寝床が一つしかないんだ。三人は入れないし、どうしようかな」

「ニイニが、僕は大丈夫って言ってます。ミミと二人で使って、と」

「分かった。うちにあるお洋服、床に置いて重ねてそれっぽくしよう。立って寝るよりマシだよね。ベッドほどじゃないけど柔らかいし暖かいはず」

タンスを音が鳴らないように慎重に開け、何着も服を取り出し、床に敷いていく。

寝る準備が整ったため、消灯し、少女とミミはベッドの端と端にそれぞれ寝転んだ。

寝る前の挨拶《あいさつ》を言う前に、これだけは言っておこうと少女はミミに囁いた。

「そろそろ名前で呼んでくれてもいいんじゃない？　知ってるんでしょ、わたしの名前」

「必要性を感じなかったので呼びませんでした」

「仲良くなりたいって思った相手は名前で呼ぶものなんだよ。もしかしてわたしのこと嫌い？」

「現時点では好きとも嫌いとも」

「嫌いじゃないなら呼んでくれてもいいよね」

「分かりました、ルースさん」

「『さん』付けは他人行儀だからやめてよ。わたしもミミって呼び捨てにしてるし」

「では、ルース」

今まで呼称など気にも留めなかったのに、なんだかふわふわして落ち着かない。

「それでよし！　そういえばお兄さんの名前は？　ミミと同じでこーどねーむなの？」

「そうですよ。コードネーム22です」

「そっか、だからニイニなんだね。最初からこの二人似てないなー兄妹じゃなさそうだなーって思ってたけど、やっぱりそうだったんだ。じゃあわたしもニイニって呼んじゃお。ニイニ、今日は服買ってくれてありがとうね。ミミ、買い物付き合ってくれてありがとう」

ルースはミミがいる方向に寝返りを打った。ミミも同じく寝返りを打って、向き合う。

「私の方からお話ししませんかと誘ったので、感謝しなくてもいいですよ」

「もう、そういう時は、ただ、どういたしましてって言っておけばいいの」

「ルース、どういたしまして」

「ん。満足。今日は色々あって疲れたよね。寝よっか。おやすみなさい」

「はい。おやすみなさい」

挨拶を契機に、二人は寝返りを打ち直して、お互いに背を向ける。

普段はすぐに眠ることができるミミが、この夜だけはしばらく寝付くことができなかった。

あまりにも新鮮な出来事ばかりで。それらが次々と頭に浮かんでくるせいで。

殺されると目の前で言われても、驚かなかったルース。

フードを勝手に変な形に改造された。はじめて私服を買って、着た。こそばゆかった。嫌な気はしなかった。なぜか足が軽くなった。

猫を拾った。生産性のないことをする人間の気持ちに触れた。なぜか鳥肌が立った。鳥肌が立ったのは訓練で死を感じた時以来だった。その時の感覚とは全く違うものだった。

髪を梳《す》いてもらった。他人に梳いてもらうことが、あんなに心地が良いことだったなんて、知らなかった。

明日は何が起こるんだろう。

寝る前に、明日に対する期待のようなものが湧いたことに戸惑いながら、睡魔へ身を委《ゆだ》ねた。


任務遂行一日前まで、ルースとミミは子猫の世話をしつつ、共に時間を過ごした。

創作料理を話し合いながら作ったり、アクセサリーを作ったり、ミミに教わりながら暗器を操《あやつ》る訓練をしてみたり、ルースに教わりながらへアアレンジをしてみたり、ボードゲームで競ったり、日向《ひなた》ぼっこをしながら二人で眠りに落ちたりした。

「みゃーみゃー」

鳴き声を上げる子猫を、ミミは、ルースと作ったおもちゃであやす。

「ね、ミミ。明日、わたし死んじゃうから、代わりにこの子、引き取ってもらえないかな?」

子猫をおもちゃで誘導し、胸の内におさめて抱きかかえたミミは、首を横に振った。

「それはできません。うちの組織は原則ペット禁止ですし、仕事が詰まっているので、世話をする時間がありません。引き取ればたちまちこの子の命は消えるでしょう」

ミミは子猫の身体に顔をうずめてみた。すっかりふわふわになった柔らかな毛の感触と、確かな鼓動と、温かさに包まれ、力が抜けそうになる。

「そうなんだ。じゃあ、この子はまた野良に戻るしかないんだね」

ルースはミミの胸元に手を伸ばして、子猫の頭を撫でる。

ゴロゴロと喉《のど》を鳴らす音に二人は耳をそばだてた。

「引き取ることはできません。ですが、里親を探すことならできます」

「それ先に言ってよ！　心臓に悪いでしょ！　そっか、里親探してくれるんだ。良かった」

欠伸《あくび》をした子猫をタオル寝床に下ろしたミミは、息を吐くルースの目を真っ直ぐ見つめた。

「他に心残りはありますか？　任務は明日の二三時五九分までに完遂せねばなりません。それまでに、私にできることがあれば、何でもします。手伝います。手伝わせてください」

そんな言葉が自然と口を突いて出た。

最初は、ただ話をするだけのはずだった。

なのに、いつの間にか朝から晩まで関わるようになり、自分が殺すのに、ルースのために何かしてあげたいだなんて、ミミはそんなことを思うようになっていた。

ルースはミミの目を静かに見返した後、微笑みを口元にたたえる。

「最期まで一緒にいて」

「了解」

「お願いね」

ここ数日は寝る前にベッドの中でその日にあったことを話し合っていた二人だったが、この日の夜はお互い一言も発さなかった。


「あの子がいない！」

早朝、ルースの叫び声が部屋にこだました。子猫の姿がどこにも見えない。

昨夜、暑くなってきたからと窓を開けていたせいだ。

ミミは、ざわめく心を必死に宥《なだ》めて平静を保とうとする。

安心して深く寝入ってしまい、探知魔法の精度が甘くなったせいで小動物、子猫の検知が漏れた。夜中は報告のためニイニの不在時間が発生することを知っていたのに。油断した。これまでの人生で最も気を抜いた。

「匂いで捜します」

後悔を噛《か》み殺《ころ》し、深呼吸をしてから、訓練で鍛えた嗅覚を魔法で拡張する。

「一人で行かないで！　わたしも連れてってって！」

「了解。抱えます」

ミミはルースを小脇《こわき》に抱えると、目にも留まらぬスピードで家を飛び出し、真っ直ぐ山の方へ向かっていった。

山の麓で子猫は見つかった。

狸《たぬき》の巣の中で、食べられていた。

子猫にがっついていたのは、二匹の子狸。その二匹を守るように一匹の親狸が身体を大きく広げて、鳴きながらミミに対して威嚇している。

どの狸もガリガリにやせ細っていた。巣の奥には微動だにしない子狸が一匹横たわっている。

ミミはルースを地面に下ろし、巣に向かってナイフを構えた。

「これが、仇《かたき》を討ちたいという気持ちなのでしょうか」

ルースは、親狸を一瞥《いちべつ》してから、ミミの手を引いて来た道を戻り始めた。

「だめ。いこ」

「せめて骸《むくろ》を回収し、弔いだけでも」

ルースは振り向いて巣に戻ろうとするミミを思い切り引っ張る。

ミミは簡単に振り切ることができたが、しなかった。できなかった。

「あの狸たちが飢え死にしちゃう。かえろ」

「ですが」

「ひっ、くぅ、だめなのぉ！　かなしいけど、あの狸たちは、いき、生きるためにぃ！」

一歩進むたびに、ルースの瞳から、どんどんどんどん涙は溢《あふ》れ。

いつしか手を引く側から、引かれる側へ。

ルースは歩きながら、幾度となく涙を流した。泣くことを我慢しようとするたびに、こらえきれず声を上げる。ミミは、ルースの目元を拭い続けた。

家に着き、タオル寝床を目にした途端、ルースは飛びついて顔を押し付ける。

瞬く間にタオルは湿り、押し殺した泣き声が獣の唸《うな》り声のように響いた。

太陽が真上に到達するくらいの時間に、ルースはようやく顔を上げる。

憔悴《しょうすい》し切ったルースがそのまま後ろに倒れ込みそうになったところを、ミミが受け止めた。

自然に膝枕《ひざまくら》をするような形になる。

「あの狸、わたしと同じなの」

ミミは黙って耳を傾ける。

「さっきの見て、見てね、やっぱり、どんなことがあっても、人を殺しちゃダメだったんだって。わたしね、どこかで、あいつが全部悪いんだ、自分が、お父さんが、生きるためだったから仕方なかったんだって、心のどこかでね、思ってたんだ。わたしは悪くないって、思いたかった。わたしが、生きるために、殺した人にも、家族がいたんだ。考えるのが怖くて、ずっと、ずっと避けてたけど、でも、でも、で、も」

ミミは、ルースと過ごすうちにとある疑問が膨れ上がっていって、その疑問が今弾《はじ》けた。

「どうしてルースは、殺人など犯したのですか」

ルースが住んでいた地域に、一軒の薬屋があった。そこの店主を殺した後、薬屋を焼き払い逃走。それがルースの犯した罪だった。ミミには、ルースがとてもそんなことをする人間とは思えなかった。

「聞いてくれる?」

「はい。どんなに長くても、聞きます」

「わたし、お父さんと二人暮らしだったの。お母さんはわたしを産んですぐに死んじゃったんだって。お父さんは一人でわたしを育ててくれた。勤め先は薬屋。昔はお父さんとお友達だったっていう店主さんから、無茶な働き方させられても、従業員の中で一番給料が低くても、気まぐれに暴力を振るわれても、弱音一つ吐かずに、わたしのために働いてくれた」

ミミはその店主についても調べていた。

その地域の権力者、ガルシア家。代々薬屋を営み、富を築いてきた。その地域の人間は誰もその家の者に逆らえなかったという。

「ある日、そんな労働環境のせいで、お父さんは病気になっちゃった。身体が内側も外側も壊れちゃった。店主さんに文句を言いに行こうとするわたしを、彼は友達だ、お父さんを雇ってくれたのは彼だけだ。その恩がある、お父さんが弱いせいでこうなった、すぐ治すから、って何度も止めた。わたしはそれを信じて、服を作ったり直したりしながら何とかお金稼ぎをした。でも、どんどんわたしへの仕事の依頼は減って、服も売れなくなった。貯金が尽きかけていた上に、お金を増やせなくなった。山菜を採りに行った時にね、偶然村の人が楽しそうにお話ししてるのが聞こえたんだけど、お父さんが薬屋以外に就職できなかったのも、わたしがお金を稼げなくなったのも、全部ガルシアが圧力をかけたからなんだって」

「その恨みで、店主を?」

「ううん。お父さんが、人を恨んじゃいけないよって言ってたから、それを守ってた。薬が、必要だったの。お父さんの病気を治すための。何度も薬を買いに足を運んだんだけど、わたしには売れないって断られた。お父さんは身体を休めていれば治るって言ってたけど、全然そんなことはなくて、日が経《た》つにつれて悪くなっていった。このままじゃお父さんが死んじゃうと思った。だから、もう、薬屋から薬を盗むしかないって思ったんだ」

ルースはそこまで話したところで、腕を床について身を起こした。ミミの膝《ひざ》の上に乗っていたおさげ髪が、はらりと流れる。

「毎日思い出すんだ。焼け焦《こ》げていく店主さんの顔。夜中に盗みに入ったらね、店主さんが一人でお金数えてたんだ。すぐ見つかって、乱暴されそうになって、焦ってこれまで唱えたことなかった祝詞《ノリト》が口から出て、魔法を使ったら、信じられないくらい強い炎の魔法が発動してね、店主さんも、お金も、必要だった薬も、全部、燃えちゃった。わたしが、燃やしちゃったの」

「魔法の暴発、ですか。人は窮地に陥《おちい》った際、信じられないような力を発揮します。筋力が上がる者もいれば、魔力が上がる者もいる。仕方のないことです」

「抑えようとしたら抑えられたんだよ。あの時わたしは、きっと、全部燃えちゃえって思ったんだ。だからあんなことになっちゃったんだ。わたしのせいなの。お父さんが死んじゃったのも。わたし、燃えた薬屋から逃げ出したの。すぐお父さんに報告した。話を聞いたお父さんが、自分の命でもってルースの罪を償う、お父さんがやったことにしなさいって言ったんだ。血を吐きながら。何が正解なのか、自分はどうすればいいのか、分からなかった」

嗚咽《おえつ》交じりに震えながら話すルースの背を、ミミはできるだけ優しく撫でた。今までそんなことをしたことがなかったのに、そうした方がいいと、思ったから。

「外で鎮火作業が進む中、店主の奥さんがずっと叫んでた。きっと自分たちに恨みをもってたあいつらのせいだって。二人ともすぐ呼んで来いって。わたしとお父さん二人を捕まえてくれって。それが聞こえてきた途端、まともに動けないはずのお父さんが、わたしを抱えて、裏口で風を操る魔法を使って、わたしを逃がしたんだ。最期に見たお父さんの顔、目が血走ってた。歯を食いしばりすぎて音がしてた。ルース、生きろ、って掠《かす》れた声で、何度も囁いてた」

ミミは頭の中で、事前調査で得た情報をおさらいした結果、齟齬《そご》に気付いた。

「記録では、ルースと、ルースのお父様二人による殺人、となっています。犯行後、ルースは行方《ゆくえ》不明、お父様は自殺した、と」

「実際はわたしだけの犯行だし、お父さんは病死。お父さん、魔法使った後、倒れて動かなくなったのが見えたの。最期の力を振り絞って、わたしを逃がしてくれたんだ。わたしは村の外に放り出されて、生きろ、っていうお父さんの言葉を頼りに、逃げながら生き続けてきた。そのうち自分を責め続けることに疲れて、わたしは悪くない、なんて、思い込もうとしてた。実際、子猫のことがあるまで、そう思い込んでた。あの子猫が教えてくれた。殺した相手にも、大事な家族がいたんだって。わたしが、悪かったんだ。逃げるべきじゃなかったんだ。あの村に戻るべきだった。報いを受けるべきだった」

ルースは窓の外を眺める。景色を見ているようでその実、過去を見ていた。変えようのない過去を。

ミミは、何か声をかけてあげたくてたまらなくなったが、適切な言葉が全く出てこなかった。何が正しいとか悪いとか、これまで考えてこなかったせいで。

もどかしかった。そんな自分が。

ルースの身の上に感じるやるせなさを、上手く言葉にできない自分が。

それでも何かを絞り出したくて、できなくて、声帯が痙攣《けいれん》してきた頃にルースが振り向いた。

「子猫が教えてくれた、なんて、言うべきじゃなかったかも。ただわたしがあの子を守れなかっただけだよね。脱走とか、そういうことを考慮すれば防げた。本当に申し訳ないことをしちゃった。死ぬ前に、また罪を重ねちゃった」

「ルースが拾わなければ、あの子は死んでいました。数日間だけでも温かい寝床、ちゃんとした食事を与えられたあの子は幸せでしたよ。きっとルースに感謝しているはずです」

言えた。ようやく言葉をかけてあげることができた。この数日間、一緒に子猫を世話したから。ルースが子猫を拾ったことについて考える時間があったから。

「そうかな。そうなのかな。そうだったら、いいな」

ルースの目尻から、また涙が溢れ始めた。

ミミは言葉をかける代わりに、ルースの頭を胸元に引き寄せた。

ミミの黒い衣装が、ルースの涙によってより深い黒へと染まっていった。


夜までルースはほぼ寝て過ごした。ミミは一緒にベッドに潜り込もうとはせず、その寝顔をただ見つめ続けた。見つめながら、頭の中で渦巻く名状しがたい気持ちの正体を、探り続けた。

二二時を過ぎたところでルースは起き、料理を作った。ここ数日色んな料理をミミと作ってきた中で、ミミの反応が一番良かったシチューを。

「どう？　美味《おい》しい？」

「はい。美味しいです。料理って、食べることって、こんなに楽しかったんですね。食事とは生命維持のためだけに行うもので、栄養素さえ摂取できれば何でもいいと思っていましたが、ルースのおかげで認識が変わりました」

「良かったぁ。楽しもうとすれば、どんなことも楽しめるんだよ。わたしも最初はお裁縫なんて全然興味なかったのに、お金がなくなってきて、服を買い換えられなくなって、仕方なくするようになってから、その面白さに気付けたし。シチューたくさん食べてね。何回かおかわりできるような量、作ったから」

ミミは無言で食べ続けた。普段だったら身体の動きが阻害されないよう必要以上に食べないのに、この時だけはお腹《なか》がはち切れそうになるくらい、食べて、食べて、食べて。

ニイニ用のお皿もミミと同じくらいのスピードで減っていった。

洗い物の手伝いの申し出を断られたミミは、食器を磨くルースの背を見つめた。

自分とあまり変わらない小さな背中。ここ数日何度も目にしたおさげ髪。

振り向けば、優しげな瞳が見えるはずだ。

数十分後、自分がルースを殺す。

ミミはこめかみを指で強く押さえた。

緊張している？　それとも恐れている？

こんなことは今までなかった。ターゲットの経歴を調べても何も感じなかった。

何も考えずターゲットを殺してきた。

洗い物が終わった。ルースはいつもより丁寧に拭き、いつもより綺麗にしまっていく。

閉めた食器棚の前でルースは立ち尽くした。リビングから物音が消える。

「もうすぐ時間だね」

口火を切ったのはルースだった。

「あと一五分です。ルース、あ、あの、何かしてほしいことはあり、ありませんか、って、これから手にかける人間の、言うセリフではありませんが」

普段はスラスラと淀《よど》みなく話すミミが、何度も言葉を詰まらせる。

そんなミミに、ルースはどこかすっきりとした面持ちで微笑みを向ける。

「もう、ないかな。十分だよ。もう、たくさんしてもらったよ。あの村を出てからずっと孤独だった。仲良くしてくれようとした人はいたけど、わたしの過去が人と仲良くなるのを拒絶したんだ。でも、事情を知ってるミミになら、何も気にせず話せた。誰にも話せなかったはずのものを吐き出させてくれてありがとうね。友達みたいに時間を過ごしてくれてありがとうね。殺しに来てくれてありがとうね。お父さんに生きろって言われてここまで何とか生きてきたけど、やっぱり死にたかったんだと思う。わたし、きっと生き続けたら、どこかのタイミングで軍警察に捕まって、死刑になってた。どうせ死んでた。独りで。誰にも胸の内を話せないまま。傍《そば》にいてくれてありがとうね。仲良くしてくれて、ありがとうね」

こんなに穏やかに話す人間を、ミミは見たことがなかった。

喉に何度も言葉がつかえる感覚を覚えたが、思考がまとまらず、「どういたしまして」と無難なセリフがこぼれ出た。ルースはそれを聞いて、ニッコリと大きな笑顔を浮かべてから目をつぶり、腕を広げた。何もかも受け入れるように。

「もう時間でしょ。任務、完遂しないとね」

ミミはナイフを逆手で構えた。

数秒間、そのままの姿勢で時間が過ぎる。

ナイフの切っ先にとまった羽虫が、振動によって立ち退きを余儀なくされる。

震えるミミの手を、ニイニの大きな手が包み込んだ。

姿を現したニイニは、視線でミミの瞳を射抜く。

『もし五日後に自分で殺せなかったら、今回に限り僕が殺す。その時は遠慮なく言えよ』

『私が殺せないなんてことあり得ない』

ここに来る前のやり取りを思い出す。

あの時は心の底からそう思っていた。

ルースに会うまでは。

共に過ごした時間で、ミミは変容してしまった。

その変化にミミ自身が付いていけていない自覚はある。

付いていけていない、すなわち、自分が何をしたいのか、しなければならないのか、自分にとって何が正しくて何が間違っているのか、判然としていない。価値観に揺らぎが生じている。

そんな中でも、ここでニイニに代わってもらうことは、してはいけないことなのは分かった。

震えが止まったところで、ニイニの手を押し返す。

呼吸を整え、足を強く踏み込み、そして。

腕を広げるルースのもとに飛び込んで、力いっぱい抱きしめた。

精いっぱい背伸びして、ルースの頭を胸に引き寄せる。

「息を吐いて、リラックスしてください。ルースが気付かないうちに殺しますから」

ミミは刻み付けた。胸に押し付けられたルースの顔の形を。手に触れるさらさらの髪を。くぐもっても、確かに聞こえる、ありがとうを。

姿勢はそのままに、左腕と左手でルースの両の耳を塞《ふさ》ぐ。

右手に握られたナイフが、キラリと閃《ひらめ》いた。

だとり、と、床にルースの胴体が、胴体だけが倒れる音が、狭い部屋に反響する。


――しばらくして処理班が到着した。

飛散した血を拭き取り、床の胴体を回収し、次にミミの腕の中の残りの部分に手を伸ばす。

そこで処理班が動きを止めた。

ミミが離さなかったのだ。

「コードネーム33。死体の回収を行う。手を離せ」

そう言われても動かない。目を閉じたまま、ルースの耳を押さえたまま、思いっきり右手を引いたまま。処理班はため息を吐き、虚空に向かって話しかけた。

「本任務研修生担当、コードネーム22。言うことを聞かせろ」

自分で殺すとミミが決意を固めてから、再び姿を消していたニイニの姿が浮かび上がる。

ニイニはミミの左手の指を、一本一本解きほぐしていった。

腕をだらりと垂らしたミミの代わりに、処理班へ残りの死体を引き渡しつつ、へらっと笑顔を浮かべた。

「すみませんね、コードネーム33はまだ研修生なもんで。殺し慣れてないんです。緊張のせいで腕が固まってしまったんでしょう。自分からキツく言っておきますんで、上に報告するのは勘弁してくれませんか？」

「チッ。これだから研修生は。コードネーム22、躾《しつけ》に手を抜くなよ」

「心得てます」

小首を振ってから、処理班は死体とともに消えた。

背伸びをしたまま動かないミミの頭を、ニイニはいつも通り乱雑にではなく、優しく撫でた。

「自分で殺すと決めたのは偉かったな。よくやり切った。だがすぐに死体を渡さなかったのはマイナスだ。処理に遅れが生じたらトラブルに繋《つな》がる。それとこれはアドバイスだが、ターゲットに接触する場合、みだりに名前を呼ばない方がいい。別れが辛《つら》くなる」

「――はい」

魂が抜けたような返事。普段の空虚さとはまた違う。最初からなかったことと、あったものがなくなることは、同じ『無』だが、どこか異なる。

「研修レポートには、死体の引き渡しまでスムーズに行えた、と書いておく。以後、気を付けるように。はい、これで任務終わり。ここからはただのニイニとミミだ。……お疲れ様」

ミミは、ほんの数分前までルースがいた場所を見ながら、訥々《とつとつ》と語り出す。

「私、言いたいこと、伝えたいこと、いっぱいあったはずだった。ようやく、ようやくまとまってきたのに。間に合わなかった」

「うん」

「友達みたいに時間を過ごしてくれてありがとうねって言われた時、訂正したかった。友達みたいじゃなくて、友達だよ、って。きっと喜んでくれた。今ならそう確信できる。それに、ありがとうをもっと、もっと、言いたかった。楽しかったって言いたかった。ここ数日、私は楽しかったんだ。嬉しかったんだ。最期に言ってあげればよかった。私、どういたしましてしか言えなかった。さよならすら言ってない。何も、何も返せなかった」

微動だにしなかったミミの身体が、震え始める。

ニイニは、ハンカチを取り出して、ミミの目元に当てた。

「ミミは返したつもりがなくても、彼女は受け取ってたよ。だからミミにお礼を言ったんだ」

「だとしたら、私はもっとルースに与えられていた。もっともっとルースを喜ばせることができた。あれ？　私、殺し屋なのに。ルースを殺しに来たのに。なんでこんなことになったの。そもそも私の立場で抱いていい感情なの？　ニイニのせいだよ。ニイニがターゲットに接触してみろなんて言うから」

「ごめん」

「責めてない。戸惑ってるだけ。私、分かるよ。ニイニが提案した理由。何となくだけど。意識せず遮断することと、意識して遮断すること。何も考えずに仕事をしてきた今までの私と、ルースを殺した後の私、違う生き物になってる。知っちゃったから、以前の私に戻れない」

ミミはニイニを見上げて、右腕にすがりついた。

「私、どうしても考えちゃうの。もし、ルースが違う街で生まれていたら。もし、お金の心配をしなくていい家庭に生まれていたら。もし、お父さんが健康だったら。もし、店主さんとお父さんの仲が良かったら、って。歯車が一つでも違っていたら、って。環境が違っていれば、ルースは人を殺していなかったんじゃないか、犯罪なんて犯さなかったんじゃないかって。罪を犯さず生きていたら、縫い物の世界で有名になれたかもしれない。多くの人間を幸せにできたかもしれない。人を恨まず、『困っているものがいたら助けなさい、それがどんな人でも動物でも』って言葉を信じて実行してきたルースが、なんで死ななきゃいけなかったのかな」

ニイニは、抱擁したくなる気持ちを抑え込んで、ミミの肩に手を置き、自分から離れさせた。

「やってしまったことは消えない。それまでの生き方が何であれ。どんな人間だったとしても。僕たちだってそうだ。仕事とはいえ、人を殺している事実は消えない。じゃあどうすればいいのか。僕も分からない。分からないから考え続けてる。ミミが今、僕に吐露してくれた気持ちを、肌で感じたことを大事にしてほしい。ないがしろにしないでほしい」

「気持ち。感じたこと。私は」

ルースが作ってくれたフードの猫耳に触れる。

出会ってから今日までの、自分の心の動きを振り返る。

こんなにも大きく鮮烈な感情の動きは、ミミの行動理念を作るのに十分だった。

それほどのものを、ルースはミミに与えた。

ミミは与えられたおかげで、ミミ自身も、ルースに与えていたことに気付いた。

「環境さえ違えば道を踏み外さなかったであろう人たちに、最後の数日くらいは、幸せになってほしい。幸せになる手伝いがしたい」

ルースにもらったたくさんの『ありがとう』を想《おも》う。

その『ありがとう』が形成した、決意。

殺し屋風情が、他人を幸せにできると思うこと自体、おこがましいかもしれませんが。

小さく呟《つぶや》かれたそれを聞かなかったことにしたニイニは、ミミの頭に手を乗せた。

「組織にバレないよう、ほどほどにな。そうだな、ミミほどの調査力があれば、独り立ちした後でも今回みたいなことができるだろ。下準備を大幅に短縮して、任務のために与えられた期間のほとんどをターゲットとの接触に充てることが。今回は五日間だったけど、頑張れば一週間くらい時間が作れるんじゃないか」

「ニイニ。私、早く独り立ちしたい。報告後、稽古つけてもらっていい？」

ニイニは、次の任務まであまり時間がないため、休息をとろうと考えていたが、やめた。

ミミの瞳が、以前までとはまるで違ったから。

組織のために強くなることを強要され、それに応《こた》え続けてきた頃の空虚さはもうそこにはない。無表情なのは変わりないが、内に秘めた想いがあるからこそ、それが噴き出さないようにしている。そんな目をしていた。

ターゲットに接触してみろ、という提案は、ニイニにとってリスキーだった。組織に反する行いだった。ミミが任務を終えた時の顔を見て、失敗だったかもしれないと後悔しかけた。

しかしミミの話を聞いて、目を見て、提案して良かったと思えた。

「どのくらい厳しい稽古をご所望？」

「一番厳しいのでお願いします」

「ミミなら付いてこられる、か。分かった。本気でやるか。じゃ、まずは報告しに行こうか」

「了解」

ニイニが姿を消す。それに続く前に、ミミは、出入り口から、家の中を見渡した。

ギリギリ二人寝ることができるベッド。立て付けの悪い食器棚。ところどころひび割れているテーブル。猫が寝ていたタオル。

ミミにとってはじめての『生活』。殺し屋になるためにに歩んできたこれまでの人生とは、何もかもが違った。

生きていた。

コードネーム33ではなく、ミミという一人の人間として。

「ルース。さようなら」

隙間風《すきまかぜ》が、ミミのフードの猫耳をそよそよと揺らした。

第四章　親戚殺しの少年

DAY 1

「一週間後、あなたを殺します」

磯《いそ》の匂《にお》い香る港町。

家々の間に掛けられた紐《ひも》に留められた洗濯物が、風に煽《あお》られてバタバタと大きな音を出す。石畳が敷き詰められた細い道で、ミミは少年の耳元でそう囁《ささや》く。

ミミより一〇センチほど身長の高い、一〇代半ば過ぎの少年は、その声を聞き即座に短剣でミミの首元を狙《ねら》った。

紙一重で避《よ》けたミミは少年の短剣を奪おうとしたが、少年は人間業とは思えない速度でミミから距離を取り、祝詞《ノリト》を唱えた。

「《水弾《ハイドロ・グランス》》」

少年は懐《ふところ》から取り出したボトルを開け、中の水を頭上にぶちまける。すると飛沫《ひまつ》が針のように鋭くなり、ミミ目がけて飛んでいった。

高速で迫る水弾。到底防げるものではない。ミミは真上に跳躍して全弾避け、洗濯紐に足をかけて更に跳んだ。壁を蹴《け》って仕込み小型ナイフを投げつつ自らもナイフを構えて少年に迫る。

魔法によって加速された投げナイフを、少年はすんでのところで身を捻《ひね》って躱《かわ》した。直後、祝詞を唱えて反撃、しようとしたが、間に合わないと判断。靴の裏に仕込んでいた煙玉を起爆させる。

道が煙で包まれ、視界が白一色に染まる。煙の臭いも強く、視覚、嗅覚による追跡を遮断。

が、その程度ではミミを撒《ま》くことはできない。人の多い表通りに移動したのを感知した。

すぐに表通りに面した家の屋根に上り、少年がいるあたりの人混みを凝視する。

少年の姿はどこにも見えない。

煙玉を起爆した際、少年は祝詞を唱えていた。

「《変　身《メタモル・イデア》》」

少年はこの魔法で、軍警察に追われた時も、マフィアに絡《から》まれた時も逃げ切ってきた。

「お母さんとはぐれちゃいましたか？」

ミミは、人混みの中でみすぼらしい恰好《かっこう》をした幼児に声をかけた。

「ううん。おつかいなの」

「奇遇ですね。私もおつかい中なんですよ。あなたの首を狩ってくるよう言われてます」

幼児は祝詞を唱えようとしたが、ミミに口を塞《ふさ》がれた。

更に魔法で手足を拘束し、幼児ともどもその場から姿を消した。

大陸の中でも有名な港町で知られるアクトゥス。多くの海域を握っており、流通している海産物は、ほぼこの町から出荷されている。そんな港町にいくつもある、沿岸沿いの洞窟の一つにミミは降り立った。洞窟の奥、行き止まりのはずの壁の一部に手を添え、ゴツゴツと飛び出している突起をいくつか動かす。

すると壁の一部がスライドし空間が現れた。中は一般的な家と同じような内装になっている。

ミミは幼児を、リビングの中央に鎮座している大理石でできたイスに、拘束したまま座らせ、その対面に自らも腰を下ろす。

口から手を離された幼児は、みるみる元の姿に戻っていった。拘束するための魔法、光の縄は、身体《からだ》の変化に応じて伸縮するため、千切れることなく縛り続けた。

「君、とびきり優秀な殺し屋だね。今までボクを殺そうとした殺し屋は何人もいたけど、どいつもこいつも骨がなくてさー」

少年は男子にしては高めの声で、親しげにミミに話しかける。

「抵抗は無駄だということが分かりましたか？」

「分かったに決まってるでしょ。素人と一緒にしないでよ。何度も死線をくぐってきたんだ。瞬時に戦力差を理解できなきゃとっくの昔に死んでたよー」

頭を左右に振りながら、楽しそうな声音で語尾を伸ばす。

「理解いただいているなら結構です。今日から一週間、二四時間あなたに常に目を光らせますので、下手なことはしない方がいいですよ。あなたはどうやらそこそこに手強《てごわ》い。手加減しきれない可能性がありますので」

言ってから、ミミは拘束を解いた。

「わーお。さっきので手加減？　バケモノだなぁ。この隠れ家も知ってたし、情報通でもある。本気でボクを仕留めにきたんだなぁ。誰《だれ》が依頼したんだろ。恨み買い過ぎて分かんないやー」

少年は、赤みの強い短めの茶髪頭をがりがりかいて、記憶を探るようにワインレッドの瞳《ひとみ》をぐるりと回す。

「一週間の間、犯罪行為に走った場合、私が阻止します。あまりに多いようだと拘束したまま残り日数を過ごしてもらうことになりますので、悪《あ》しからず。逆に言えば、犯罪行為以外でしたら何をしても大丈夫です。ご自由にお過ごしください」

「なんだい、人をそんな常に犯罪行為を起こす奴《やつ》みたいに言ってさ。ボクが人を殺すのは、そいつがクズ人間だからだ。クズ人間がいなきゃ人を殺すこともない」

「あなたの言うクズ人間とは？」

「世に理不尽《りふじん》を強いるやつだよ。腐るほどいるだろ？　参っちゃうよね」

イスを後ろにのけ反らせ、ガッタンガッタン揺らしながら短刀を宙に投げて遊んでいる。

「殺すのはやりすぎです」

「そうかな？　だってそいつらは、間接的に人を大量に殺してるんだよ？　例えばボクが直近殺した新興宗教の皮を被《かぶ》った詐欺集団は、これを買えば病が治るだの死後の世界で幸せに暮らせるだのほざいて、ただの石を高額で信者たちに買わせていた。それにハマった親のせいで子どもが餓死したり、家庭崩壊後に自殺したり、多くの人間が不幸になった。たくさん死んだ。

そんなのもう殺人と一緒じゃないか。だから教祖と幹部を殺した。殺した後、ちゃんとそいつらの資産を平等に元信者たちに分けたよ。偉いでしょ」

「殺すのはやりすぎです。罪を償った後、更生する道も」

話の途中で、少年は高笑いをした。

「殺すのはやりすぎとか、殺し屋の君が言う？　それにね、性根が腐ったやつはずっと腐ってんの。食べ物もそうでしょ。一度腐ったら、もう二度と新鮮な状態には戻らない。ボクはそれを肌身で感じてきたんだ。どうせボクの経歴調べてるんでしょ？　ボクが親戚連中を殺したのはね、何も母親が殺されたことに対する復讐《ふくしゅう》ってわけじゃないんだよ。財産を手にするためには、親族をも殺すことさえいとわない、そんな汚い性根が気に食わなかったんだ」

少年の父親は富豪だった。ある日、恨みを買っていた者に殺され、莫大《ばくだい》な財産は全《すべ》て妻に雪崩れ込んだ。それを知った親戚たちが結託して事故に見せかけて妻、つまりは少年の母親を殺害。お目当ての財産を手にしかけた時、少年が母親の死に関《かか》わっていた人間を全て殺した。

それから少年は黒い噂《うわさ》のある金持ちや、ならずものを殺して回った。

少年は、母親が殺されるまでは、ごく普通の人間だったという。

「…………」

ミミは言うべき言葉が見つからず黙り込む。

『殺し屋の君が言う？』

これを言われてしまうと、どうしようもなくなる。実際その通りだから。

それに、価値観が違うどころでなく、別の次元にあった。ミミは、どうにか理解し合える部分を見つけたくて、何か良い会話の糸口はないか、と必死に頭を働かせる。

ミミは、この少年の経歴に思い入れがあった。運命じみたものを感じていたし、複雑な想《おも》いも抱えていた。普段より何倍も緊張していた。

「いいんだ。元より人に理解してもらおうと思ってない。さーどうやって過ごそうかなー。クズ人間を殺すのが生きがいだったからなー」

「子どもの頃に描いていた夢などはありませんか？」

「夢？　ああ、そうだな、好きな女の子と結婚したかった」

ミミはじわりと汗をかく。まさか、その好きな女の子というのは。

「その女の子って」

「君が調べた経歴にもあったんじゃない？　ボクの父親、その女の子に殺されたんだ。好きだったのになー。好意がいきなり憎悪に反転したよ。ボクの手でその女の子を殺したかったのに、行方《ゆくえ》不明になっちゃったんだよね。今どこで何してるんだろうな、ルース」

少年の名は、ジャビド・ガルシア。

ルースが殺した店主の息子だった。

DAY 2

「昨日は結局、虚無の時間過ごしたからなー。今日は何かしらしたいんだけど、思い浮かばないや。何しようねぇ。身体動かしたいからボクと戦ってくんない？」

「いいですよ。どのくらい手加減しましょうか」

「ボクが死なない程度で。せっかくだから条件付きで戦おう。そうだな、武器は、君がナイフ、ボクが短刀、魔法は最初に身体強化系統の魔法をかけるのみの肉弾戦でどう？」

「了解」

朝ご飯を食べて早々に二人は隠れ家から出て、洞窟の中で相対する。

ミミが洞窟の奥側、ジャビドが海側に立つ。それぞれ得物を構え、魔法を発動させた。

「ねぇ、気になってたんだけど、何で祝詞を唱えずに魔法使えるの？　ズルくない？」

魔法は、祝詞を唱えること、魔力を練ることのセットで発動できる。どちらか片方が欠けたら発動できない。また、発動させたい魔法専用の魔力の練り方を知っていなければならないだから他人が唱えた祝詞を自分も唱え、魔力を練っても発動できない。

祝詞は道具。魔力は燃料。魔力の練り方は道具の取扱説明書。

「ズルくありません。そういう練習をすればできるようになります」

「教えてよ、それ」

「ダメです。あなたほどの手練《てだ》れに教えたら危険なので」

「へぇ。そんなに実力買ってくれてるんだ」

「習得したとしても私には届きませんが、足掻《あが》きが上手《うま》くなる分、その対応で余計に体力を消耗するのが嫌なだけです」

「悔しいなぁ。弱いってやだな～」

全然悔しくなさそうな涼しげな顔をしながら、ジャビドは指先で短刀の切っ先を弄《もてあそ》ぶ。

「そろそろ始めましょう。カウントお願いします」

「はぁい。さーん、にー、いーち」

カウントの途中で、ジャビドは人差し指と中指で刀身を挟んで、弄んでいた勢いのままミミに短刀を投擲《とうてき》。と同時に祝詞を唱え、背後の海から水の刃《やいば》を何本も生み出し、逃げられないよう広範囲に、縦横無尽に刃を飛ばす。

刃の嵐《あらし》が過ぎ去った時。

ミミはジャビドの背後に立ち、その首筋にナイフを押し当てていた。

「これでもダメかぁ。ってか君、身体強化魔法以外の魔法使ったでしょ。ルール違反だよー」

「あなたが先に破ったんですよ」

「ハンデが必要だと思わない？」

「思いませんよ。あなたが言ったんじゃないですか。戦力差を測れないやつは素人だと。あなたに身体強化魔法だけで挑んだら殺される可能性があります」

「油断してくれないなぁ」

「まだ続けます？」

「今度は本当に肉弾戦でどこまでやれるか試していい？」

「いいですよ」

今度は立ち位置を逆にして、先ほどと同じ条件で戦いを始める。

数秒後、ジャビドの短刀が真っ二つに折れた。

「ひょわぁ、つっよいねぇ。一〇秒ももたないかぁ」

「誇っていい結果ですよ。私相手に六秒ももつなんて」

ジャビドは折れた短刀を海に投げ捨て、その場でぴょんっと小さく跳ぶ。空中で器用に胡坐《あぐら》を組んでから着地。

「このままじゃ残りの日数で君に勝てないよ。え、本当にボク死んじゃうの？」

「はい」

「やだなぁ。まだ死にたくないなぁ。山ほどのさばってるクズ人間殺し足りないし、行方不明のルースを見つけ出してこの手で殺したいよー」

胡坐を組んだまま膝《ひざ》に手をつき、身体を左右に揺らしながらそうぼやく。

ジャビドは知らないはずだ。ジャビドの母親が親戚に殺される前に、ミミの組織にルースの殺害を依頼したことを。依頼者は依頼内容を、たとえ家族であっても公言できない。

ミミは、ルースが既に死んでいることを伝えるべきか、伝えないべきか、今回の依頼を受けることが決まってからずっと悩み続けているが、未《いま》だに答えが出ない。

伝えたらどんな反応をするのだろうか。死んでいて良かったと喜ぶのだろうか。それとも自分の手で殺したかったと嘆くのだろうか。

「身体、存分に動かしたことですし、散歩でもどうです？」

「どうせ誰も殺せないし、散歩とかするしかないのかぁ。行くかぁ」

ジャビドは勢いよく立ち上がり、目の前にいたミミの頭部をまじまじと見つめる。

「何か？　この猫耳が気になりますか？　これはファッションではなく中に暗器が仕込まれているんですよ」

「かわいこぶってしてるのかと思った。まあその気味悪い、猫みたいなオッドアイとマッチしてて統一感はあるよね。尻尾《しっぽ》みたいなのもぶら下げてるねぇ。引っ張ったらどうなるの？」

「ただの紐ですよ」

「いやいやそれも暗器でしょ。うわ、猫耳の中硬い。ほんとに武器しまってあるんだ」

ジャビドは猫耳部分をふにふに触りながら、嫌そうに顔を歪《ゆが》ませた。

「猫は嫌いですか？」

「嫌いだね。ルースが猫好きだったから。実際に飼ったことはなかったはずだけど、猫モチーフのアクセサリーとかを目を輝かせて眺めてたよ」

ルースの話題が出る度に、心が疼《うず》く。

同時に、昔のルースのことをもっと聞きたいという想《おも》いも膨れ上がる。

「ルースのこと、昔は好きだったって言ってましたね。どんなところが好きだったんですか？」

「さぁね。忘れたよ。子どもの時からの顔見知りだから、自然に好きになったんじゃない？　数えるほどしか会話をしたことがなかったし、多分、ルースだから好きになったんじゃなくて、女の子だったら誰でも好きになってたかも。あの村、子どもが少なかったから、近くに同い年がルースくらいしかいなかったんだ。まあそのぺらっぺらな恋愛感情は、あっという間に憎悪で塗り潰されたけどね」

「ルースが、あなたの父親を殺したからですね」

「そうさ。ボクはね、父親のことを尊敬してたんだよ。村唯一の薬屋を営んで、村人たちの命を救い感謝されていた父親を。父親みたいになりたいと思ってた。ルースが父親を殺したせいで、ボクの人生がめちゃくちゃになったんだ！　話し過ぎて疲れた。昼寝してくるよ」

ジャビドは胸をさすりながら、隠れ家へ戻っていった。

ミミはしばらく洞窟の中央付近で立ち尽くす。

ルースのことを聞きたいというのは、エゴだった。ジャビドに寄り添っていなかった。

今後、ルースの話題を出すことはやめようと己《おのれ》に誓った。

DAY　3

「実はボク、隠れ家を作るのに忙しくて、この町そんなに見て回ってないんだよねー」

「なぜ隠れ家に洞窟を選んだのですか」

「そりゃ一般人に見つかりにくいからだよ。逆に犯罪者はよく入り込んでくる。天然のフィルターってわけ。待ってるだけで獲物がのこのこやってくる。ボクにとって、あまりに好都合な場所なんだ」

ミミは、犯罪者が寄り付く理由に心当たりがあった。

「フェリキタス、ですか」

高級麻薬フェリキタスの原料は、洞窟内に僅《わず》かに群生していると聞く。

「よく知ってるねぇ。さっすが殺し屋。汚い情報は何でもござれってか。そうなんだよ、あのクソ麻薬の原料が採れるかもってことで、定期的に麻薬商人どもがやってくるから、その度に殺してるんだー」

昨日はできなかった散歩をしている二人は、港町の中で最も栄えている大型市場へ向かっていた。鼻の良いミミはもう鮮魚の臭いを嗅ぎ取っていた。

「この町の魚介は美味かつ安価で有名で、遠方の地からも商人が買い付けにきます。魚介類はお好きですか？　よろしければこの町の魚介類を使った料理を振る舞いますが」

「別にいい。食事に興味がないんだ。ただの生命維持活動にしか思えない」

「変わってますね。まるで私たち殺し屋みたいです」

「昔から変わってるってよく言われてきたなぁ」

　ぽつりぽつりと会話をしているうちに、市場へ続く大通りに辿《たど》り着く。そのまま進もうとしたミミだったが、横道に逸《そ》れようとしたジャビドに気付き、すぐに軌道修正をする。

「どこに行くんです？」

「臭うんだよ。クズ人間の臭いがする」

　ジャビドはトントンと高い鼻筋を叩《たた》く。

「殺しはいけませんよ」

「見るだけ聞くだけ触るだけ」

「触るのはダメです」

「はいはーい」

　話しながら早足で進むこと数分。

　魚の腐った臭いが充満する通りに足を踏み入れた。

　不思議な通りだった。大人がいない。いるのはガリガリに痩せた子どもたちだけ。

　突然の訪問者に、ギラついた目を二人に向けてくる。近づいたら襲うと目が物語っている。

「何をしに来た」

どこかの家の中から、幼げな声質ながらも落ち着いた声が飛んできた。

「ただの観光さ」

「観光者なら金を落とせ」

「いいよ。何か売ってくれるかな？」

ジャビドが言うや否や、こちらを睨《にら》みつけていた子どもの一人が魚を片手に走り寄ってきた。

「これ買え」

腐りかけの青魚だ。札には市場で出回っている額の一〇倍が書かれている。

常人なら突っぱねるところだが、ジャビドはすぐに懐から財布を取り出し、紙幣を渡した。

「お釣りはいらないや」

「お前、金持ちか？　もっと買え」

「それよりさ、ここのこと聞かせてよ。この魚と同じ額払うからさ」

子どもたちはどうするか話し合いながらも、目は家の中からする声の主の方向を向いていた。

「お前たちは軍警察じゃないだろうね？」

「違うよー。軍警察がこういうところに来るメリットがない。実際今まで一度も来たことないでしょ？　あと見てみてよこの子。こんな妙ちくりんな恰好してる軍警察いないでしょ」

ミミの肩をつかんで引き寄せ、猫耳と尻尾に見える部分を指さす。

「猫みたいだ」『右と左で目の色が違うぞ』『あいつ小さいけど同い年くらい?』『めっちゃかわいくね』『猫が人間に化けてるのかも』『美味《うま》いもん持ってないかな」

皆、庶民的な恰好をしているジャビドよりもミミに興味を示した。

「さっきからどこかの家の中からしゃべってる子がリーダーさんかな? ボク、どうして皆がこんな生活してるか知りたいんだ。買った魚の同額出すって言ったけど、リーダーさんと話せるならその倍出すよ。そっちの方が詳しく知れるだろうからね。ちょっとおしゃべりするだけの簡単なお仕事だよ。どうかな」

明らかに怪しい誘いだ。当事者でなければミミは止めていただろう。

「分かった。今からそちらへ行く」

明らかに手作業で増設されたであろう家々の中の一つから、リーダーが現れた。子どもに手を引かれながら。リーダーというだけあって周囲の子どもたちに比べ年齢が上に見える。それでも一三、四くらいなのだから、ここの住人の年齢がいかに低いかうかがい知れる。

「目が見えないのかい?」

「この通りだ。金がなくて薬が買えなくてね」

目の縁は赤く染まり、腫れ、目やにまみれで、瞼《まぶた》同士がくっついている。

「薬は高いからね。じゃあ早速聞かせてもらおうか。どうしてここには子どもしかいないの?」

子どもの一人が用意してくれたドラム缶に腰かけながら、ジャビドは尋ねる。

同じくドラム缶に座ったリーダーが、がさがさに荒れた唇を開いた。

「この近くの市場に隣接した風俗街は知ってるかな?」

「んーん、知らない」

「この町は、他の地域への流通ルートが確保されてから、急激に発展してね。その発展に乗っかる形で風俗街も栄えていったんだ。ここにいる子どもたちは皆、その風俗街で『誤って』産まれてしまった子しかいない」

「ここは子捨て村ってことか。にしても数が多くない?」

「避妊しないやつらが多いせいでね。その方が稼げるそうだ。店も容認している」

「へぇ。金欲しさにそういうことして、できたらポイ、か。しかも店も絡んでる。んで、君たちは見たところそいつらから何の支援も受けていない、と」

「今まで一度たりとも」

「そっかそっか。クズだな。クズがのさばってる。誰かが止めないといけないよねぇ。お話ししてくれてありがとう。はいこれ報酬。もしかして今日か明日にはクズどもから追加報酬ふんだくれるかもしれないから、期待してていいよ」

ミミは立ち上がりかけたジャビドの肩を摑《つか》んで押さえつけながら、リーダーに話しかける。

「いえ。期待しないでください。お邪魔しましたね。貴重なお話を聞かせていただきありがとうございました。あなたたちのことは口外しませんのでご安心ください。あとお魚返しますね。

皆さんで食べてください。腐りかけてはいるものの可食部は残っていますので、十分火を通してください。それでは失礼します」

暴《あば》れようとしたジャビドを手刀と魔法で黙らせ、小脇《こわき》に抱えて、その場から姿を消した。

市場へ繋がる道へ戻ったところで、ジャビドの意識が戻った。

「ねぇ、まだボク何するか言ってなかったよね？　疑わしきは罰せず。ちょっとヒドくない？」

ジャビドは抱えられながら口を尖《とが》らせる。

「知ってますか？　殺気って感知できるんですよ。心拍数増加、血管の浮き沈み、語気の変化等で。殺気がダダ漏《も》れでした。あなたのこれまでの殺人歴から察するに、風俗街へ赴き、避妊しないサービスを提供している店の店長を片っ端から殺すつもりだったのではありませんか？」

「うーん正解！　その方が良いと思わない？」

「思いません」

「だって、そういうことすると殺されるよって分からせないと、なくならないじゃないか。これから、もっとああいう子たち増えるよ。皆痩せてたし、身を寄せ合って生活するにも限界がある。飽和したら皆死ぬ」

「殺すのはダメです。そもそもそういうサービスは違法ですし、しらみ潰しに摘発して、後は軍警察に任せればいいじゃないですか」

「あのねぇ君。庶民の生活に疎いでしょ？　軍警察なんてアテにならないよ。何度も裏切られてきた。どうせ風俗街の主要店なんて、軍警察の人間と手を組んでるよ。摘発しても罰金程度でお咎《とが》めなし。そんなこと腐るほど経験してきたわけ。ね、もう殺すしかないでしょ？」

軍警察が清廉潔白な組織ではないことは聞き及んではいたが、そこまでとは知らなかった。

「殺す以外に、何か、何かあるはずです」

「何かって何だよー。あのさ、君、浅いよ。君程度じゃボクの信念にヒビすら入れられない」

「信念があっても、力がなければ振るえない。何を言われようと私は犯罪行為を阻止します」

「そうでしたねー、ボク、君より弱いもんねー。はー、弱いってヤダなぁ」

市場に着き、ジャビドを地面に下ろす。

ジャビドは、市場の端、風俗街へ繋がる道を睨みつけた。

「クズ人間なんて皆死んだらいいんだ」

ミミは、何も言えなかった。ミミ自身、ジャビドに共感する部分があったから。

DAY4

「君って結構強引《ごういん》だよね」

小脇に抱えられたジャビドは不満を漏らす。ミミは、昼過ぎまで惰眠を貪っていたジャビドに、急いでお昼ご飯を食べさせた後、拘束して外に連れ出したのだ。

「同意の上です」

「ナイフを突き付けて脅して頷《うなず》かせることは、同意を求めるとは言わないんだよねー」

「いいじゃないですか。どうせ暇なんですし。あなたから殺すことを取り上げたら残るものなんて限られてます」

「残るものなんてないよー空っぽだよー」

ジャビドはミミに抱えられながら体をよじる。

「いいえ。あります。私、ずっと考えてたんです。殺す以外のことで何かできないかって」

「答えが出たってことかい。それ先に言ってよ。普通に興味あるよ。何すんの？　って移動速《はや》っ！　ちょっと目を離した隙にもう景色が変わってるんだけど！」

洗濯物が吊るされている紐から紐へ渡り、屋根から屋根へと飛び移る。

途中、急に止まって、ジャビドを抱えたまま紐を膝の裏で挟み、逆さ吊りになった。

「何してんの頭に血が上っちゃうよ」

「見てくださいここからの景色」

「道の奥に海が見えるだけだけど」

「綺麗《きれい》な景色に心が動かされたりは――しませんねあなたは」

「そりゃね」

太陽の位置関係で暗くなっている道。その道の先には大空と大海が一本の線で隔てられている。逆さまになった世界から見るその景色は、ミミの瞳を彩《いろど》った。

それ以外は寄り道せず、真っ直《まっす》ぐ目的地へ向かった。


「なんだよお前らまた金くれんのかよ」

「口が悪いなぁ。丁寧な言葉遣いは武器だよ？　自分の身を守れるよ？」

「何言ってんのかよく分からないわ、おっさん」

「おっさん⁉　ボクまだ一六歳なんですけどぉ！」

「ここでは最年長のリーダーが一四歳だから、お前はおっさんだ」

「ガキってすぐ年上をおっさんおばさん呼ばわりするよねぇ」

昨日の子どもと今にも喧嘩《けんか》を始めそうなジャビドを、ミミは腕を引いて振り向かせた。

「あなたは、薬屋を継ぐ予定だった。そうですね？」

見上げてきたミミの瞳から目を逸らし、唇をひん曲げる。

「……そうだよ」

「では、ありますね？　薬の知識が」

「それなりに」

「調合に使いそうな器具をいくつか用意しました。それと、湾岸付近にある森林から採ってきた薬草を数種類」

「ああ。それで夜中、数分だけボクの傍《そば》から離れたんだね」

「感知していたのですね」

「それくらいはできるよ。ただ、どうせ君のことだから、ボクがちょっとでも家の外に出れば、すぐに駆けつけてくるんだろうなぁと思って特にアクションしなかった。慌てる君の隙を狙っても良かったけど、眠かったからやめといた」

「賢明な判断です」

「それで、これらを使って薬作れってか？」

答えず、ミミは通りの家々に向かって声を張った。

「リーダーさんの目、見えるようになるかもしれません。皆さん協力してくれませんか？」

その発言に子どもたちが色めき出す。

「おれたち金ないぞ」

「お金はいりません。私、人助けが趣味なので」

「本当に治るの？」

「医師ではないので治ると断定できません。が、私の経験上、治る確率は高いと思われます」

「協力って何すんの？」

「スケッチです。ここにある薬草を全部紙に描き写してほしいんです。それだけでいいです。

ただ、時間がかかってもいいので、正確に描写してください」

次々降ってくる質問に、ミミは淀《よど》みなく受け答える。

リーダーが治るならやる！　うち、絵描くの好き！　と、ちらほらと好意的な声が上がった。

子どもたちがミミに寄って行こうとしたその時、「待て」と制止が入った。リーダーの声だ。

「何を企《たくら》んでいる？」

昨日と同じように、子どもに手を引かれて通りに出てきた。

「何も。私がそうしたいだけです」

「昨日は取引だったから応じた。しかし今回は無償。裏があると思うのは当然だ」

「裏なんてないです。強いて挙げれば、この人との個人的な賭《か》けに利用させてもらっていることでしょうか。賭けと言ってもあなたたちに実害はないですよ」

納得してもらうため、ミミはもっともらしいことをでっちあげた。

「目が治るかどうかで賭けていると」

「そんなところです。そちら側にはメリットしかないと思いますが、いかがでしょう」

黙り込むリーダーの代わりに周囲の子どもたちが口を開く。

「治るかもしれないならやろうよ」「リーダーのおかげで生きていられるから、たまには恩返ししたい」「遊びみたいなもんだしやっていいよね？」「こいつら二人だけだし、万一のことがあったらここにいる全員でぶちのめせばいいだけじゃん」

それらの声を聞いて、リーダーは瞼を僅かに震わせた。

「皆がそう言うなら、許可しよう。全く、あんたらみたいな金持ちが考えていることはよく分からないな」

許可が出た瞬間、ミミが用意していた紙とペンに、子どもたちが殺到した。

「整列。今、私が地面に引いた線に従って並んでください。順番に配ります。描き終わったらまたこの列に並んで提出しに来てください。分からないところや、描くのが難しいところがあったら、遠慮せず声をかけてくださいね」

ミミの凛とした声に、子どもたちは大人しく従った。

「今までナメられてたのに、素直に言うこと聞いてるねー。場の空気を変えるのがお上手なようで」

「ということで、あなたは子どもたちの絵に解説を書き加えてください。何の薬の材料になるか、取り扱い上の注意等を。それが終わったら調合書の作成をお願いします。無論、実演しながら」

「なんでボクがそんなことを。大体こんなことしなくても、クズ人間殺してしこたま蓄えてた金をこいつらに配れば、わざわざ作らなくても薬くらい買えるだろ」

「殺すのはダメです」

「ナイフ突き付けないでよー。しょうがないなーやるよー」

ジャビドは非協力的な態度だったが、一枚目のスケッチが提出されると、目の色を変えて、詳細に説明を書き加えていく。ミミはミミで上手く描けない子どものために、絵画教室を開いていた。ミミの描く正確無比な絵に子どもたちは大興奮だ。

そうして解説の加えられたスケッチたちを綴《と》じると、薬草図鑑が完成した。

子どもたちは、これは自分が描いた、あいつのは上手い、下手、そんなことないだろ等々、ページをめくりながら批評会をしている。

「微笑《ほほえ》ましいものですね」

「別に」

「子どもはお嫌いですか」

「嫌いだね。無力だから」

「まあ、嫌いでも協力してもらいますけど。作れますよね、リーダーさんの目を治す薬を」

「多分。ただそのためには面倒な準備が死ぬほど必要なんだけど」

「やりましょう。私も手伝います」

「うあーやりたくないー、って言うとまた脅されそうだからなー」

「よくお分かりで。それでは続きは明日にしましょうか。もう日も落ち始めていますから」

「ああーもうーボクの貴重な残り日数がー」

「暇だ暇だと嘆いていたじゃないですか」

「そうだけどさー」

いつまでもうだうだ言い続けるジャビドを放置して、明日も来ますとリーダーに挨拶《あいさつ》しに行くミミだった。

DAY 5

「おーいガキども聞けー。いいか？　君たち病人だらけだろ。病気を防ぐにはまず清潔にすること。普段から掃除を心がけるだけで変わる。あとご飯。魚だけじゃなく野草とかキノコを食べるといい。そこら辺に生えてるのでも案外食べられる。そういうのはこのちっこいやつの方が詳しいだろうから、こいつに教わること。じゃ、薬班と野草班で半分に分かれてー。ふわーあ。ねっむい」

朝早くにミミに叩き起こされたせいで睡眠不足のジャビドは、大きな欠伸《あくび》をした。

「ガキって言うなおっさん！」

「じゃあそっちもおっさんって言うのやめろよ！」

子どもの発言が癇《かん》に障ったため、ジャビドの眠気は吹き飛んだ。

低レベルな言い合いをしながらも、ジャビドは器具の準備の手を休めない。

「引き受けてくださり、ありがとうございます」

ミミは、そんなジャビドに頭を下げた。

「引き受けさせられたんだよねー君に。こういうこと今日までにしてよね。明日も脅して何かさせようとしたら、体力が続く限り抵抗し続けるから」

「分かりました」

「明日まで引きずるの嫌だから、君もガキどもに野草とかキノコの知識、教え込んどいてよ」

「了解」

ミミは再び一礼して、野草班の子どもたちを伴って湾岸の方へと消えていった。

表通りの周辺は開発が進んでおり、自然があまりない。そのため湾岸付近の森林に着くまでに徒歩で一時間程度かかる。残ったジャビドはまず器具の煮沸消毒を教えた。薬を保管する容器や、調合器具などは必ず煮沸消毒を行うように指示。

その後、薬草の調合、焼く煮る燻《いぶ》す等々の加工方法を教えていく。

目薬以外の薬もいくつか一緒に作っていった。

「この薬草から搾った植物油に、粉末の成分を溶かしていくんだ」

「はぁ？　油に溶けるわけないだろ！　水の中に油入れたら浮くことくらい知ってるぞ！　水には色々溶けるけど油はどう考えても無理だろ！　この嘘《うそ》つき！」

「嘘じゃなーい！　けど証明も今ここではできないー。どうすれば信じてくれるかなー」

「さっきの図鑑の説明、たくさん書いてあったし、薬に詳しいのは本当っぽいよね」

「なら本当か」

　ジャビドを嘘吐き呼ばわりした子どもは、友達に諭されるとすぐに意見を変えた。

「はぁ。流されやすいのか純粋なのか。さて、出来上がったぞー。さっき煮沸消毒した瓶《びん》に移した後は、瓶に黒い紙か布巻いておくように」

「なんでー？」

「日の光で効果が弱くなるからだ」

「日の光に弱いなんて吸血鬼《きゅうけつき》みたいだね」

「その発想はなかったなぁ」

　などと時折子どもの発言に感心させられながら、瓶に薬の名前と、その薬の用途等を記載していく。ミミ率いる野草班が戻ってきてからは、全員で夕食を摂《と》った。ジャビドは、苦いから食べたくないと野草に手を付けない子どもたちに、片っ端から口の中に野草を突っ込んでいく。

　それが落ち着いてから、ジャビドはリーダーの横に腰を下ろした。

「朝昼夜の三回点眼すること。煮沸消毒したタオルで目元を事前に清潔にしておいてね」

「分かった。心遣いに感謝する」

「礼ならもう一人のやつに言って。ボク、やらされてるだけだから」

「子どもたちの相手をしてくれてありがとう。皆楽しそうだった」

「あいつらが勝手に楽しんでるだけだよ。ボクのことオモチャにしてね」

何を言ってもジャビドは素直に受け取らないと察したリーダーは、ただ微笑んだ。

食事後も、熾《お》こした火の明かりを頼りに薬作りを子どもたちと共に行った。

用意した薬草で作れる分を全て作り終わったのは、午前〇時前だった。

ジャビドやミミに何度もお礼を言うリーダーに背を向けて、通りを出る。

「また来いよ！」

「来ないよクソガキ！」

「黙れおっさん！」

子どもたちの笑顔が印象的だった。ミミと二人きりになった途端、大きくため息を吐《つ》く。

「もう二度とやりたくない」

「そう言ってる割には楽しそうでしたけど」

「楽しくなかったよ」

「案外、向いてるかもしれませんよ、こういうこと。学校の先生とか」

「だから何？　どうせもうすぐ死ぬし関係ないじゃん」

「そう、ですね」

「で、これが、殺す以外にできる何かってわけか」

「はい。子どもたちの環境を良くしていくことで――」

ジャビドは、月明かりを受けて輝く、金と蒼《あお》の瞳を、鋭い視線で射抜く。

「そんなの、対症療法でしかない。大体の薬と同じだ。根治療法じゃない。その場しのぎだ。どれだけ今いる子どもたちの環境が良くなっても、絶対数が増えれば破綻する。あと少し外に家を増築したらアウトだ。あの通りの周辺を確認したかい？」

「市場、高級住宅街、国お抱えの工場があります」

「なら分かるよね？　はみ出したらたちまち潰される。あのスペースで暮らし続けるしかないんだ。僕の意見は変わらない。悪い循環は、根本を断つことでしか終わらない。君は、殺しは良くない、それ以外の道を進むべきだって思わせたかったんだよね。君の計画は失敗だよ」

ミミは、目を伏せた。ジャビドは何かを感じ取ってくれた、と思い込んでいた。

足取りが重くなり、ジャビドのやや後ろを歩く形になる。

「ただまあ、暇つぶしにはちょうど良かったかな」

ミミは勢いよく顔を上げた。その勢いで、臀部《でんぶ》の紐がぴょこんと跳ねる。小走りでジャビドの真隣へ移動するミミの口元は心なしか緩んでいた。

DAY　6

「ねぇボク言ったよねぇ⁉　もう行かないって！」

「市場に食材を買いに行くついでに顔出すだけじゃないですか」

「昨日さっぱり別れたんだし、また会っちゃったら美しくないよ無粋だよ」

晴れ晴れとした空のもと、二人の靴が石畳を叩く。

ミミはガラにもなく、朝特有の清涼な空気を、胸が上下するほど目いっぱい吸い込んだ。

「では、食材を買い過ぎてしまったので、お裾《すそ》分《わ》けしに行く、という体ではどうです」

「もう体って言っちゃってるし。そもそも意図的に食材買い過ぎるとかナンセンスでしょ。それだったら普通に買っていく方がまだスマートだ」

「ではそうしましょう。ほら、やっぱりあなたもまた会いたいんじゃないですか」

「さっきボクが言ったのは提案じゃないよ。そうしたいってわけじゃないんだよ。勝手にボクの気持ちを捻《ね》じ曲げるのはやめてくれないかな？」

ミミは、市場の手前、子どもたちの暮らすあの通りに着くまでに、何とかジャビド自身の意志であの子らのもとに向かわせようと、説得を試みるつもりだった。

清涼な空気で満ちていたはずの肺に、異臭が入り込むまでは。

「臭います」

「クズ人間の臭いがか？」

ジャビドは冗談のつもりで、へらへら軽薄な笑いを顔に貼《は》り付けながらそう言った。

「はい」

ミミが指差したのは、子どもたちのいる通りの方角だった。

貼り付けた笑みが消える。

「何の臭いがする」

「焦《こ》げるような臭いが」

「連れてけ早く！」

「了解」

ミミはジャビドを抱え、その場からかき消えた。


全焼。


何もかもが黒い。炭化が激しいのは強い火で焼かれた証。

「うっ」

「大丈夫ですか」

焼け跡を見たジャビドがえずいたのを見て、背中をさすろうとしたが、振り払われた。

「いい。触るな」

苦しそうに胸を押さえながら、浮き上がる脂汗を、服の袖《そで》で何度も拭っている。

ジャビドの父は、店と共にルースが放った炎の魔法に包まれた。おそらくそれを思い出したのだろう。しばらくして落ち着いたジャビドが現場近くに移動し始めたため、ミミも無言で付くて行く。現場には軍警察が野次馬たちの対応をしていた。

「何があったんだ！」

「落ち着いてください！　ただの火事です！　鎮火済みですので安心してください！」

「この臭いどうにかならないの⁉」

「順次清掃は行っていきますので今しばらくお待ちください！」

周囲の住民たちは、自宅に入り込む灰を何とかしろだの、一刻も早く臭いを消せだの口々に不満を言っている。二人が、人の少ない位置に移動しようとした時、周囲の住民同士の会話が聞こえてしまった。

「でもあそこに住んでたの、汚らしい子どもばっかりだったからねぇ」

「あそこからいつ疫病が流行《はや》るか、気が気じゃなかったから助かったよ」

ジャビドの指先がピクリと動く。

「ダメですよ」

「分かってる。クズ人間だが殺すほどじゃないってことぐらい。ねぇ、本当にただの火事なのかな？　強烈に臭うんだ。誰かの作為がね。まずこれだけ大規模な火事にもかかわらず、あの通り以外焼けてない。どこにも飛び火していない。見た？　不自然なくらい通りの外側は焦げていない」

「私も一目で違和感に気付きました」

「お前だったら、焼けた通りをうろついてる軍警察の目をかいくぐって、調査できるんじゃないか？　行ってきてよ」

「言われずとも」

と、魔法を使おうとしたところで、ジャビドを振り返る。

「ん？　ああ。ボクが逃げ出さないか心配してるんだ。こんな時まで仕事熱心か。反吐《へど》が出そうだ。ボクに拘束魔法使って、この茂みの中に置いていけばいいじゃん。ほら、さっさとして。時間がもったいない」

「了解」

僅かに震えた声でミミは応《こた》えた。

ミミは三〇分で戻って来た。ジャビドの拘束魔法を解き、二人で物陰に隠れる。

「どうだった」

「火元の確認ができました。これは魔法によるものです。しかも複数個所に魔法の痕跡が発見されました。人為的な火事であることは間違いなさそうです」

「襲われたんだね」

「しかも、死体を住民からは見えないように処理していました」

「処理？」

「あらゆる魔法で原形がなくなるまで分解していました」

「そっか。そっかそっか。なるほどね。なるほどなるほど」

「いけません」

魔力を練り始めたジャビドの腕を強く摑む。

「じゃあ何もするなって言うの？」

ジャビドの身体中の血管が浮かび上がっており、顔は今にも爆発《ばくはつ》しそうだった。

「そうです」

「君には人の心がないのかい？」

「ないかもしれません。とにかくあなたは犯罪行為を起こしてはなりません」

「おかしいでしょうよ！　明らかに軍警察が一枚嚙《か》んでる！　裏で汚いこと考えてるやつらが、子どもたちを皆殺しにしたんだぞ！　軍警察が協力してるってことは、国が協力してるってことだ！　国が作った法律に触れるようなことを国がしてるんだ！　犯罪を恐れず殺せるのは、ボクみたいなやつしかいないだろ！　ボクはね、今回みたいなことをするやつらを殺すために生まれてきたんだ！　お願いだ、クズ人間を殺させてくれ！」

ジャビドの怒りに同調しそうになるのを、ミミは必死に抑え込んだ。ミミだって何も感じていないわけではない。だが今は任務中だ。冷静でいなければならない。

「許可できません」

ジャビドのワインレッドの瞳が炎のように紅《あか》く燃えている。

隠そうともしない殺気をミミは知覚した。これまで何度もターゲットと刃を交えてきたミミだったが、ここまで強い殺気ははじめてだった。

その殺気を受けて、ミミが考えたことは――。

ある提案を受けたジャビドは、あっはっは！　と豪快に笑った。

「そうしよう。それがいい」

DAY　7

「今しがた連絡がありました。放火を企てた張本人を殺すことに成功したとのことです」

「そっか。どういうやつだったって？」

深夜二時。ジャビドを小脇に抱えたミミは、子どもたちのいた場所に向かって、大きく跳躍した。着地の際に灰が舞い上がる。灰は月明かりを受けて青白く輝いた。ミミの腕から離れ、自分の足で地面を踏みしめたジャビドの頭に、真っ白な粉雪のようなそれが降り積もる。

ジャビドは下を向き、落ちてくる灰を見つめた。

「犯人はこの国の大貴族の一人。風俗街で遊んでいたら一人の従業員を孕《はら》ませてしまった。犯人は堕《お》ろせと命じたそうですが、従業員は産んでしまった。それで風俗街に捨てた。産んだこと、捨てたことは犯人に黙っていたそうです」

「最近になってバレたんだね」

「はい。従業員は、堕ろすのも捨てるのも変わらないと考えていたらしく、また遊びに来た犯人にポロッと言っちゃったそうです。犯人は大貴族であることを隠して遊んでいました。従業員は大貴族の血を引く子を産んだことを、知る由もなかったのです」

「いつかひょっこり血を引いた子どもが現れたら世間体や継承権回り、家族の心境的に面倒なことになるから殺すことにした。子どもの特定が難しかったから全て焼き払った、てとこか。正真正銘のクズ人間だ。そんなやつは死んで当然だ。君もそう思うよね」

「私はただ、あなたの依頼を組織に伝えただけです」

「かっ。少しは自分の意見を持ったらどうだい。今回のこと、よく思いついたね」

「腕利《うでき》きの殺し屋に担当してもらえて良かったです」

　ジャビドはミミの提案を思い出す。


『あなたは犯罪行為を行えません。しかし、うちの組織なら行えます』

『どういうこと？』

『まだお金は残っていますか？』

『もちろん。たんまり残ってるけど』

『なら、うちの組織に殺しの依頼をすることができますね』

『そっか！　ボクが君の組織に、あの子たちを殺したやつを殺してくれって依頼すればいいのか！　でもボク自身もターゲットなんだけど、依頼なんてできるの？』

『前例がないので交渉次第ですが、必ず通してみせます。これでも私、組織の中では顔が利《き》くんですよ。それに組織の理念にも反していません。依頼を受けるのは、ターゲットが重犯罪者の場合のみ。今回は国が絡んでいるといっても、大量殺人には変わりない。勝算はあります』

『頼むよ。こんな非人道的なことをするやつが、ぬくぬくと生きているなんて、耐えられないんだ』

『私の推薦なので、許可が下りれば今日中には受理されるかと思います。私も任務に協力するつもりです。私が迅速に裏を取ることで、明日、あなたを殺すまでには任務を完了することができるかと』

『そりゃ良かった。でも、そのせいで君がボクの担当から外れるってことはないよね？』

『ないとは思いますが』

『安心した。君以外に殺されるのは勘弁だからね』

『どうしてですか』

『ボクが、君に殺されたいからだよ。これ以上言う必要あるかい？』

『いえ。ない、です』

その時のミミが一瞬見せた微笑が蘇《よみがえ》ってきた。喉《のど》の奥で笑いを押し殺す。

「一時的に監視に来たやつ、ボクと同年代っぽかったな」

二日で任務を終わらせるために、本来情報班が行う、犯人についての情報収集をミミが行った。その間、任務の遂行者であるニイニに、ジャビドの監視をお願いしていたのだ。

「ご名答です」

「ぜーんぜん話してくれなかった。君がいかに特殊かよく分かったよ。君で良かった」

「ニイ……あの人は任務に忠実ですから。うちの組織の中でもかなり仕事ができます」

「だろうね。君より凄《すご》みがあったもん」

ミミはジャビドの依頼を通すだけでなく、任務遂行者にニイニを指名した。ニイニは別の任務にあたっていたが、定期連絡で情報班からミミからの依頼を聞いた後、すぐに任務を終わらせて駆けつけてくれた。いつも通りサボっていて、実際はすぐに終わらせることができた任務だったのだろう。ミミのために本気を出してくれたのだ。

舞い散った灰が全て落ちた頃、ようやくジャビドは顔を上げた。

「あいつらさ、何も悪くなかった。劣悪な環境の中で、必死に生きようとしてた。なのに殺されちまった。なあ、どうしてこういうことばっかりなんだ？　正しく生きていても理不尽な目に遭うなら、正しく生きる必要なんてないんじゃないか？」

「しかし、正しく生きなければ、あなたのような人に殺されることもある。正しくないことを憎む者から命を狙われる」

「じゃあもう、どっちが正しいとか正しくないとか関係なく、殺し合ってるだけじゃないか」

「自分がどちら側に属したいのか、何を信じ、何をしたいのか、考えなければならないのかもしれません」

「そういうのって、何を目印に考えればいいんだろうな」

「これまでの人生経験や、尊敬、親愛を寄せる者、家族、他人の何気ない言葉、そういうものたちでしょうね。明確な理由より、案外曖昧なものの積み重ねなのかもしれません」

「そうだよな。ボクは、最期まで自分の信念に従って生きることにする」

ジャビドは黙禱《もくとう》を捧《ささ》げた後、灰が舞わないよう静かにその場を去った。


「噂の広がりを確認できました。このペースでいけば、近いうちに国の端まで届くでしょう」

「くくっ、これからボクの志を継ぐ者が出てくることを、願わずにはいられないなあ」

「正しい形で国の政治が浄化されることを祈ります」

「ボクの正しいと君の正しいは違うからなぁ」

ジャビドは隠れ家のソファに仰向《あおむ》けに寝転びながら、しみじみとそう言う。

深夜に焼け跡を訪ねた後、隠れ家で短めの睡眠をとったジャビドは、起床してすぐに行動を始めた。

表向きはただの火事だと報じられていた、今回の事件の裏側を吹聴して回ったのだ。

ゴシップは拡散性が高い。真偽はどうあれ、国への不信感を煽ることができればそれで良かった。これで危機感を抱いて、誰かが探りの手を入れれば、いつかは黒いものが露呈する。

「あなたの投げ入れた石によってできた波紋は、これから広がっていくでしょう」

「残念なのは、広がった波紋によって変化する水面をこの目で見ることができないことだなぁ」

チラリと時計を確認する。既に二三時半を回っていた。

「きっと、あなたの目論見《もくろみ》通りに進みますよ」

「だといいけどね。クズ人間をもっともっと殺したかったな～」

「最期までブレないですね」

「ブレないよボクは。最初から最期までずっと、己の信念を貫くのみさ。――そろそろ、かな。ボク、どうやって殺されるの？」

「迷いましたが、眠るように死ぬことができる魔法を使うことにしました」

今は亡き子どもたちへの行動で、ミミの心境が変わった。

「なにそれ温情ってやつ？　痛くないならありがたいけどね。これってボク、お礼言うべき？」

「いいえ」

もうあと数分だ。ミミは鎌の柄を展開し、魔力を練り始める。

ジャビドはその様子を、何の感情も浮かんでいない、まるでミミみたいな無表情で見つめた。

「この一週間、私の言うことを聞いてくれて、ありがとうございました」

「聞かされただけだよ」

「私の提案にのってくださり、ありがとうございました」

「のらなかったら君に反発して、そのまま殺されていただろうからね。仕方なくだよ」

「仕方なくでも、私は嬉《うれ》しかったですよ」

「ふん。最期だからって湿っぽくしないでよね。普通でいいんだよ、普通で。いつものボクと君らしく、すれ違ったままで」

「あなたがそう望むなら」

「じゃあジッとしてるから、勝手にやっちゃって」

ジャビドはソファに横たわったまま目を閉じた。

もうすぐ魔力が練り上がり、不可視の刃が今まさに現れようとした。

その瞬間。

ジャビドの閉じられた瞳から、涙が溢《あふ》れ出した。

驚き、一瞬だけミミが止まったのを見計らったように。

涙が針状になってミミを襲う。

同時に、ソファに仕込まれていた短刀が二本飛び出し、ジャビドはそれを摑む。一本は胴体を狙って投擲、もう一本は摑んだままミミの喉元《のどもと》を狙う。

ジャビドは、ミミに多少なりとも心が通じ合った、と思わせることができれば、最期の最期、殺す瞬間、隙が生まれるだろうと踏んだ。

その予想は当たった。確かに隙はできた。そして隙を突くことができた。

隙さえ突けば仕留められると思っていた。

涙の針は全弾顔面に着弾するはずだったが、ミミの人並み外れた反射神経により半分以上が外れた。左耳と左頬《ほお》に数本刺さったが、ミミはその程度では動きが阻害されない。

胴体目掛けて投擲された短刀は、ミミの前腕に刺さった。が、浅く、すぐに抜け落ちた。元々強い筋肉に加え、神速で発動させた身体強化魔法により、刃が侵入してすぐに筋線維を使って防いだためだ。

ジャビドが握っていた短刀は、切っ先がミミの喉元に触れるギリギリ手前で止まった。

ミミの手がジャビドの短刀を拳《こぶし》ごと握り込み、それ以上動くことを許さない。

目いっぱい握り込んだせいで、人差し指と中指の間に刃が食い込み、血がぽたぽたと滴り落ちる。

「こんの、バケモノがぁ！　このチャンスを作るために！　一瞬の隙を生み出すために！　ここまで頑張ってきたのにぃ！　くそがぁ！　くそくそくそ！　ああああああ！」

ジャビドは涙を流しながら唾を飛ばす。

もうミミに隙は生まれない。膠着《こうちゃく》状態に見えるが、その実、ミミがジッとしてくれているだけで、ジャビドは今この瞬間に殺されてもおかしくはない。

「私が油断するのを狙っていたのですか」

ミミは感情がまとまらない中、殺し屋としての本能でジャビドの自由を奪っていた。

「そうだよ！　ここまでしないと君は隙を見せない！　心を許したフリをして、本心を隠し通した！　戦力差を埋めるための一手だった！　失敗した！　失敗したのかボクは！　失敗したんだボクは！　ごめん、ごめん、ごめんよルースウウウ！　アアアアアア！」

ルース。

その泣き声は慟哭《どうこく》と呼ぶに相応《ふさわ》しい。

ここでなぜその名が出るのか。

不覚を取りかけたミミは、もう油断しなかった。

油断しないことに精いっぱいで、言葉が出てこない。

「君の言う通り殺気を隠せた！　祝詞を唱えず魔法を使う方法も、君を観察して理解した！　声を出さずに声帯を震わせてるんだろ！　ボクだって強いはずなのに！　殺せなかった！

――クズ人間を殺して殺して殺しまくれば、いつかルースを殺したやつの組織の人間が、ボクを殺しに来ると思った。君の組織がルースを殺したってことは知ってるよ。ボクの母親がルースの暗殺依頼を、君の組織にした証拠が残ってたからね。まさか一発目から君が来るなんて！　この時ばかりは巡り合わせに感謝したよ。君だろ、ルースを殺したのは！」

ジャビドは血走った目で、ミミのフードについた猫耳、の根元を見据える。

ミミは、二日目に猫耳部分を触られたことを思い出した。

「その猫耳の縫い付け方はルースしかできない！　ルースはね、すごい子だった。その縫い方、あの子のオリジナルなんだ。よくほつれるんだよねぇって嘆いていたご老人のために、ルースが自分で考えた強固な縫い方。ボクが見間違えるはずがない。君が、最後の一人だった！　ルースの死に関わった人間は全員殺したかったのに！」

ルースのことを憎んでいたのではなかったのか。ミミの目がそう語っていた。

「嘘だよ！　なぜボクがルースを憎む？　あんな死んで当然のクソ親父が殺された程度で！　本当はボクがクソ親父を殺したかった。早くそうしていれば、ルースは死なずに済んでいたかもしれなかった。ルースの父親含め、自分の気に入らないやつは権力を振りかざして排除するわ、村の気に入った女を無理やり手に入れるわ、不当に薬の値段を吊り上げるわ、クズ要素を挙げ出したらキリがない。母親もそうだ。親戚に殺されたことにしたけど、本当はボクが殺した。あいつ、クズ親父が死んで内心喜んでたんだ。女を誘拐して遊んでたこと知ってたから。財産が全て手に入るから。あいつ自身も浮気性《うわき》だったくせに。何ならボクの前に母親がクソ親父を殺してたかも。ルースが背負う必要はなかったんだ！」

ジャビドの凄《すさ》まじい剣幕に、ミミは震え出しそうになるのを必死にこらえる。こういうのは慣れっこだったはずなのに。ルースが絡んでいるからこそ、自分が殺した人物だからこそ。

「ボクは無力だった！　ああそうさ、バカだったんだよ！　ルースを助けられるチャンスを二度も逃した！　一度目、ボクがルースより前に父親を殺していれば！　二度目、母親が君の組織に、ルース暗殺依頼を出す前に母親を殺していれば！　あのクソババア、ガルシアの悪評が外に漏れることを恐れて、ルースが復讐しに戻ってくるのを恐れて暗殺依頼出しやがって！」

ジャビドからほとばしる激しい感情。一見恨みつらみにしか見えないが、その裏に潜む感情に、その激しさを生み出す元になった感情に、ミミは気付いた。

硬直していた喉が、ゆっくり震える。

「あ、あなた、は、ルースのことを、愛していたのですね」

そう言われて、ジャビドは先ほどまでの激昂《げっこう》が嘘のように、静かに俯《うつむ》いた。

「――唯一の希望だったんだ。クソみたいなあの薬屋に時たま現れるルースが。話したことはほとんどなかった。もっと話せば良かった。陰からルースを見ているだけで癒《いや》された。あの子の笑顔に。清い生き様に。見てるだけで満足してしまった。ボクが心動かされる風景は、ルースがいる風景だけだ。ルースのいない風景なんて全部汚い。ボクね、今でも焦げたものを見ると吐き気がするんだ。あの子を守れなかったことを思い出すから」

午前〇時が刻一刻と近づいてきている。

今すぐにでも殺さなければならない。なのにミミは、ジャビドから次々に溢れてくる言葉たちに、身体を、心を縛られてしまって動けない。

「なぁ、君、なんでルースを殺した？」

口の中がざらつく。舌の根がピリつく。

「それが、任務、だったから、です」

呼吸音と共にか細い声がミミの口から漏れる。

「そういうことじゃない！　君たちは殺す前にターゲットの背景、近辺状況を調べるんだろ⁉　どう考えてもルースは悪くないだろ！　クソ親父が死んだのは、やつ自身のせいだ！　やつがルース親子にした仕打ちのせいだ！　殺されるようなことをやつはした！　……ルースと、生きていくつもりだった。ルースと一緒に逃げて、誰にも見つからないところでひっそりと暮らすつもりだった。ルースの居所を突き止めて、ようやく会えると思ったら、家がもぬけの殻だった。その後、クソ母親が暗殺依頼をしたことを知った。ボクは許さない。ルースの死に関わった人間全員を。あんな優しい子が死ななきゃいけない世界を」

ミミの中で、ぐらりと信念が傾く音がした。

なぜルースは死ななければならなかったのか。

人を殺したから。

それだけで片付けられるのだろうか。

ミミも考えてきた。

考えてきた『つもり』だったことに気付かされた。

「君みたいに信念なく人を殺すようなやつに、ルースは殺されたのか。君が最後の砦《とりで》だった。ルースを見逃すこともできたはずなのに。ルースの事情を知ったら、ルースは死ぬべきじゃなかったって思うだろ、なぁ！」

「……う……あ……」

何とか声を絞り出そうとしていたミミを見て、ジャビドは祝詞を唱えず変身魔法を使った。

身長を急速に縮めて、一瞬ミミの視界から外れた隙に、手刀でミミの腹を突こうとする。

今のミミには心の余裕がなかった。

加えて、短刀に塗られていた毒のせいか、やや身体の感覚が鈍くなっていた。

ゆえに、即座に殺す判断をしなければならなかった。

今まで数多《あまた》のターゲットを一瞬で屠《ほふ》ってきた魔法。その魔法の発動には一秒とかからない。

『《我、命を奪い去る者《La Mort》》』

引き抜いた柄の先から半透明の刃が出現した。その様はまさに、命を刈り取る死神の鎌。

ジャビドの手刀が届く前に、あらゆるものを物理的に断ち切る鎌の刃が、ジャビドの首元を捉《とら》える。血に濡《ぬ》れて鎌の刃の形がハッキリと浮かび上がった。

宙に舞った頭を、待機していた処理班がキャッチする。

血の雨で身体を濡らしたミミは、鎌を無造作に放り出した。

同じく血で濡れた処理班は、大げさにため息を吐いた。

「ギリギリで任務を終えるのを、そろそろ辞めてほしいものだ。五八秒オーバー。〇時一分になる前だから、今回に限り見逃してやる」

ミミにはもはや言葉を返す気力もない。

処理班が現場を綺麗《きれい》にしている間、ミミはただ立ち尽くすのみだった。

彫像と化したミミから滴る赤い滴も処理班は拭っていった。

処理班が死体を抱えて立ち去る段になっても、ピクリとも動かない。

「コードネーム33。貴様には次の任務が待っている。支障が出ぬよう、速やかに休息をとれ」

ようやくのろのろとミミは動き出した。普段の迅速果断さからは想像もつかない亀の歩み。

それを見て処理班は再度大きなため息を吐いた。

「死体処理後、貴様を迎えに来てやる。その様子じゃ任務完了報告さえままならんだろう。迎えに来るまでに心を整えておけ」

「は、い」

ミミはその後、手伝いもあり何とか報告した後、休憩所のベッドに汚れた服のまま倒れ込んだ。かつてなく強い睡魔に襲われるも、目が妙に冴《さ》えて、眠りにつくことができなかった。

interlude
幕間

「一昨日は任務を引き受けてくれてありがとう、ニイニ」

「ミミからの任務要請なんてはじめてだったからな。そりゃ受けるよ」

ミミとニイニは休憩所の廊下から見える朝日に目を細めていた。

二人とも既に任務服に身を包んでいる。もう間もなく任務が始まるからだ。

ミミは黙っていつも通りニイニの耳たぶに触れた。ニイニはミミの目の下のクマを確認。そろそろ振り払おうかと思っていたが、そのまま気が済むまで触らせた。

「何も訊《き》かないの？」

「ミミが話したくなるまでは訊かないよ。ミミのそんな顔、ここ数年見てない。任務で何かあったんだろ」

ニイニは、ミミが、ルースを殺した時と同じ顔をしていることに気付いた。

「うん。ニイニが二年前、考え続けることが大事って教えてくれて、それから考えてたつもりだったんだけど、実は全然考えられていなかったことに気付かされた」

「そっか」

「ねえニイニ。私、自分のことに関しては、上手《うま》く『考える』ことができない。どうすればできるようになるの？」

ミミが聞いたタイミングで、情報班の人間がニイニの傍《かたわ》らに現れた。任務が始まる合図だ。

ニイニは、自身の耳たぶに添えられたミミの指を、優しく握り込む。

「これまで会ってきた人たち、または、これから会う人たちが、きっと教えてくれる。人の考えに触れれば触れるほど、自分の姿が色濃く浮かび上がってくる。思い出を粗末にしないで。出会いにこれまで以上に感謝を」

ニイニは情報班の人間と共に姿を消した。

「思い出。出会い」

ミミはこれまで殺してきた人間を全員覚えている。

覚えてはいるが、全《すべ》てを克明に思い出すことはできない。印象的な出来事や人間は別だが、それ以外はぼんやりとした輪郭しか残ってはいない。

過去、重要じゃないと切り捨てた思い出たちの中に、ヒントがあるのかもしれない。

あるいは、強烈に残っている思い出の見方を変えるか。印象的だったからこそ、一面にしか目が行っていなかったのかもしれない。もっとニイニの言葉を咀嚼《そしゃく》したかったが、ニイニが消えて数分も経《た》たないうちに、ミミの傍らにも誰《だれ》かが現れた。てっきり情報班の人間かと思ったミミは、横を向いて驚いた。

逞《たくま》しい体軀《たいく》。ミミと同じ黒髪。眼帯に覆《おお》われていない方の蒼《あお》い瞳《ひとみ》が冷たく輝く。

「何度言えば分かる。組織員同士の馴《な》れ合いはやめろ」

「アルク。なぜここに」

「ボス案件だ。手短に情報を伝える。ターゲットの名、アメリア・ホワイト。罪状、家族皆殺し。容姿は写真参照。確認したな。廃棄する。住所、キイリング国首都サーナトス六番通り。ここからだとやや距離があるため、移動時間含めて本日より二日間のうちに殺すように」

「了解」

今までのボス案件は、期間が短かったため、見つけ次第殺していた。今回は、意地でも移動時間を短縮して、少しでもターゲットとコミュニケーションをとろうと心に誓った。

『出会いにこれまで以上の感謝を』

たとえボス案件だろうと、出会いを大切に。

早速動き出そうとしたミミだったが、アルクに腕を摑《つか》まれた。

「まだ話は終わっていない。ボス案件終了後、すぐに次の任務にあたるように、とのことだ」

「次の任務とは」

伝えられた任務内容に、ミミは耳を疑った。

「コードネーム22がターゲットを意図的に逃がした可能性あり。大威力の魔法を使ったせいで片脚しか残らなかった、と申告があったがボスが虚偽の可能性を示唆。コードネーム22が逃がしたターゲットの捜索を行え。この資料に今すぐ目を通し、その後破棄しろ」

ミミが資料に目を通し、燃やしたのを確認してから、アルクは朝焼けの中に溶けていった。

ターゲットを意図的に見逃した。その上、虚偽の申告まで。

ニイニが組織を裏切った可能性がある。

瞑目《めいもく》。呼吸を整える。

呼吸が整えば、自然と心も整う。

まだ確定したわけじゃない。どこを捜しても逃がしたターゲットなんていないかもしれない。

ニイニの申告は本当だったと私が証明すればいいだけ。

必死にそう言い聞かせて一旦《いったん》ニイニ関連の情報を頭から閉め出した。

第五章　家族皆殺しの少女

DAY 1

「明日、あなたを殺します」

高級住宅街の一角。四階建ての屋敷の最上階で、窓を開けて眼下の花畑を眺めていたアメリアの目の前に、金と蒼《あお》の瞳《ひとみ》が現れた。

日が落ち切った宵闇《よいやみ》、月を背負う黒い影の中で、その瞳だけが爛々《らんらん》と輝いている。

突き出た窓の上部に足をかけているのか、上下逆さまになっている、同い年くらいの女の子。

何の前触れもなく、突拍子のない方法で現れたミミのせいで、アメリアは大声を出しかけた。

が、ミミの手に口を塞《ふさ》がれ、吐き出されるはずだった空気がせき止められる。

「大きな声を上げないでください。あなたをすぐには殺したくない。明日の夜中〇時まで好きなことをさせてあげますので、少し私とお話ししませんか?」

口を塞がれたまま、アメリアは顔を必死に上下させた。

ミミは手をアメリアの口元から離し、室内にするりと入り込む。

ガラスでできた照明、ふかふかの絨毯《じゅうたん》、細かい模様が彫り込まれた調度品たち、家族四人が住めそうなほど広い部屋。そんな中、一番高級そうに見えたのは、アメリアだった。

人形のように整った容姿、つるりと滑らかそうな白肌、輝かんばかりの濁りない金髪に、サファイアのような深く青い瞳。貴族でなければ買えなさそうな豪奢《ごうしゃ》な部屋着でさえ、アメリアという存在の前では霞《かす》む。

まじまじとアメリアを眺めるのと同じように、アメリアもミミを眺めまわす。

「殺し屋の方、ですか？」

「はい」

「少々驚きました。あんなところから現れたものですから。それに、わたくしと同じくらいの年頃に見えたことも、取り乱してしまった原因の一つです」

「一四歳です」

「わたくしもです。いつかわたくしを裁きに来る方が現れるとは思っていましたが、それが同い年の女の子だなんて。しかも、黒猫の仮装をした」

「これは仮装ではありません。任務服です」

「そのお耳としっぽも任務に使うのですか？」

「耳の中には投擲《とうてき》武器が入っています。尻尾《しっぽ》は近接武器に変形します」

「触っても？」

「優しくお願いします。危険なので」

アメリアは長手袋を外し、素手でミミの猫耳部分をつまんだ。

表面は柔らかいが、少しでも押し込むと金属のような何かに当たる。

尻尾は一見するとただの紐《ひも》なのに、触ってみると硬質だ。と思ったら、今触っている部分より下に指を滑らせてみると、こちらは紐のように柔らかい。どうやら硬質部と軟質部が交互に繋《つな》がっているらしい。

「武器というのは本当のようですね。護身術の一環でいくつか刃物を触ったことがありましたが、このような特殊なものははじめて見ました」

「特注ですので。あの、代わりと言ってはなんですが、私もあなたが着けているイヤリングに興味があります。近くで見せてもらってもいいですか？」

「かまいませんよ。どうぞ」

アメリアはイスに腰かけて頭の位置を下げた。ミミが見やすいよう、クセのないサラサラな金髪を後ろでまとめる。白い首元が目に眩《まぶ》しい。

ミミはアメリアの耳元に触れた。

アメリアの髪と瞳のような、ミミの金と蒼の瞳のような、金色の基部に蒼い菱形《ひしがた》の宝石が埋まったデザインのイヤリング。

「くすぐったいです」

アメリアに言われてミミは手を離す。よく見ようとしたのか、ミミはイヤリングと一緒にアメリアのやや厚めの耳たぶを何度も触っていた。

「すみません。綺麗《きれい》なイヤリングだなと思って」

「そうでしょう。大切な方からいただいた、お気に入りのイヤリングなのです」

「あの、私が言うのも変かもしれませんが、なぜ明日殺されると宣告されているのに、そんなに落ち着いていられるんですか」

アメリアは、儚《はかな》げに微笑《ほほえ》んだ。

「先ほども申し上げました通り、わたくしは裁かれることを待っていたのですよ。心の準備はできていました。罪を犯したその日から、ずっと」

殺すと告げてもさして驚きもせず、自分の罪を受け入れ、誰《だれ》かに殺されることを待っていた。

その様子は、ミミに、自分が手にかけた少女を想《おも》い起こさせた。

ジャビドといい、アメリアといい、やけに二年前のあの日を思い出させられる。まるで運命に、あの日と向き合えと言われているようだ。あれで良かったのか、と。

ミミはアメリアに悟られぬよう、自身の太ももをつねる。

アメリアはアメリアだ。ルースじゃない。今は目の前のターゲットのことだけ考えないと。

何のためにこんなに急いで来たのか。

組織の人間はこの場所に着くまでに二日かかると踏んだ。普通に行ったら確かにミミでもそのくらいかかる。ターゲットと接触する時間を確保するために、睡眠時間を極限まで減らし、数多《あまた》の魔法を使い、最適なルート取りを割り出したことで、一日目の夕方に着くことができたのだ。

ボス案件でなければ、ターゲットの人生の背景を調べ、なぜ犯行に至ったか想像し、接することができる。言葉を選ぶことができる。今回はそうでない。だから、直接訊《き》くしかない。

「なぜあなたは、自分の家族を皆殺しにしたのですか。恨みでもあったのですか」

アメリアはミミから目を逸《そ》らし、暖炉で爆《は》ぜる炭を、ジッと見つめた。

「恨むだなんてとんでもない。わたくしは、家族のことが、好きでした。わたくしは――」

語尾が震え、途絶え、目元と喉元《のどもと》を押さえる。

「不躾《ぶしつけ》に失礼しました。無理に話さなくてもいいです」

「申し訳ありません。今泣いてしまうと、夕食時、お義父様とお義母様にご心配をおかけしてしまいますので、話せません」

「お義父様、お義母様、ですか」

「はい。行く当てのないわたくしを拾って、ここまで育ててくださいました」

「足音が近づいてきます」

ミミは身を隠すために隠密《おんみつ》魔法の準備を始める。

「そろそろ夕食の時間ですので、メイドが迎えに来たのでしょう。申し訳ございませんが、夜が深まるまではお会いできません。夕食後、歓談や習い事がありますので」

「了解。潜伏しておきます」

「消灯し、わたくしがベッドに入ったら、また姿を見せてくださいね」

「了解。それでは後ほど」

ミミが姿を消した後、アメリアは深呼吸をして、湧《わ》き出《で》そうになった涙と、過去の思い出を引っ込めた。

湯あみをし、寝間着に着替えて、消灯。

ベッドメイクをしてくれたメイドを下がらせて、ベッドにするりと入り込む。

「殺し屋の方。もう出てきて大丈夫ですよ」

すると、豪奢なベッドの天蓋の裏、アメリアの真上に張り付いていたミミが姿を現す。

「こんばんは」

「こんばんは。そんなところにいて、お辛《つら》くありませんか？」

「訓練を積んでいるので問題ありません。このまま睡眠をとることもできます」

「きっと、わたくしには想像できないほど、壮絶な訓練を積まれてきたのでしょうね。同い年のあなたがそのような境遇に身を置かねばならなかったことを想うと、胸が痛みます」

「あなたも、私が想像できないほど辛い過去を持っているのでしょう」

「どうでしょうね。わたくしは辛い思い出と一緒に、幸せな思い出も遺《のこ》っていますから」

「今は、幸せなんですよね。食事後の歓談の際に、あなたは義父母に感謝を伝えていました」

「聞いていたのですね」

「ごめんなさい。任務上、あなたから目を離せませんので」

「おっしゃる通り、わたくしは幸せです。身元も分からないのに良くしていただいて、今のお義父様、お義母様には頭が上がりません。そう、幸せだからこそ、余計に罪悪感に苛《さいな》まれました。幸せになればなるほど、わたくしの中で罪の意識が大きくなっていく。家族が全員死んでしまったのに、わたくしだけがのうのうと生き残り、恵まれた環境に身を置いている。向こうの世界できっと家族は、わたくしを恨んでいることでしょう。あなたが現れなければ、己《おのれ》の罪に耐え切れず、自ら命を断っていたかもしれません」

ミミは、ただ黙って話を聞いた。

本音を言えば、家族を殺した経緯を知りたい。知った上で寄り添いたい。

しかし自分から訊けば、またアメリアの心を追い詰めてしまうかもしれない。自分から話したくなるまでミミは待とうと思った。待てばきっと話してくれるはず。今は聞き役として信頼される方が重要。ミミには、アメリアが過去の罪を話してくれるという確信があった。

ルースをはじめ、身に余る罪を抱えた者は、他人に己の罪を話すことができない。

でも、ミミになら、話すことができる。

自分を殺す相手だから。赤の他人だから。

罪を誰かに告白する。それだけで、一時《いっとき》でも、苦しい気持ちを和らげることができる。

それをミミは、これまでの任務の中で学んだ。

アメリアは一度寝返りを打ってミミから目を逸らし、カーテンの隙間《すきま》から差し込む月の光を眺めた後、仰向《あおむ》けになる。

「あなたのお名前、教えていただけませんか？」

「コードネーム33。ミミ、と周りからは呼ばれています」

「あなたは、その呼ばれ方が好きなのですか？」

そう返されたのははじめてだったので、言葉に詰まった。

自分は、ミミと呼ばれるのが好きなのだろうか？

ミミ、と呼んでくれた人たちは最期、皆同じ眼差《まなざ》しで見つめてくれた。

『33だから、ミミでどう？　あんた猫っぽいから、猫っぽい名前にしてみた。かわいい感じで良いと思うんだけど』

かつて言われた言葉が、脳裏をよぎる。

「気に入っていますよ。とても」

「でしたら、周りから呼ばれている、ではなく、私の名前はミミです、でよいのではありませんか？　あなたは人間です。名前で呼ばれるべきです」

「そうですね。今後、そうします」

「数字で呼ばれる、モノのように扱われることは、悲しいですから」

口角は上がっているのに、声は悲しげだった。

「経験があるんですか？」

「はい。わたくしは父が仕事先で作った、腹違いの子なのです。戸籍もありません。ですので、お母様はわたくしをいつもモノ扱いしました。名前で呼ばれたことは一度もありませんでした」

「だから殺した、と」

アメリアは枕《まくら》の上でゆっくり首を横に振った。

「まさか。お母様は、お父様とお兄様の大切な人でしたから。そんなことをしたら二人が悲しみます。お父様は、お母様がわたくしをモノ扱いすることについて何も言いませんでしたが、お兄様は違いました。いつもわたくしの味方でいてくれました」

お兄様、という単語が出た途端、アメリアの雰囲気がパッと華やぐ。

ミミはそこでアメリアの境遇に親近感が湧いた。

「私も、殺し屋の教育を受ける施設で、同じような扱いを受けていました。番号で呼ばれ、人を殺す道具として育てられました。ただ、同様の教育を受けていた施設の仲間たちは、それぞれ僅かな自由時間に、交友関係を育んでいました。道具ではなく、人間でした」

ミミは今でもたまに思い出す。部屋の端に座り、遠目で、談笑する仲間たちを眺めていたことを。その時は、寂《さび》しいだなんて思わなかった。

「私は独りでした。施設の仲間のほとんどが、左右色違いのこの目と、私の『殺し』の能力の高さを忌避したためです。でも、ある日、私を道具から人間にしてくれた人が施設に入ってきました。性別も年齢も違うのに、孤立していた私に、何かと目をかけてくれました」

「兄、のような方ですね」

「はい。コードネーム22なので、ニイニと呼んでいます」

「ぴったりな名前です。少し、似ていますね、わたくしたち」

「私もちょうど同じことを思っていました」

アメリアとミミは、微笑みを交換する。

それから、二人は趣味の話や好きな食べものの話、それぞれが見聞きしたこと、他愛のない話をたくさんしました。夜遅くまで楽しくおしゃべりし、アメリアは笑顔のまま眠りについた。

DAY　2

それは明け方のことだった。

適宜睡眠を挟みながら、寝ているアメリアを監視していたミミはアメリアの変化に気付いた。

規則正しく上下していた胸が、不規則に動き始め、顔は苦悶《くもん》に包まれた。

その呻《うめ》き声は、昨日聞いた涼やかな声とは別物で、獣のようだった。

アメリアが目を開けるのと同時に、涙が滴り落ちた。

「家族を、こ、殺してしまった時の夢を見ました」

ミミは天蓋からベッドの傍《かたわ》らに降り立ち、涙と、びっしり浮かんだ汗を拭きとる。

「落ち着いてください。水を持ってきましょうか?」

「いえ。慣れておりますのでお気になさらず」

アメリアは何度も深呼吸をし、息を整えた。

アメリアの罪状は家族皆殺し。昨日、愛《いと》おしそうに話していた兄すら殺してしまったというのか。ミミの頭に浮かんだそんな疑問を察してか、それとも夢を見たからか、アメリアはカーテンを開けながらぽつぽつと語り始める。

「あの日、何の前触れもありませんでした。いつも通り、お父様とお母様は喧嘩《けんか》をしていて、お兄様とわたくしはかくれんぼをしていました。お兄様を捜していた時、呼び鈴が鳴ったのです。わたくしはそれがお兄様だと思いました。以前、かくれんぼでお兄様が外に隠れていたことがあったからです」

「だから、ドアを開けた?」

「はい。何も疑いもせずにドアを開けたら、そこにはお兄様ではなく、見知らぬ男性が立っていました。親戚を名乗るその男性は、わたくしに、中に入れてくれないか、と、頼んできました。咄嗟《とっさ》のことで頭が働かず、わたくしは、その男性を家の中に招き入れてしまったのです」

「その男性が、あなたの家族を?」

「振り下ろされた刃《やいば》からわたくしを守ってくれたのは、お兄様でした。腕から大量の血を噴き出し、お兄様は倒れました。その後すぐにわたくしが刺され、駆けつけた両親も首を斬られてしまって……」

震え始めたアメリアの背を、ミミはなるべく優しく撫《な》でる。

「もう少し眠りましょう」

「いいえ、どうか最後まで。今を逃したら、あの出来事は、わたくしだけのものになってしまう。耐えられません。わたくしを殺す前に、聞き届けてはいただけないでしょうか。勝手なことを申し上げておりますのは重々承知。その上で、どうか、どうか」

「焦《あせ》らなくていいですよ。聞きます。いくらでも、何度でもいいです。あなたが話したいことを話し終わるまで、私があなたを殺すことはありません」

寝返りを打ち、ミミの手を握りながら懇願するアメリアに、手を握り返しながら囁《ささや》いた。こんな時、人を安心させられる笑顔を簡単に浮かべられたら、どれほど良かっただろう。

「ありがとうございます。わ、わたくしは、生き残ってしまったのです。刺された後、死を待つほかなかった時、わたくしは、思ってしまったのです。生きたいと。家族皆が殺されたのに。虫の良い話です。それでも思ってしまった。あの状況の中、それだけを。その、叶《かな》ってはならない願いは、叶ってしまった。わたくしは、生まれてはじめて魔法を使いました。使えてしまいました。命の灯《ともしび》が、魔力がほとんど消えかけていたのに使えたのは、お兄様からいただいたこれのおかげです」

アメリアは、寝ている時でさえ着けているイヤリングに触れた。

「もしかして、そのイヤリングに埋め込まれている小さな宝石は、魔石、ですか？」

「おっしゃる通りです。魔石の中の魔力が力を貸してくださって、微弱ですが、魔法を使うことができました。出血が緩やかになったことから、おそらく千切れた血管を繋げる等の、身体機能修復、維持に関《かか》わる魔法だったのでしょう」

ミミは、ルースのことを思い出した。あの子も、死が間際《まぎわ》に迫った時に、使ったことのない魔法が使えた。

「お兄様からいただいたイヤリングのおかげで、魔法のおかげで、生き永らえたんですね」

「医者である義両親が、父の作るメスを求めて、わたくしの家を訪れた際、息があったのがわたくしだけだったそうです。運命って残酷ですよね。鍛冶職人の才があった父、その才を受け継ぐお兄様、商才のあった母、そんな素晴らしい人間ばかりが亡くなり、何もできないわたくしだけが生き残ってしまっただなんて。なぜわたくしなのだろうと、毎日思います。あの軽率な行動が、家族を死に至らしめた」

アメリアは口を押さえ、必死に嗚咽《おえつ》を噛《か》み殺《ころ》している。

ミミの頭の中では、二つの考えが渦巻いていた。

一つは、アメリアは罪を犯していなかったこと。

もう一つは、とある可能性が浮上したこと。

違和感が最初に走ったのは、アメリアの耳たぶに触れた時だった。あの人とそっくりだった。

「アメリア。今から私は、あなたにとって辛い質問をします。どうしても必要なことなんです。答えていただけますか？」

「いいですよ。いかなる質問にもお答えいたします」

アメリアの澄んだ青い瞳が見返してくる。

「家族の遺体は、どうなったのですか？　特にお兄様のは」

「それが、わたくしにも分からないのです。辛い出来事を思い出さないようにと、義両親は一切《いっさい》話してくれません」

「お兄様の右腕は、肩のところから手の甲まで真《ま》っ直《す》ぐ斬られてしまった？」

「そう、でした」

今までの話の流れから、こんなことは聞くべきでないことは分かっているが、それでも訊かなければならなかった。

「男性が使っていた刃物は、錆《さ》びていて切れ味が悪かった？」

「その通りです。今でもあの錆色を思い出すことがあります。あの、どうしてそこまで分かるのですか？」

右腕に走る傷。あのギザギザの傷痕は、切れ味の悪い刃物によるもの。

改めて見ると、髪の色や目の色も、似ている。

寝ぼけていて聞き取れなかった、ニイニが呟《つぶや》いた女性の名前。

それはきっと。

「アメリア」

「はい。何でしょう」

「あなたは、人殺しではありません」

「いいえ。わたくしは家族を殺しました。知らない人を家に入れてはいけないという教えを破り、殺人鬼を家に招き入れたのです。わたくしのせいで、お父様もお母様もお兄様も、わたくし以外全員殺されてしまったのです！　わたくしがあんなことをしなければ、わたくしだけが、生き残って……」

アメリアは窓際に立ち、朝焼けに照らされた庭を眺めながら、背中を震わせる。

その背にミミは、一言一言ゆっくりと発音する。

「あなたがそう思いたいのなら、それでもかまいません。ただ、一つだけ訂正させてください。あなたは家族を『全員』殺してはいません」

「どういうことですか？」

振り向いたアメリアの瞳には、驚きと、僅かな期待が見え隠れしている。

「あなたの兄は、生きている、可能性があります」

「そ、それは、本当なのですか⁉」

アメリアは血相を変えて、ミミに飛びついた。

「あくまで可能性があるというだけです。本人に確認していないので分かりませんが、私の見立てでは、ほぼ間違いないでしょう」

「お兄様は、今、どこに⁉」

「落ち着いて聞いてくださいね。私が、アメリアを、お兄様に会わせてあげます」

アメリアはミミから身体《からだ》を離すと、床に膝《ひざ》をつき、何度も何度も目元を拭った。


義父、義母への別れの手紙をしたためたアメリアは、これから起こることに想いを馳《は》せる。

お兄様に、会えるかもしれない。

アメリアは手紙を自室の机の上に置いてから、ミミを見やる。

「あなたは昨日、わたくしを殺す、とおっしゃいました。ですが、お兄様に会わせていただけるということは、その予定が延期になる、ということなのでしょうか？」

今日アメリアを殺さなければ任務に、組織に背《そむ》くことになる。

ミミの所属する組織は、犯罪者しかターゲットにしない。

そのはずなのに、ターゲットであるアメリアは、何の罪も犯していなかった。

ボスの誤解を解くことも考えた。アメリアは殺人犯などではなかった、と。

しかしすぐその考えは捨てた。

ボスの決定が覆《くつがえ》ったことなどない。ボスが間違えるはずがない。

分かった上でボスはミミに任務を与えたのだ。

ボスが、犯罪者しかターゲットにしないという主義を曲げた？　だとしたら自分はどうする？　ただ自分は任務に従い人を殺すだけではなかったのか？

もしかして、今までこなしてきたいくつかのボス案件も、ターゲットは一般人だった？

自分は、罪のない人間を、手にかけていた？

脂汗が額をつたう。動悸《どうき》がする。

無意識に自分は、犯罪者しかターゲットにしない、という主義に、賛同していたのかもしれない。でなければ、こんなにショックを受けない。

依頼があれば、罪のない一般人も手にかける。そんな風に組織が変わってしまったならば、組織所属の自分はそれに従うしかない。従いたくなければ組織を抜けるしかない。

組織を抜けたら、自分は生きていけるのだろうか。殺すこと以外、何もできない自分が。

『そんなに色々できるんだからさ。殺し屋以外の道でも幸せになれるよ』

そう言ってくれた人もいた。殺すこと以外何もできないって思い込みたいだけ？

違う。もう後戻りできないだけ。これまでたくさん殺してきたから。今更、普通の世界には、戻れない。それなら変わってしまった組織に居続ければいい。ボスからの依頼でアメリアを殺す。単純な話になる。悩まずに済む。

施設を卒業したてのミミだったら、迷いなくそうしていたのかもしれない。

『環境さえ違えば道を踏み外さなかったであろう人たちに、最後の数日くらいは、幸せになってほしい。幸せになる手伝いがしたい』

かつて自分の口から出た言葉を思い出す。

『君みたいに信念なく人を殺すようなやつに、ルースは殺されたのか。君が最後の砦《とりで》だった。ルースを見逃すこともできたはずなのに。ルースの事情を知ったら、ルースは死ぬべきじゃなかったって思うだろ、なぁ！』

何も言えなかった自分を思い出す。

未《いま》だ明確な答えは出ていない。

だからこうして、どうすればいいのか分からなくなってしまう。

決めなければならない。自分の考えがどうとか関係なく、時間は迫ってくるのだから。

「はい。あなたを生かすべきなのか、殺すべきなのか、私には決められません。でも、お兄様には会うべきだと感じました。それまで生きてほしいと思いました」

「お兄様に会うまで、生きて、ほしい」

「あなたの兄だと思われる人物は、コードネーム22。ニイニです。私にとっても大事な人です。きっとニイニもあなたが生きていると知れば、会いたいと願うことでしょう。あなたを逃がすのは、ニイニのためでもあります。私にとって恩人であるニイニの」

「わたくし、何と申し上げればよいのか。ありがとうございます。ありがとうございます」

アメリアはミミの肩にすがりつき、さめざめと泣く。

ミミはそこではたと思い出した。ニイニに、組織を裏切った疑惑がかかっていることを。その調査を、自分が行うことになっていることを。

ニイニはターゲットを、意図的に見逃した。自分も同じことをしようとしている。

ニイニがなぜ組織を裏切ったのか、分かったような気がした。


「私は組織に、任務に失敗したと報告します。その場合、他の殺し屋があなたを殺しに来るでしょう。私が逃走経路を確保しますので、アメリアは追手から逃げながら、私との合流地点を目指してください」

「分かりました」

泣き止《や》んだアメリアに、ミミは組織員からの逃げ方を教えていた。

「変装道具と動きやすい服を用意しました。多少見つかりにくくなります。この地図に従って動いてください。汚い場所、狭くて通りにくい場所が道中多々ありますが、地図通りに移動しないとすぐに見つかって殺されます」

通常であれば距離的に二週間程度かかるところを、一週間未満に短縮する。予定通りにいけば五日間。そのためにアメリアには飛空便に紛れ込んでもらう。飛空便の手配、工作はこれから行うため、もし飛空便の調整ができなかった場合、第一候補地から第二候補地に移動してもらうことになる。だからアメリアには何パターンかの地図を持たせた。

「お兄様に会えるのでしたら、泥水でも何でもすすります」

長い金髪を後ろでまとめ、地味な服に着替えたアメリアは毅然《きぜん》とした態度で唇を引き絞った。

「本当に泥水をすすることになるかもしれないので覚悟しておいてください。中継地点は、使われなくなった、組織の休憩所です。灯台下暗し。逆に見つかりにくいと思われます。この中継地点で休憩をとるようにしてください。その代わり道中では決して立ち止まらないこと」

「肝《きも》に銘じます」

「護身用として、私の武器を渡しておきます」

ミミは、フードを下ろして頭部をさらした。

銀色のカチューシャのようなものに、同色の正三角形の何かが二つ付いている。

特殊形状の手裏剣だ。二年前に、組織に依頼して作ってもらった特注武器。それをケースに入れて差し出す。

「これはどうやって使うのですか？」

「手を切らないように、中心部分をつまんで相手に投げてください。ついさっき追尾魔法をかけたので、当てたい相手を視認しながら投擲《とうてき》すれば、加速しながら追尾します。視認の際、当てたい箇所を注視すると、そこを目指して飛んでいきます。状況に応じて使ってください」

「では、首筋を狙《ねら》えば、その人を殺せてしまうのですね」

「その通りです。取り扱いにはご注意を。合流予定日である五日後まではもつかと」

「そんなにもつのですね」

「魔石を用いているので、魔力親和性が高いんです」

アメリアはやや震える手で投擲武器を受け取った。

「いつここを発《た》てば」

「今すぐにです。早ければ早いほどいい。私の任務終了に合わせて処理班が待機し始めるはずです。私が組織員の探知が及ばない場所までエスコートしますので、そこからは一人で」

「せめて最後にひと目、両親の姿をこの目におさめたいのですが」

「ひと目だけですよ」

ミミはアメリアの背中と膝裏に手を添えてすくい上げると、隠密魔法を使った。

アメリアが瞬《まばた》きした間に、もう義父の部屋にいて。もうひと瞬きしたら、義母の部屋にいた。

次の瞬間には、もう外に出ていた。文字通りひと目だけ。

お義父様、お義母様、不義理なわたくしをお許しください。わたくしを拾い、育ててくださったこと、心から感謝しております。

手紙の末尾に書いた文章を、アメリアは今一度心の中で呟いた。

アメリアを見送ったミミは、迅速に屋敷に戻る。

アメリアのベッドの上で膝を抱えながら、動悸が激しくなりそうな心臓を鎮める。

殺し屋としての仕事であれば、感情をある程度制御できる。しかしこれからやることは組織への裏切り行為。虚偽の報告。流石《さすが》のミミでも緊張する。

喜ぶアメリアとニイニの顔を想像した。そうすると、自然と、身体が弛緩《しかん》していった。

ミミは、処理班に向けて魔法を飛ばした。数秒後、いつものように音もなく現れる。

「これはどういうことだ？　死体はどこにある」

「すみません、任務失敗です。相手は相当の手練《てだ》れでした。一瞬目を離した隙に逃げられました。探知魔法にも引っ掛かりません」

「貴様が任務失敗とはな。分かった。では次の任務に移れ。ボスには自分から伝えておく」

「よろしくお願いいたします」

「任務失敗者にはペナルティが与えられる。追って連絡があるだろう」

「承知しています」

「ならいい。行け」

「はい」

ミミは即座に隠密魔法を使い、屋敷の窓から外へ抜け出した。

平常時のように冷静に話せた。嘘《うそ》を悟られなかった。

ドッと襲い来る疲労を無視して、ミミは飛空便の手配、工作をしてから、ニイニが逃がしたと思われるターゲットの捜索に向かった。


捜索はその日のうちに終わった。

ニイニが殺したはずのターゲットは、辺境の町で見つかった。片脚が義足だった。

報告すれば、このターゲットは殺されるだろう。ニイニは何か理由があって逃がしたはず。どうするべきか悩み、その場で立ち往生していたら、すぐ傍《そば》に人が現れた。

「流石はコードネーム33。素晴らしい探索能力です。我々が手を焼いていた案件を、一日以内に解決するとは」

情報班の人間だった。ミミは動揺を表に出さず、淡々と話す。

「ニイニの考えそうなことを知っているからです。知っていなかったとしても、明らかな痕跡が残っていましたから」

「明らかな痕跡、ですか。相も変わらず驚異的な能力をお持ちのようで」

「それより、なぜここが分かったのです」

「あなたが隠密魔法を解いたからでしょう？　すぐにでもボスに報告したかったため駆けつけ

ました。この後あなたにはコードネーム22の処理任務が与えられるかと思いますので、休憩所で休んでいてください。報告は我々が代わりにしておきますので」

「……了解」

「いえ。実働班を引退したくなったら、いつでも情報班に来てください。では」

ミミは呆然《ぼうぜん》と立ち尽くす。

ミミは普段、隠密系の魔法を重ねがけして強固なステルス能力を得ている。

そのうちの何個かを、無意識のうちに外してしまっていた。自分が考えている以上に、自分は今、冷静ではないのかもしれない。組織を裏切ること。今後どう振る舞うべきか、考えても答えが出ないもの、答えを出せないものがぐるぐると頭の中を巡っている。

どうしよう。自分のせいで、ニイニが逃がした人が殺される。

これから防ぐこともできる。ターゲットを保護して迎撃することが。

しかしそれをしたらミミは即裏切り者扱いを受け、先の任務失敗についても追及され、アメリアへの追手が強化されるかもしれない。ニイニに会わせる前に殺されてしまうかもしれない。

それだけは阻止しなければ。

程なくして、アルクが現れた。

「聞いたぞ。ボス案件、失敗したそうだな」

ミミにはすぐに分かった。私を疑っている、と。嘘を吐《つ》いたんじゃないか、と。無理に心拍のコントロールをしようとすれば、ボロが出て動揺していることがバレるかもしれない。ならば、開き直って動揺すればいい。本来の理由とは別の理由をでっちあげて。

「はい。己の能力を過信していました。自分は強い、と思い込んでいました。ショックです」

アルクはため息を吐いた後、鷹《たか》のように鋭い目をミミに向けた。

「まあいい。もうアメリア・ホワイトの件は別の者に頼んだ。貴様には次のボス案件を伝える。これより速やかにコードネーム22の処理へ向かえ。ターゲットは狙われていることに気が付いている可能性があるため、猶予はやや長めの五日から七日程度、とのことだ。油断せず臨め。今度こそ失敗するな。お前はボスから信用されている。それを忘れるな」

自分が、ニイニの逃したターゲットを発見してしまったせいで、ニイニの裏切りが確定した。ミミの嘘は看破されなかった。そのことに安心しつつも、これから自分がニイニを殺しに行かなければいけないことに、心が追い付かない。

アルクが姿を消したことで、ミミはようやく一息吐くことができた。

立て続けのボス案件。じっくり自分の考えを整理する時間などない。

ミミは隠密魔法を使い、ニイニの捜索に向かった。

DAY 3

「一週間後、あなたを殺す、かもしれません」

心の整理ができないまま、ニイニのもとまで辿《たど》り着いてしまった。

情報班が調べた候補地の全《すべ》てにニイニはいなかったものの、いくつかの痕跡は残っていたため、捜し当てることができた。

都市部から大きく離れた田舎。民家と民家の距離が離れており、人とほとんど会わない。

探知魔法でニイニを検知した瞬間、ミミもニイニに捕捉されたことが分かった。

距離は離れているものの、お互いが今どこにいるのか把握している状況。

ニイニが先に動いた。山脈方面に移動しているようだ。

度々停止していることから、こっちに来いと誘っていることが伝わる。

罠《わな》を仕掛けているのか、はたまた人目のつかないところへ移動しろということなのか。

どちらにせよ、接触するしかない。

ミミは、ニイニに誘導されるまま、山の中へ入っていった。

夕日によって茜《あかね》色に染め上げられた木々の中、互いに姿を見せないまま戦闘を開始。

普段だったら、戦いは拮抗《きっこう》し、長期戦になっていた。それくらい、両者の実力は近かった。

「コードネーム33。あらゆる動作に隙がある。そんなんじゃ、一般任務すらこなせないよ」

ニイニの短刀が、ミミの首元に押し当てられる。ミミに向けられるその声は、あまりにも冷たく、情の欠片《かけら》も感じさせない。

ミミとニイニが戦ったら、一つの隙でさえ命取りなのに、今のミミは隙だらけで、勝負にすらならなかった。

いざニイニを前にしたら、感情の栓が緩み始める。

ジャビドの一件で、自分の中にあった芯《しん》が揺らいだ。自分はこれから何をすべきなのか、何をしたいのか、分からなくなってしまった。

このまま殺し屋を続けるのか。続けたいのか。辞めるのか。辞めたのなら、どうやって生きていけばいいのか。

今この状況でさえ、何一つ自分で決められない。

アメリアに、ニイニと会わせると言っておきながら、組織からの命令で、ニイニを殺すために対峙《たいじ》している。

「私は、どうすればいいのでしょうか」

弱々しいその声音に、ニイニは思わず苦笑する。

「ははっ、それ、殺す予定のターゲットに訊くことか？　相当参ってるみたいだな、ミミ」

ニイニは隠密魔法を解き、短刀をミミから離した。その短刀を鞘《さや》にしまったのを契機に、怜悧《れいり》な雰囲気を弛緩させ、フランクにそう話しかける。

「ニイニは組織を裏切ったのに、なぜそんな普通でいられるんですか？」

「まあまあ。組織云々《うんぬん》の話はいいからさ。僕たちは、現時点で相手に対して殺意がない。なら、任務終了ギリギリまで、のんびり過ごさないか？」

ニイニは組織関連の話をする気がないようだった。

ミミも、これまでの人生で一番と言っていいほど精神的に弱っていたため、ニイニの提案にのることにした。考える時間が必要だった。

「最初からそう言ってます。一週間後、って」

「そういえばそうだったな。僕もミミが来て緊張してたんだよ。気を抜いたら殺されかねない。安心したよ。ミミが腑抜《ふぬ》けてて」

ニイニは太い木の幹に背を預けて、大きく息を吐いた。

「私が腑抜けてなかったら、ニイニは私を殺せてた？」

「そっくりそのまま返すよ。ミミは僕を殺せる？」

「分かりません。分からなくなってしまいました」

「僕も同じなんだよ。分からなくなっちゃった」

目を見合わせて、互いに微笑んだ。

「ミミ、ここでちょっと待っててくれ。必要なものを調達してくる」

ニイニと話し、気持ちが落ち着いたところで、ミミは心の準備をした。

アメリアのことを、ニイニに話さなければならない。

ニイニは、過去、家族がいたと言っていた。

二人は生き別れの兄妹の可能性がある。

ニイニの、妹《いもうと》。

自分みたいな妹分、偽物の妹ではなく、血の繋がった、本物の妹。

そんな、アメリアのことを話そうとして、口を開いた。

なのに、言葉が出なかった。アメリアという名の妹がいたか、と問うだけなのに。

アメリアとニイニが、兄妹であることが確定してしまったらと想像すると、胸の奥が強く握られたかのように痛み、お腹《なか》の底から気持ちの悪さが湧いてくる。

「どうしたミミ？　具合でも悪いのか？」

「い、いえ、何でもありません」

ミミは、無理に言うのをやめた。どうせ今言ったとしても、アメリアが合流地点に辿り着くまでは会えない。ニイニが言うように、のんびり過ごす時間はある。

ただでさえ考えることが多いのだ。新たに現れた、正体不明の感情まで抱え込んでしまったら、ここから一歩も動けなくなってしまう。

「そっか。こうやって任務関係なく一緒にいられることって中々ないから、何かあったらすぐ言うように！」

　笑顔でそう言い残し、ニイニは姿を消した。

「これに着替えればいいの？」

　一分後。ミミは、ニイニが持ってきた、質素な服を受け取った。

「任務服じゃ怪しまれるだろう」

「ということは、この近辺の村人に紛れ込む、と？」

「そうそう。ミミにも働いてもらわなきゃいけないからな」

「働く？」

「ワケあって、このあたりの村人の家にお世話になってるんだ。ミミにも来てもらうから」

「そう、なんですか」

　予想外の展開に戸惑いつつも、ミミは大人しく言うことを聞いて着替える。

　村人に扮して、ニイニの後に付いて森を出た。


「お兄ちゃん、お帰り～！」

「お帰り～！」

　村から随分と離れた場所にある一軒家。周囲には、牧場と畑しかない。

「ただいま～。牛乳、今日も売れたから、たくさん食べ物買ってきたぞ～」

「「やったぁ！」」

兄妹だろうか。家のドアを開けた途端、一〇歳に届くか届かないくらいの、男の子と女の子が、ニイニの腰に抱き着いた。ニイニは嬉《うれ》しそうに二人の頭を撫でる。

「パパとママに見せておいで」

ニイニは、木で編まれたカゴを兄妹に渡した。中にはパンやら野菜やらが詰まっている。

兄妹が家の奥に走り去った後に、ニイニは背後に隠れていたミミを手招きした。

「あの、ニイニ、なぜこんなことに？」

「僕、組織裏切っちゃったじゃん？　だから遠いところまで逃げなきゃいけなくてさ。目的地の手前の町で偶然、あの兄妹に出会ってね。随分幼いのに、でっかい荷物引いて、町まで牛乳売りに来ててさ。つい買っちゃったんだ」

「それが出会いのきっかけですか？」

「そうそう。僕がその日のはじめての客だったらしくてね。一本買っただけで大喜びしてくれたんだよ。それ見て僕も嬉しくなっちゃってさ。仲良くなって話聞いたら、両親が腰を痛めて仕事ができなくなったから、代わりに働いてるんだと」

「そのことを知ったから、仕事を手伝うことにしたんですか？」

「つい、ね。最初はご両親も警戒してたけど、兄妹の僕への懐き具合や、僕の仕事ぶりを見て信用してくれて。気付けば住み込みで働いてるってわけだ。長居するつもりはなかったんだけど、もう二週間も経《た》っちまった」

ニイニが家の奥の方へ向ける眼差しは、ミミに向けるそれに似ていた。

DAY4

早朝五時。ミミは、牛舎の掃除をしていた。

ニイニの妹だと紹介されたミミは、ニイニと同じく滞在を許された。ニイニがこの家族から得た信頼のおかげだ。そのことを理解していたミミは、率先して仕事を引き受けた。

『いいかミミ、僕たちは一般人のフリをしなくちゃいけない。魔法は探知系だけで、その他は使わないように。仕事も本気を出しすぎるなよ』

とのことで、ミミ的にはだらだらと、手を抜いて仕事をしていた。

「お姉ちゃんすごいね！　あたしたちとそんなに変わらないのに、お父さんと同じくらい早くて綺麗！」

「マリー、私はあなたたちより四つも上なんですよ」

「絶対嘘！　声かわいいし、背だってそんなに変わらないもん！」

栗毛の三つ編みを揺らしながら、マリーがまとわりついてくる。

「そ、それはっ」

咄嗟に否定材料が見つからず、口ごもる。

「おいミミ！　今日牛乳売り終わった後、おれと剣で勝負しろ！　兄ちゃんが言ってたぞ！　ミミは兄ちゃんより強いかもって！　そんなはずないよな！」

「受けて立ちますから、まずは仕事を終わらせましょう」

「分かった！」

マリーの兄であるカルロスは、勢いよく畑の方へ走っていった。

今朝《けさ》の仕事は、ミミとマリーが牛舎の掃除とエサやり。ニイニとカルロスが畑の開拓。

ミミはマリーとカルロスの両親から口頭で説明を受けただけで、手際よく仕事をこなしていった。昼前には、マリーに効率的なやり方を教えられるほどになっていた。

「お昼ご飯の前までに、搾乳まで終わらせればいいんでしたよね」

「そうだよ！　お昼ご飯食べたらすぐに町まで行かないと、日が暮れちゃうからね」

「では、早速始めましょう」

ミミは、マリーの口頭説明通りに、乳を搾った。

しかし想定とは異なり、乳があまり出なかった。

「おかしいですね」

「お姉ちゃんダメだよそんなんじゃ！　そのコは強く搾られるのが苦手なの。それにもっと、何て言うんだろ、たんたんたん、って感じ？　お姉ちゃんはちょっと速すぎるかも！」

マリーは手本を見せた。勢いよく飛び出る乳に、ミミは目を丸くさせた。

「私、動物と接するのがあまり得意ではなく……。勉強させてもらいますね」

「あたしに任せて！　ぜーんぶ教えてあげる！」

ミミに頼られて嬉しかったのか、マリーは張り切って、一頭一頭の特徴を丁寧に解説していった。最後の方では、マリー並みとはいかないまでも、十分な量の乳を搾ることができた。

牛乳樽《だる》に搾った牛乳を詰め終わり、牛舎から引き揚げようとしたミミを呼び止める声がした。

「戻る前に、一緒に飲も！」

マリーはバケツをひっくり返してイスを準備し、二つのコップに牛乳を注《そそ》いだ。

「いいんですか？　いただいて」

「当たり前だよ！　搾りたてが一番おいしいんだから」

マリーは遠慮がちに手を伸ばしたミミにコップを押し付け、ぐいっと一気にコップをあおる。

唇の周りに白い輪っかを作りながら、大きく息を吐き出したマリーを見て、ミミもコップに口をつけた。最初こそゆっくり、ちびちび飲もうとしてたミミだったが、一口味わった途端、止まらなくなる。

「ごちそうさまでした。マリーの言う通り、これまでで一番おいしい牛乳でした」

「でしょでしょそうでしょっ！　おかわりしていいからね！」

ミミは、身体の動きが阻害されない限界ギリギリまで、牛乳を胃におさめた。

低温殺菌のため、ニイニとカルロスが牛乳樽に火の魔法をかける。ミミはそれを見て火の魔法の調整具合や、殺菌に必要な時間を学び、その間にマリーが昼食を準備した。

手軽にバターを作れる方法を兄妹から聞いたミミは、早速実践した。牛乳の入った蓋付き小樽を高速で振り、瞬く間にバターを完成させる。兄妹はそのあまりの速さに驚いた。

昼食後は四人揃《そろ》って牛乳を売りに行き、日が暮れる直前に帰宅。夕食はカルロスが作った。腰を痛めて動けない両親のために、食事を夫婦の寝室まで運ぶ。それだけでなく、自分たちも一緒に食べられるよう、テーブルとイスを運び込んだ。

マリーとカルロスは今日あった出来事を矢継ぎ早に両親に報告し、それが一段落した後に、夫婦はミミへ目を向けた。

「イアンの妹だって紹介されたから、きっと働き者で優しい子だろうと思っていたけれど、マリーやカルロスの話を聞くと、その通りだったみたいね。ありがとう。できるだけ長くうちにいてくれると助かるんだけど」

兄妹の母親が、期待するようにミミを見た。

イアンというのはニイニの偽名だろう。組織では任務の都合上、偽名を名乗ることがある。ニイニの偽名をいくつか把握していたが、これははじめて聞くものだった。

ミミはそんなことを言われるとは思わず、食事の手をとめ、一拍おいてから話し始めた。

「どういたしまして。マリーやカルロスこそ働き者です。小さな身体で、今日も一生懸命、牛乳を売っていました。どれだけここにいられるかは分かりませんが、せめてお二人の腰が良くなるまではいたいと思っています」

「すまないね。見ず知らずの君に迷惑をかけて。マリー、カルロス。イアンとミミへ、毎日の感謝を忘れないように」

父親が、兄妹に鋭い目を向ける。

「お兄ちゃん、お姉ちゃん、ありがとうね！　このままずっとここにいて！」

「兄ちゃん、あんがとな。また剣の稽古つけてくれよ。ミミ、も、あんがと」

ミミは、慣れない感情、面映《おもは》ゆい気持ちでいっぱいになった。

「カルロス、そういえば、剣の勝負はどうしましょう」

「そうだった！　今すぐやろう！」

両親に、ご飯を食べてからにしなさい、と叱られ肩を落とすカルロスを見て、笑うマリー。

ミミは、仲睦《むつ》まじい家族を眺めている間に、すっかり冷めてしまったスープを飲み下しながら、家族の温かさというものを肌で感じた。

兄妹が寝たのを確認してから、ニイニとミミ、二人がかりで夫婦に腰のマッサージをした。

戸締まりを確認してから、二人は屋根裏へ引っ込む。そこが二人の部屋だった。

藁《わら》を運び込み、形を整え、シーツをかけただけの簡素なベッドだったが、どのような環境下でも眠れる二人にとって、何ら問題はないどころか、熟睡だってできる。

ベッドに寝転がりながら、ミミはニイニの耳たぶを触っていた。

「今日はやたら触るな。どうかしたか？」

「イアン」

「……どうした？　偽名なんか呼んで」

ミミはニイニの瞳をジッと見つめてから、満足したように目を逸らした。

「家族って、こんな感じなんだな、って。すごく、不思議な気分でした」

「憧《あこが》れた？」

「憧れていたのでしょうか、私は。あまりに世界が違いすぎて、自分がそうなるという想像すらできないです」

ニイニは、耳たぶをつまんでいたミミの指を、そっと外した。

「その方が、幸せなのかもしれないな」

「なぜです？」

「想像できたら、そうじゃない今の自分が苦しくなる。一度経験して、それが二度と手に入らないことが分かってしまったら、一生、喪失感に苛まれる。最初から知らなければ、そんな想いはしなくて済むから」

ニイニは、ごめん、無神経な発言だった、と呟いて、ミミに背を向けた。

「ニイニは……いえ、なんでも。おやすみなさい」

確かにミミには、家族を喪《うしな》う辛さは理解できない。

家族という存在への憧憬《しょうけい》は、じわりじわりとミミの中に蓄積していった。

DAY5

「「行ってらっしゃ〜い！」」

「暗くなる前に帰ってくるからねー」

「行ってきます」

お昼ご飯を食べ終わったニイニとミミは、牛乳樽がぎっしり入った荷車を引き、兄妹に見送られて家を出た。兄妹も疲れがたまってきていたし、しばらくはこの二人で、牛乳を町まで売りに行こうと決めたのだ。

「私たちだけだと緊張しますね。上手《うま》く捌《さば》けるでしょうか」

「今日は量が多いからなぁ。ミミは不愛想だし、僕が頑張るしかないかな」

「ニイニのいじわる」

そんな他愛のない話は、すぐに底を突いた。

ミミには、ニイニに話したいことが、いくつもあった。

ジャビドの一件により、自分がなぜ殺し屋をしているのか、ルースを殺すべきだったのか、分からなくなってしまったこと。アメリアのこと。ボス案件のこと。

話したいはずなのに、話せない。

なんで？　どうして？　答えを知るのが、怖いから？

会話が途切れても、足は進む。

「僕たちってさ、組織のこと、任務のこと以外、なーんにもないよね」

ニイニも話題が尽きたことを気にしていたのか、そんなことを言う。

「はい。私は、私たちには、殺ししかない。そのはずでした。ねぇ、ニイニ。ニイニはなんで――」

ミミは唐突に口を閉じた。探知魔法に、何者かが引っかかったからだ。

「ミミ。気付いたか」

ニイニは立ち止まり、隠密魔法を発動させる。

「はい。戻りましょう」

その場には、荷車だけが残った。

ニイニとミミは、家を離れる際は必ず探知魔法をかけていた。

探知魔法は、感覚器官を一時的に、部分的に強化する。例えば、聴力を強化し、聞き取れる音の範囲を広げる。その上で、生活音など余分な音をカットし、異音のみ認識できるようにしたり、一定の場所の音のみ拾うようにしたりと、魔法や本人の技量により差が出る。

実働班の人間は、当然高いレベルの探知魔法を習得しているため、ニイニもミミも、ほぼ同じタイミングで、家に異変が起こったことを感じ取った。

一分もかからず家まで戻った二人は、家の中に押し入ろうとしている粗暴な三人組を発見。カルロスの呻き声が聞こえた瞬間、ニイニより先に、ミミが動いた。

三人組は、一呼吸の間に気を失った。

隠密魔法を解いたミミは、すぐにカルロスに駆け寄り、傷の手当てをした。

「大丈夫ですかカルロス⁉　少し耐えてください。鎮静剤を使いますから」

カルロスは痛みのせいでミミを認識できず、ただただ荒い息を吐いた。

カルロスの右腕には切り傷があった。肩口から二の腕までぱっくり割れている。

ミミは簡易医療キットを取り出し、傷の消毒、圧迫による止血を行う。

「ミミ、交代だ。傷の縫合は僕がやる」

後ろからニイニの手が伸びる。手先の器用さを知っているミミは、止血を続けながらニイニの邪魔にならないように、脇《わき》に避《よ》ける。

ニイニの手さばきは一切の無駄がなく、瞬く間にカルロスの傷口は繋がった。

包帯等で仕上げをした頃合《ころあ》いで、鎮痛剤が効いてきたのか、カルロスが目を開けた。

「兄ちゃん、ミミ、マリーは、マリーは無事か？」

「はい。無事です。カルロスがマリーを庇《かば》ったのですね。立派です」

「わたしは大丈夫だよ！　ありがと、ありがとねカルロス！　死んじゃうかと、思ったぁ！」

わんわん泣くマリーを見て、安心したように笑みをこぼすカルロス。

「ニイニ、流石。私では、あそこまで上手く縫合できなかった」

ニイニは応《こた》えず、静かに兄妹を見つめていた。

どう表現すればいいのだろうか。今にも泣き出しそうな、二人を抱き寄せそうな、そんな顔。

「カルロス、マリー、こっちに来なさい」

緊張感を孕《はら》んだ一声。部屋の奥には、夫婦が支え合うようにして立っていた。父親の手には鍬《くわ》が握られていた。

「どうしましたか？　暴漢は全員気を失っています。意識を取り戻すにはまだ時間が」

「ミミ。話を聞こう」

父親の持つ鍬が、震えていた。

「息子を、自分たちを助けてくれたことには感謝する。だが、やつらが押し入ろうとした時、何もない場所から現れた。信じられないくらい早く倒した。あまりにも手馴《てな》れている。そもそも、あの三人組がうちに来たのは、お前たちのせいなんじゃないのか？　お前たちが兄妹だって言った時、怪しいとは思っていたんだ。全く似てない。何かを隠してるな？」

ミミは答えに窮した。

三人組の暴漢は、組織とは関係がない。あのレベルの人間は、組織に一人たりともいないし、同じ組織の人間なら、風貌や身のこなしで分かる。自分たちを狙いに来たのなら、もっと別の方法で襲ってくるはず。

三人組と自分たちは無関係。その点は主張できる。

何かを隠している。この部分は、否定できない。

何も言えないミミの代わりに、ニイニが頭を下げた。

「迷惑かけました。僕たちは出ていきます。お世話になりました」

こんな、追い出されるような形で出て行くなんて。

ミミは、夫婦の怯《おび》えたような瞳と、困惑しているカルロスとマリーを横目に、ニイニに引っ張られるまま、家を後にした。


「ニイニ」

「なんだ」

ミミは町の方へ歩き出したニイニの背中を追いかける。

「あの別れ方は、その」

「悲しかったか？　あんなもんだよ。子どもたちのことを想う親なら当然の行動だ」

ニイニは表情一つ変えずにそう言った。まるで何も感じていないみたいに。

「下手を打ってごめんなさい。私が、隠密魔法を解かなかったら、こんなことには」

「遅かれ早かれバレたさ。ミミのせいじゃない。それに、今後、巻き込んでしまう可能性はゼロじゃないし、このあたりが潮時だったんだ」

「せめて最後に、カルロスとマリーに挨拶《あいさつ》したかったです」

「それは大丈夫。明日、あの二人にこっそり会いに行くから」

DAY6

「次はこれとこれ。予算は限られてるからな。できるだけ安いものを買うように」

「了解」

家を出て行った後、町の近くで野宿をした二人は、手分けして買い物をしていた。

時間がないからと、ニイニから何のための買い物なのか、詳しい説明は受けていない。

ただミミは、買い物の内容から、ある程度、ニイニが何をしたいのか、予想がついていた。

ニイニが作成したリストの材料は、昼前に全て揃った。

なめし皮。鉄の塊。木材。ワイヤー等々。

「ニイニ、これで全部ですね。この後は？」

「これを素に色々作っていく」

大量の材料を背負って、二人は町の中心部へ。主要都市ほどではないが、最低限、町としての機能を保っており、役所、銀行、市場、各種専門店等は規模が小さいものの存在はしていた。

「ニイニ、結構お金持ってるんですね。こんなに材料が買えるなんて」

「まあな。買いたいものがあったから、任務詰めまくって貯金してた。思ったより安く買えたから、お金は余り気味なんだ」

「以前も言ってましたね。買いたいものがあるって。それって何なんですか？」

「じきに分かるさ。さ、着いたぞ。おっちゃーん！　いるか？　いるよな？」

ニイニは、町でも比較的大きな、武骨な建物の前で止まり、開けられた窓の中に無遠慮に顔を突っ込んだ。

「おう、いるぞー。例の件だな？　入れ入れ！」

よく響く声が中から聞こえてくる。ニイニはためらいなく門扉をくぐった。

ミミもニイニの後に続いて入ると、熱気、鉄を叩《たた》く音が溢《あふ》れ出す。

ここは、この町の職人が集まる工房。

吹き抜け構造になっており、天井《てんじょう》が高い。作業スペースが板で区切られていて、多種多様な職人たちが、腕を振るっていた。

「おっちゃん、ちょっと今から使わせてもらうね。道具も借りていい？」

ニイニが親しげに話しかけているのは、筋骨隆々の年配の男性。金物屋だろうか、彼の近くには武器から家庭用の包丁まで、幅広く置かれている。

「おうよ、使ってけ使ってけ。お前にゃあ世話んなったからな」

「こっちこそお世話になったよ。評判どう？」

「皆喜んでるよ。握りやすいし切れ味抜群だってな」

「そりゃ良かった。そうだ、言ってなかったけど、僕、今日でこの町から離れるんだ」

「なぁにぃ！　お前ってやつぁ、そういうことはもっと早く言えってんだ！　夜、時間あるか？　送り出してやりてぇ」

「残念ながら、時間がなくてね。寂しいけど、仕方ないんだ」

「わぁーた。事情は聞かねぇ。ったく、現れるのも消えるのも急なやつだ。その荷物、見たところ他の工具も使いそうだな？　隣の連中にも声かけといてやるから、存分に使え」

「ありがとう！」

ニイニの肩をバンバン強く叩いた男性は、隣のスペースの職人に話しかけにいった。

「ニイニ、あの方は」

「この町に来てから、ちょくちょくここの工房使わせてもらってて、その時に知り合った職人さん。僕の作る刃物を認めてくれてるんだ。作り方を教えてほしいって言われたから、要点だけ伝えたら、すぐにモノにしちゃった。流石、職人さんだよ」

近くにあった研ぎ石を眺めるニイニの目つきが、柔らかかった。

「ニイニ、あの」

「父親がそういう仕事してたんだよ。医者が使うメス、あれが一番評判良かったらしい。物心つく前から、跡取りだからって、刃物作りのイロハを叩き込まれた。それだけ。さ、じゃあ作っていこうか。ミミは魔法で僕の手伝いをお願い。ミミみたいに繊細に魔法を使いこなせるアシスタントがいたら、夕方までには作りきれると思う。頼んだよ」

「了解」

ニイニは過去を語る時、顔色を変えない。他の話をする時は、ちゃんと話の内容に合った表情を浮かべるのに。

ミミは深堀りせずに、ニイニから矢継ぎ早に飛んでくる、高難易度の指示に応え続けた。

「うん。何とか日没までに終わったね。ミミの温度調節が上手かったからだな。助かった」

金属加工の際、急速に熱したり冷やしたりする工程があった。温度が重要らしく、いかなミミといえども、ニイニが望むシビアな温度、タイミングに合わせるのに苦労した。

「いえ。ニイニの手際が良かっただけです。素晴らしい技術です」

「そうでもないさ」

ニイニは照れる様子など微塵《みじん》も見せず、作り上げたものたちを布で磨いていた。

小さめの荷車に作ったものを全て積み込んだあたりで、後ろから大音声が飛んできた。

「イアン！　もう行っちまうのか！」

「おっちゃん。ありがとう。おかげで完成させられた」

「これ、あの子らへのプレゼントだろ？　大変なんだってな。おれらもあの子らから牛乳買うようにするからな」

「そうしてもらえると助かるよ」

「達者でな。また顔出せよ」

「うん。また落ち着いたらね」

抱き合って、互いに相手の背中を叩く。

それから二人はあっさりと離れ、振り返ることはなかった。

「また来たいですね」

「もう会うことはないだろうね」

「どうしてですか」

ニイニは荷車の取っ手を摑《つか》みながら、笑顔を作った。

「殺し屋だから。本来、僕たちは、あの人たちや、カルロスたちと関わっちゃいけなかったんだ。人を殺してきたのに、何食わぬ顔で遊びに来るなんて、できないよ」

「そう、ですね。ニイニも、そういうこと、考えるんですね。あまりイメージがありませんでした。カルロスやマリーに対する行動もそうです」

ミミが抱いていたニイニのイメージは淡泊。任務や、同じ組織以外の人間には特に。

「色々あったんだよ」

ニイニは、微笑もうとして失敗したかのような顔で、真《ま》っ直《す》ぐ前を向いた。


荷車を引いて向かったのは、いつも牛乳を売っていた町のはずれ。わざわざはずれを選んでいるのはなぜかというと、町に出入りする人に売るため。町の中心の方は、同業者の圧力が強くて売らせてもらえない、というのもある。

兄妹はそこで、まだまだ幼さの残る声で、必死に牛乳を売り歩いていた。カルロスはまだ傷が痛むだろうに、片腕だけで仕事をしていた。

ニイニとミミは、道の脇に荷車を置いて、木の上へ。

「ミミ。隠密魔法を使え。散声魔法もだ」

「了解」

魔法が発動したことを確認してから、ニイニは声を張った。

「カルロース！　マリー！」

「兄ちゃん⁉　どこ⁉」

「お姉ちゃんもいるー⁉」

兄妹はどこから声が聞こえているのか分からず、その場でぐるぐる回り始めた。

「いますよ。林の近く、道の脇あたりに来てください」

目を回す前に、ミミがそう言う。兄妹は素直に近寄ってきた。

「どこー？　なんかちっちゃい荷車あるけどー？」

「これってお姉ちゃんたちのー？　なんで隠れてるのー？」

「ごめんな。僕たちはもう、カルロスとマリーには会わない」

「「なんでぇ⁉」」

今にも泣き出しそうな二人に、ミミは胸が痛くなった。

「僕たちは悪〜い人間だから、もう会えないんだよ」

「兄ちゃんたちが悪い人だなんて思わないよ！　パパやママは近づいたら危ないって言ってたけど、そんなことないと思う！」

「あたしも同じだよ！　あんなに良くしてくれたもん！」

口々にそう言い始めたのを見て、ニイニが、落ち着いてと諭す。

「ダメだよ、そんなに簡単に人を信じちゃ。パパやママは、正しいことを言ってる。信じてあげて」

「私たちは、もう二度とここには戻ってきません。お別れです」

「「そんなのやだぁ！」」

兄妹の声が綺麗に揃う。隣でニイニが小さく笑ったことが分かった。

「ごめんな。その代わりと言ったらなんだけど、その荷台にプレゼントを積んであるんだ。かけてある布、とってみて？」

布の中を覗《のぞ》き込んだ兄妹は歓声を上げた。

「マリーが手に持ってるのは、パパとママ用のコルセット。腰が悪い時、悪くなりそうな時に使うといい」

「これどうやって使うの？」

「腰に巻いてあげて。軽く締め付けるようにね。カルロスが持ってるのは、二人のサイズに合わせた鍬」

「なにこれすげぇ！　おれでも振り回せる！」

「あとは農具一式。成長度合いに合わせてそれぞれ三種類くらい作っておいた。それと、牛の世話用の細々としたやつもあったかな」

兄妹は農具を嬉しそうに触り始めた。

「それで、パパとママを手伝ってあげて。いつまでも、兄妹仲良くな」

「兄ちゃんありがとう！」

「お姉ちゃんもありがとう！」

口を開けて笑う兄妹を見て、ニイニは満足げに頷《うなず》いた。

プレゼントに夢中になっている二人から、徐々に距離をとっていくニイニに、ミミも付いていく。音を消しているため、当然、二人は気付かない。

「兄ちゃん、ミミ、最後に勝負しようぜ！」

「まだいるよね？　お返事して！」

そんな言葉を聞いても、ニイニは迷わず林の奥へ進んでいく。

「ニイニ、お別れくらい言っても」

「ダメだ。あの二人のためにならない。僕たちのことなんて、早く忘れた方がいいんだ」

ミミは、いつものように、ついニイニに従いたくなった。

ニイニの言う通りだ。なるべく印象に残らないように、このまま去った方がいい。

それでもミミは、ニイニの腕を引っ張った。

「戻りましょう。ちゃんと、さよならを言うんです」

「話、聞いてたか？」

「聞きました。理屈は分かります。けど、納得はできません。さよならは、言える時に、ちゃんと言わなきゃいけないんです！」

これまでのターゲットたちの顔が、ふっと浮かんだ結果、ミミの口からそんなセリフが飛び出した。

ニイニは、声を荒らげたミミをはじめて見た。そのせいで、僅かに動揺した。

その隙を突き、ミミはニイニに拘束魔法をかけることに成功。それをニイニが解いているうちにミミは隠密魔法を解除し、大声でカルロスとマリーを呼ぶ。

兄妹は真っ直ぐ、全力疾走で、林の中に入ってきた。

「なんで逃げようとしたんだよ！　そういうのなしだぞ！」

「昨日はさようならできなかったんだから、今日はさせてよぉ！」

途中で拾ってきたのか、木の棒を持って、それをニイニに向けるカルロスと、ミミの胸に泣きながらしがみつくマリー。

「ご、ごめん。兄ちゃんな、ちょっと恥ずかしくなっちゃって」

「許す！　から、勝負！　勝ち逃げは許さないからな！　さよならはその後だ！」

突っ込んでくるカルロスに応戦するべく、ニイニは構えをとる。

追ってくる木の棒を躱《かわ》して――そのままカルロスを抱きしめた。

ニイニは、棒を握っていない方の、カルロスの腕の傷を見て、目の端に滴を浮かべる。

「カルロス。妹を、ちゃんと守ってやれよ。お前なら、きっとできる」

「う、うん。なんだ、兄ちゃん、泣いてんのか。泣くんじゃねぇよ。そしたらさ、そしたら、おれもさ、おれも」

胸の中で泣くマリーと、涙を隠してカルロスを力いっぱい抱きしめたニイニを、ミミは静かに見守った。

カルロス、マリーと別れた二人は、ニイニの目的地に向かうべく、道なき道を進んでいた。

森を越え、山を越え、人里から離れていく。

「ミミ。さっきはよくもやってくれたな」

「何がです?」

「とぼけるなって。立ち去ろうとした僕を止めたこと」

橋をかけて渡るような川を易々《やすやす》と跳び越えながら、会話を続ける。

「私はあの行動を後悔していません。ああするべきでした」

「成長したなぁミミも。過去に囚《とら》われてるのは、僕だけか」

「今、向かおうとしている場所も、ニイニの過去に関係しているのですか?」

「そうだよ」

それから会話は途絶え、二人はひたすらに脚を動かす。鍛え抜かれた脚力に、人並み外れた身体強化魔法。隠密魔法をかけていなかったとしても、その姿をまともに視認することはできない。この速度で移動すれば、明日には到着できるだろうとニイニは踏んでいた。

食事さえも移動しながら摂《と》り、夜深くなるまで走り続けた。

大きな樹木の上に、枝葉で組んだベッドを作った二人は、葉の隙間から見える夜空を眺める。

「そろそろ聞いていいですか。どこに向かっているのか」

ミミは、ニイニの耳たぶを触るのをやめ、口火を切った。

ニイニの心拍数が上がり、僅かに発汗したことを検知。きっと今から、過去のことを話そうとしている。

「僕も話そうと思ってたとこ。向かってるのはね、家だよ」

「こんな、人の気配のしない場所にですか？」

「そう。組織に勘付かれないように、国の端くらいのとこに建てたんだ」

「まさか、ニイニが借金してまで買ったものって」

「そ。家」

「借り入れだけじゃ足りませんよね、それ。副業とかやってましたか？」

副業は禁止のはずだが、ニイニなら組織の目をかいくぐれる。

「鋭いね。休憩時間とか休日使って、刀剣とか、包丁とか、刃物作ってこっそり売ってた。腕が鈍らないようにするために作ってたやつ」

「お父様に、技術を叩き込まれたって言ってましたね」

「文字通り、叩き込まれてたよ。物心つく前からね。失敗すればあいつは手を上げた。母はあいつに逆らえないから知らんぷりだ」

ニイニの身体に細かく刻まれている傷は、任務のせいだけではないのかもしれない。

「家族仲が、良くなかったのですか？」

「最悪だったね。あいつの尊敬できる点は、優れた刃物を作れる技術だけ。それ以外はクソだったよ。一番許せないのは、母以外と子を作ったことと、その子をうちに住まわせてたこと。そのせいで母は情緒不安定になったし、あの子も、実の母親から引き離されるわ、僕の母から虐げられるわで、散々だった。可哀《かわい》そうだったよ。あの子は何も悪くないのに」

「あの子、というのは」

「妹だよ。僕の救いだった。父のせいで、僕の人生は修業一色。友達と遊んだ記憶なんて一遍たりともない。目指す意味も分からないまま、職人になるために生活する日々に嫌気が差していた中で、あの子と触れ合う時間だけが、唯一気が休まった。あの子も、同じだったと思う」

「支え合って、生きていたんですね」

「お互いがいなかったら、とっくの昔にダメになってたろうな」

「色々と話してくれてありがとうございます。明日はニイニが建てた家に行くんですよね。楽しみです。出発は早朝ですよね？」

「そんな露骨に話変えなくてもいいって。聞いてくれよ。本当は、ずっと誰かに話したかった。慰めてほしいわけじゃないよ？　ただ、話したいんだ」

これまでのターゲットたちと同じだった。辛くて、口に出すことができなかった、過去の出来事でも、ひとたび話し始めてしまえば、吐き出す場所を求めて彷徨《さまよ》う。

ニイニも、痛みを抱えた、一人の人間だった。

「ありがとう。ミミももう察してるだろうが、僕は、妹を喪った。それが、僕の人生で、一番辛かったこと。この先の人生、ずっと僕は囚われ続ける」

一呼吸置いて、ニイニはこう言った。

「僕のせいで、妹は死んだ」

ニイニの声が、はじめて揺らいだ。

呼吸が浅くなっているのが分かる。ミミは、ニイニの額の汗を拭った。

「かくれんぼ、してたんだ。両親は喧嘩する時、大部屋にこもる。だからその時間は、家の中を僕と妹だけが使えるんだ。もちろん修業もない。その週はクリスマスで、使用人に早めに休みを出していたから、正真正銘、二人っきり。わくわくしたよ。今まで一番楽しいかくれんぼになるって思った。だからお互い、絶対に勝ちたかった。ミミ、かくれんぼで、必ず勝つ方法、知ってるか」

「生活圏の外に行くことです」

「正解。子どもにとって、生活圏は、家の中。僕は、以前のかくれんぼで、一度だけ外に隠れたことがあった。その時、家に帰ったら、妹が見たことないくらい泣きじゃくっててね。悪いことしたなって、子ども心ながら思って、それ以来やってなかった。でも、妹の中には、ずっとそれが残ってたんだろうな。僕は、普通に隠れてたんだけど、妹は僕が中々見つからなかったから、外にいると思ったんだ。だから、来客用のチャイムが鳴った時、僕が帰ってきたと思ったんだろうな。妹は警戒せず、入り口のドアを開けた。そこにいたのは、見知らぬ男」

「その、見知らぬ男が」

「殺人鬼だったんだ。金持ち狙いのね。殺人鬼は、妹に、両親が家にいるか聞いていた。恐怖で固まって黙っている妹に、殺人鬼はナイフを振り上げた。僕は拙い身体強化魔法を使って、何とかナイフと妹の間に身体を滑り込ませることができた。殺人鬼が持っていた、切れ味が悪くて、錆びたナイフの感触は、ずっと消えない」

ニイニは右腕を撫でるように擦《さす》った。服の下にあるのは、右腕に残っている、稲妻のような、ギザギザの傷。

「うちの組織に入る前からその傷があったのは、そういうことだったんですね」

組織の施設では、研修生になるまでの間、二~四人の相部屋で過ごす。

ニイニが転入してきて、ミミと同じ部屋になることが決まった日、ミミは偶然、ニイニが着替えている場面に出くわし、その傷を見た。

「そう。消えない傷痕。一度は、この傷と引き換えに、妹を守れた。でも二度目はなかった。当たり前だよな。子どもが、大人の殺人鬼に勝てるわけがない。切り付けられた痛みと、出血で意識が朦朧《もうろう》としていたときに、両親が駆けつけたのが視界の端に映った。同時に、妹が、血を噴き出しながら倒れた。妹の血が目に入って、視界が真っ赤に染《か》まっていく中、僕の意識は落ちた」

そこでニイニは会話を止め、夜空を映していた瞳を閉じ、左手で、右腕を握り込んだ。

「話していただき、ありがとうございました。ニイニのことを知ることができました。カルロスとマリーに手を貸したことも、理解できました」

ニイニは優しくはあるが、お人好《ひとよ》しではない。あの兄妹にしたことは、明らかに優しさの範疇《はんちゅう》を超えていた。

重ねていたのだ。兄妹で助け合って生きる二人に。

「手を貸した、か。助けられたのは、僕の方だよ。暴漢があの家に押し入ろうとした時、間に合って良かった。過去の自分を、救ってあげられたような気がした。少しは恩返しできたかな、僕の命を救ってくれた人に」

ニイニは目を見開き、微《かす》かに笑みを浮かべた。

雲間から三日月が覗く。その明るさに、二人は目を細めた。

風が鳴りやんだところで、ニイニは再び口を開いた。

「僕だけ、生き残っちゃったなぁ」

「ニイニの命を救った人が誰なのか、訊いてもいいですか？」

「意識が戻った時ね、真っ白な空間の中、くすんだ金髪が見えたんだ」

くすんだ金髪。組織に転入してきたこと。その情報だけで、一人の人物が浮かび上がる。

「デュオ、ですか」

「うん。デュオが僕の命を繋ぎ止めたんだ。デュオはあれで繊細な性格でね。どうしても父のメスが必要だったらしく、アポなしでうちに来たらしい。そこで、両親を殺し終わったばかりの殺人鬼に会った。殺人鬼はそこそこの手練れだったらしくて、手加減できずに殺したって言ってた。だからデュオは僕の恩人なんだ。命を救ってくれたし、仇《かたき》も討ってくれた」

「ニイニは、デュオにスカウトされたんですね」

「いや、逆。殺し方があまりにスマートで、明らかに一般人じゃなかったから、僕から頼み込んだ。弟子にしてください、って。なんで弟子になりたいのか、理由を訊かれたから、家族を殺したやつみたいな犯罪者を殺したいから、って答えた。そうしたら、弟子にはできないけど、組織には入れてやるって言われて、今の僕になった。組織の理念が、ターゲットが重罪人の場合しか依頼を受けない、って後で知ったんだ。だから転入できたんだろうね。殺し屋になりたい理由が、組織の理念と一致してた」

転入組は本当に珍しい。数年に一人いるかいないか、と聞いたことがある。ニイニの話を聞いたら納得した。

「そんなニイニが、組織を裏切った。ターゲットを見逃した」

「その理念は嘘だった。あるいは、途中で歪《ゆが》んだ。僕が逃がしたターゲットは、罪なんて犯してない一般人だった」

呼吸が止まった。心臓さえ止まってしまったかのように感じた。

やっぱり、そうだったんだ。

ボス案件は、無実の人間をターゲットにしてるんだ。

私は、罪のない人間を、何人も殺してきたんだ。

「ごめん、なさい。ニイニが逃がしたターゲットは、私が見つけてしまったばかりに、今頃《いまごろ》はもう、他の誰かに、殺され、て」

ミミは顔が白くなっていくのを自覚した。

「ミミが見つけなくても、どうせ情報班が見つけてたさ。組織に目を付けられた以上、いつかは見つかるだろう、って本人にも伝えてあった。覚悟してたと思うよ。僕が逃がしたことで数日間は生きられた。それだけの期間を稼げて、良かった」

「逃がしたターゲットを見つける任務は、ボス案件、でした。だから、何も考えず」

「ボス任務は、ボスが裏どり済みってことと、期限が短いことで、実働班の人間に疑問を抱かせないようにしてるんだ。気付けたのは、ミミのおかげでもある。昔から言ってきたよな。人と関わって、殺し屋としての自分に折り合いをつけろ、って。自分もそれをやらなきゃと思って、ボス案件ではあったけど、捻出した僅かな時間で、ターゲットと話をしたんだ。そうしたら、罪人じゃないことが分かった。ちゃんと裏もとった」

今まで、ボス案件は特殊だからと、何の疑問も抱かずこなしてきた。

「一体、そんな、何の目的で一般人を」

「目的を探ろうと思ったんだけど、その前に勘付かれちゃった。ただ、どんな理由であれ、一般人を手にかけることは許せない。殺し屋風情が何を言ってるんだって話だけど、殺し屋だからこそ、人を殺すからこそ、譲れない。戦争だって、国で待つ家族のためだから、兵士は人を殺せる。僕は、相手が重罪人だから殺せる。組織の理念に共感したから、任務をこなしてきたけど、その理念が崩れた今、もう組織にはいられない。たとえ、命の恩人であるデュオを裏切ることになったとしても」

ニイニの声音には、確固たる意志が宿っていた。

ニイニは寝返りを打ち、ミミと向き合って目線を合わせた。

「ミミの任務の期限が近づいてきてるけど、どうする？　僕を殺す？」

ミミはしばらく瞑目《めいもく》した。

言うべきことは分かっている。ニイニの身の上を聞いたことで、ようやく断言できる。

アメリアとニイニは、間違いなく兄妹だ。

自分の感情なんてどうでもいい。アメリアの痛みに比べれば。ニイニの痛みに比べれば。

未だ、自分の心を理解できない。迷いは残ったまま。

それでも、一つだけ分かったことがある。

直感に従って、アメリアを逃がしたことは、正しかった。

アメリアとニイニ。それぞれの話を聞いて、思った。

この二人は再び出会うべきだと。

「ニイニ。落ち着いて聞いてください。妹さんの名前は、アメリアではありませんか？」

「……なぜ、それを」

ニイニが狼狽《ろうばい》したところを、ミミははじめて見た。

「私も、ニイニと同じく、ボス案件で、ターゲットを逃がしたんです。罪を犯していなかったから、会わせたい人がいるから、そうしました。そのターゲットの名前は、アメリア。おそらくニイニの妹その人です」

ＤＡＹ７

ニイニが向かおうとしていた場所は国の端。

ミミがアメリアとの合流場所に選んだのも、同じく国の端だった。

組織は国外へ出たがらない。だから国境線の近く、すぐに国外逃亡できる場所が、最も安全。

ニイニの目的地も、ミミの目的地も、大きくは離れていなかった。そのため、アメリアより早く合流場所に着くことができた。

昨夜、アメリア生存をニイニに伝えた際、自分の目で見るまでは信じられないとニイニは言った。すぐに睡眠をとり、ある程度疲れが取れたところで起床して移動を開始。今に至る。

移動している間、一言も交わさなかった。

何時間待っただろうか。人の気配がしない森の中、ようやくアメリアは現れた。

乱れた髪。腕や脚についた大小様々な傷。寝不足でできた目の下のクマ。

屋敷にいた頃の煌《きら》びやかなお嬢様だったアメリアは、見る影もない。

その代わり、希望を宿した瞳だけは爛々と光っていた。

まず、ミミが姿を現す。

「ミミ。ご無事でしたか」

「それはこちらのセリフです。よくぞここまで辿り着きました」

「お兄様は？」

「その前に。ニイ、あなたのお兄様の名前は、イアン、で合ってますか？」

「その通りです。イアン・シュヴァリエ。それがお兄様の名前です」

ミミの勘は当たった。ただの偽名のはずなのに、イアンと呼ばれる時、雰囲気が柔らかくなっていたから。

「イアン。出てきてください。アメリアが到着しました」

ニイニが木々の隙間から飛び出してくる。消音魔法をかけ忘れているのか、着地音が響いた。

向かい合った二人はよたよたと、おぼつかない足取りで近づいていく。

声が出ないようで、荒い呼吸と嗚咽のような音だけが聞こえる。

互いの顔がよく見える距離まで近づいてから、立ち止まる。

数秒間、時が止まったかのように、ただただ互いに見つめ合った後、先にアメリアの目の端から、涙が溢れ出す。

それを見て、ニイニは駆け寄り、アメリアを抱きしめた。

胸の中で震えるアメリアと、抱きしめながら髪を撫でるニイニ。

ミミは、二人を引き合わすことができて良かったと安堵《あんど》し、二人だけの時間を作ってあげようとその場から離れようとした。

なのに、脚が動かない。普段なら思うがままに操《あやつ》れる身体が、全く動かない。

理由は明らかだった。温かな感情の隙間に、何かが入り込んでいる。

ニイニとアメリアが実の兄妹だと察した時に湧き上がった、あの正体不明の感情。

ニイニは今、ミミとは違う、血の繋がった本物の家族と抱き合っている。

私は、独りだ。

ニイニを見逃すことで、アメリアに引き続き、二度の任務失敗。

流石に上もこれで気付く。ミミは自分の意思で任務を放棄していることに。

それ即ち、組織に対する裏切り。

もう組織という『居場所』はなくなった。

その『居場所』を捨てて、この光景を見ることを選んだ。

　自分で二人を再会させたくせに、したいことをして幸せなはずなのに、どうしてこんなにも気持ちが悪いんだろう。

　なぜか、アメリアと自分の姿を置き換えてしまった。

　あそこに、私がいられたら。

　今、自分は何を考えた？

　いつから自分は、こんなに感情が揺れるようになった。

　これだったら、昔の自分の方がマシだったかもしれない。何も考えなければ、何も感じずに済む。正体不明の感情に振り回され、苦しくなんてならない。

　ミミが胸中に吹き荒れる感情と必死に闘っている間に、ニイニとアメリアは、いかにして生き残ったか報告し合っていた。

「そうか、アメリアも医者に助けられたんだな」

「これも、お父様の腕が良かったからですね。お父様のメスを求めて、二人もお医者様が来られるなんて」

「あいつのおかげだってことは認めたくないけどね。お互い生きていたのは良かったけど、普通に生きていたら、こうやって会えなかった。ミミのおかげだ。ありがとう」

「その通りです。ミミには、感謝してもし尽くせません。この御恩は一生忘れないでしょう。ありがとうございます」

二人はミミに駆け寄り、同時に抱きしめた。

「どういたしまして」

言葉でもらった温かさとは違う、直接的な温かさは、直接的であるがゆえに単純で、強烈で。

先ほどまでの何か黒い感情は、嘘みたいに引っ込んだ。

ずっとこうしていたいなどと、叶わぬことを願ってしまう。

ミミは、名残惜しい気持ちを振り切り、二人を押し戻した。

「アメリアも疲れているでしょうし、早くイアンの家に向かいましょう」

ミミは、ニイニの目的地へ行くことを提案した。ニイニが隠れ家にしようとしている場所だ。

安心して休息がとれるはず。

「イアン？　なんでそっちの呼び方？」

「アメリアがこの場にいますし、そう呼んだ方がいいかと」

ミミは、アメリアの前ではイアンと呼ぼうと密かに決めていた。ニイニ、という呼び方は、
コードネームのもじりではあるが、兄のように慕っている意も含まれている。

本物の妹の前で、妹のように振る舞うことは気が引けた。

「いいよ別に。らしくないよ。普段通りニイニって呼んでくれた方が落ち着く」

「わたくしも、その方がいいかと思います」

歩き始めながら、なんてことないように、さらりとそう言う二人。

今度こそミミは、混じりけなく、二人が再会できたことに喜ぶことができた。

ミミとニイニ、交代でアメリアを抱えながら、休みなく動き続けた。

夜深くなったところで、ようやく家に辿り着く。

ニイニの家は、名もない山の、頂上と中腹の間くらいにあった。

すっかり日が落ちてしまっていたため、辺りは暗闇《くらやみ》に包まれている。街灯が全くないため、一般人であれば、獣に襲われたり、足を滑らせて谷底に落ちたりと危険だ。

そんな暗闇の中をミミたちは駆ける。訓練を積んでいるため、魔法なしでも道や建物がくっきり見えている。程なくしてニイニが足を止めた。森の中にひっそりと建っている、装飾などない、簡素な木造住宅の前で。

そんな外観とは裏腹に、中に入ると内装は高級住宅のそれだった。

美しい紋様が描かれた絨毯、質の良い塗装により上品に照明の光を反射する家具たち。

「ここが、ニイニの建てた家」

「外観は妥協したんだ。怪しまれないようにね。でも中だけはこだわりたかった」

「わたくしたちの家に、そっくりです」

感極まったアメリアは、何度も部屋の中を歩き、配置された家具たちに触れた。

「昔確認しに行ったことがあるんだけど、僕たちの家、とり壊されててさ。記憶にある限り再現したんだ。アメリアは戻ってこないって分かり切ってたんだけど、それでも待ちたかった」

「ニイニ、キッチン借りますね」

想いを共有する二人から離れ、ニイニの好きな珈琲《コーヒー》と、アメリアが義両親と嗜《たしな》んでいた紅茶を淹《い》れる。

湯を沸かしている間に、ミミは裏口から建物周辺を調べた。

裏口からすぐのところにワイバーン用の小屋があった。そこではワイバーンが二頭、大人しく眠りについていた。二頭いるのは、片方に何かあった時のため。おそらく移動用に調教してあるのだろう。それを確認してから、ミミはキッチンに戻った。

ミミが飲み物を持ってきたのを契機に三人はふかふかのソファに腰かけ、カップを傾ける。

未だ様々な悩みを抱えるミミだったが、やるべきことは見えていた。

私は、空っぽだ。昔も、今も。

居場所は組織だけだった。その組織を、自分の意志で裏切った。

失《なく》してはじめて気付いた。何も持っていなかったことを。

殺し屋の仕事をする理由も。家族も。生きる意味も。

だから、直感に従って動いた。

一般人であるアメリアを殺すことを避け、ニイニとアメリアを見逃した。

私は空っぽかもしれない。

でもニイニとアメリアは違う。彼ら彼女らには、生きる理由がある。

アメリアの前では、ニイニは、イアンというただの人間。

ここにいる殺し屋は、私一人だけ。

だから。

「ニイニ、私に、依頼してください」

「……どういう意味だ?」

「ニイニは依頼者。私は殺し屋として依頼を受けます。ターゲットは、罪を犯していない善良な一般人を複数人殺害した、殺し屋組織のボス」

ニイニはすぐにミミの意図を察して視線で射抜く。

「一人でやるつもりか。ダメだ。ボスの近くにはアルクさんがいる。今のミミじゃ勝てない」

「私も独り立ちしてから成長しました。やってみなければ分かりません」

「アルクさんを舐《な》めちゃいけない。組織の黎明《れいめい》期を支えた、ボスに比肩する存在だぞ。ミミが行くなら、僕も行く。ミミと同じく、どうせ僕もアメリアも組織に一生つけ狙われる」

「ボスやアルクと戦う以上、怪我《けが》は避けられないでしょう。命の危険だってあります。せっかく死んだと思っていた家族と会えたんです。リスクを負う必要はありません。まだこの場所の存在は組織にバレていないはずです。ここで幸せに暮らしてください。大丈夫です。私には、ニイニにとってのアメリアのような、守るべき存在はいません。私一人が死んでも、何の影響もない」

ニイニは唇を舐めた。めったにしない、悩んでいる時の癖《くせ》。

「確かに命の危険はある。けどなミミ。僕にとっては、ミミも大切な存在なんだ。ミミは僕に恩義を感じてるかもしれないけど、僕だってミミにたくさん助けられてきたんだ、ぞ——」

ニイニは突然立ち上がり、あらぬ方向を睨《にら》みつけた。

「侵入者、ですか」

「尾《つ》けられていたか、ミミからの定期連絡が途絶えたことに気付いたか。何にせよ、相当な手練れだ。この接近速度。下手したら、アルクさんレベルの実力者。ちょうどいいじゃないか。このまま二人で迎え撃——」

ニイニの声が霞《かす》んでゆく。

ミミは、ニイニの手を素早く押さえつけた。

薬を盛られたことに気付き、その対処をしようとしたためだ。間一髪でニイニが解毒するのを防ぐことができた。

「眠っていてください。私が必ず二人を守ります」

「こんな典型的な薬の盛り方に、引っかかる、とは」

ミミはあらかじめ珈琲に強烈な睡眠薬を盛っていた。一人でボスを倒しに行くなんて言ったら、ニイニが反対するのは分かり切っていたから。

侵入者が来る来ないにかかわらず、ニイニが眠っている間に出て行くつもりだった。

毒や薬の扱いにかけても、ミミは組織の中で飛び抜けていた。デュオに幼い頃から習っていたから。それでも、平時のニイニだったなら見抜けていただろう。

「アメリアに会えて気が緩んでいるんですよ。そんな状態のニイニを戦わせるわけにはいきません。隙を突かれ殺される。これからニイニとアメリアを逃がします。アルクに勝っても負けても、私はもう二度と二人の前に姿を現さないでしょう。さようなら、ニイニ」

「ミミ、死ぬなよ、死ぬな……死ぬな……」

倒れかけたニイニを、隣に座っていたアメリアが受け止めた。

「そういうわけでアメリア、ニイニを頼みます。裏庭に、ニイニが飼っているワイバーンが二頭います。ワイバーン同士を紐で繋ぎ、片方にニイニを乗せてください。私が時間を稼ぎます。その間に、大陸の果てまで逃げてください。できれば国外まで。足取りが追えない辺境や未開の地、どこでもいいです。命さえあれば、人は生きていけます」

アメリアは聡明《そうめい》だ。短い時間しか関わっていないが、それでも分かる。

受け止めたニイニをソファに横たわらせながら、アメリアは頷いた。

「分かりました。従います。その代わり約束してください。生きて帰ってくることを。時間を稼ぐ、だなんて物言いはやめてください。死にに行くと言っているようなものです」

「分かりました。後は頼みますね」

「約束、守ってくださいね。お兄様には、あなたが必要なんですから。もちろん、わたくしも。ミミともっと仲良くなりたいです。淹れていただいた紅茶、まだまだ美味《おい》しくなりますよ。今度、わたくしが淹れ方を教えて差し上げます」

「ありがとうございます。ぜひ教えてください」

先ほどの発言とは打って変わって、か細い震えた声。

ミミは、精神的に傾きそうになるのを何とかこらえた。

この兄妹は、どうしてこんなにも自分を想ってくれるのだろう。アメリアに至っては数日間しか関わっていないのに。

だからこそ、二人には生きてほしい。

ミミは、自分がそう思えることが嬉しかった。

二人を見ていると湧いてくる良くない感情は、きっと完全になくなったわけじゃない。

それでも、二人には幸せになってほしいという気持ちの方が、よっぽど大きかった。

アメリアはおもむろにミミのフードを下ろした。

イヤリングを片方外し、ミミの左耳、蒼色の目の方に着ける。

「片方はミミが持っていてください」

「けどこれはニイニからプレゼントされた大事なものでは」

「なればこそ、あなたが」

アメリアは、ミミの銀のカチューシャに、預かっていた正三角形の手裏剣をはめ込む。

「行ってらっしゃいませ。ご武運を」

「アメリアも道中気を付けて。行ってきます」

ミミは、ソファに横になって寝息を立てているニイニの耳たぶに触れてから、姿を消した。

第六章　殺し屋の男

侵入者と相対したのは、ちょうど日が落ちた頃。辺り一帯が闇《やみ》に包まれ、視界は不明瞭。加えてこの近くには流れの速い巨大な渓流があり、何かの拍子で足を滑らせれば命はない。

そんな、山の中腹で両者は向かい合う。相手も自分も暗闇《くらやみ》に溶け込むような黒髪黒衣。

「首を落とす前に聞く。なぜ裏切った」

低く轟《とどろ》く声。黒装束に似合う黒髪。右眼を隠す黒い眼帯。虚《うつ》ろな蒼《あお》い左眼。

コードネーム1。アルク。

「ニイニとアメリアを殺したくなかったからです」

「なぜだ？　コードネーム22はターゲットを見逃したのだぞ？　アメリア・ホワイトだって罪人だ。殺す必要がある」

「ニイニが逃がしたターゲットは一般人です。何の罪も犯していない。アメリアもそうです。これまでのボス案件も、ターゲットが一般人だった可能性がある。組織は、重罪人がターゲットの場合のみ依頼を受ける、と言っておきながら、一般人も殺させた。裏切ったのは私たちではなく、組織の方です」

アルクは、顔色一つ変えなかった。

「だからどうした。仮にそれが事実だったとしても、命令に従い殺すのが殺し屋だ。ボス案件のターゲットになった一般人は、殺さねばならない何らかの理由があった。その理由はボスだけしか知らない。我々は知る必要などない」

「以前までの私だったら頷《うなず》いていたでしょう。今は違います。どんな理由があれど、何の罪もない人間を殺すのは嫌だ、と、そう感じるようになりました」

「殺し屋失格だ。裏切り者が。我らはただ命令に従い人を殺す道具。意志など持つな」

「私は、人間です」

「何をバカなことを。これまで何人もその手にかけてきたというのに。お前ほどの戦力を失うのは惜しい。裏切りの罪を償い、組織に戻るつもりはないか？」

「ありません。もう、決めたんです」

「愚かな。生まれた時から『殺し』しかなかったお前が、組織以外で生きていけるはずなどないというのに。育ての親である組織に背《そむ》く裏切り者へ、死の粛清を」

ミミはアルクと同じ構えをとる。構えをとったと知覚した瞬間、姿が消える。

宵闇《よいやみ》の中でただただ剣戟《けんげき》音が鳴った。この二人にとっては、魔法で攻撃するより、魔法で強化した身体《からだ》で刃《やいば》を振るう方が速い。

ミミの戦闘の師はアルクだ。

同じ型、類似した魔法を駆使する二人。それゆえに、実戦経験が桁違《けたちが》いに多いアルクに軍配が上がる、はずだった。

ミミとアルクの力は拮抗《きっこう》していた。一進一退の攻防が続く。

ミミは気付いていた。ミミじゃなくても気付くだろう。

アルクは目の下には濃いクマがあった。明らかな寝不足。パフォーマンスが落ちるのは当たり前だった。相手に体調不良を気取らせないよう、クマを隠すことができていない時点で、判断力の低下も著しいことが分かる。

普段のアルクなら、寝不足になるなど考えられない。何かイレギュラーなことがアルクの身に起こったのだ。怪我《けが》、あるいは何かしらの疾病。

どちらにせよ、これは好機。このまま拮抗状態を保っていれば、いずれ隙ができて、勝ち筋が見えてくるはず。

が、ギリギリのバランスは徐々に崩れ始める。

押されているのはミミの方だった。

身体の状態が悪いとはいえ、アルクとミミとでは潜《くぐ》り抜けてきた修羅場の数が違う。

生き残るために戦う。それが染みついた身体は、状態の良し悪《あ》しにかかわらず機能する。

このままでは、いずれ負ける。

時間稼ぎをするだけだったら、体力が尽きるまで戦い続ければいい。

でも、それじゃダメだ。

ニイニから、死ぬなと言われた。アメリアに、生きろと言われた。

そう、生きてさえいればそれでいい。どんな酷《ひど》い怪我を負ったとしても。

実力以上のものを手に入れるためには、リスクを取るしかない。

ミミは捨て身の覚悟で、アルクの懐《ふところ》に潜り込んだ。

間合いの内側に入る、斬られることが前提の動き。

心臓以外の場所であれば、どこを斬り落とされてもかまわない。

アルクは頭を狙《ねら》ってきた。正確には首だが、体調不良や疲れのせいか、アルクのナイフの軌道がズレていた。風圧で脱げたフード、その下にある銀のカチューシャ部分が、ナイフを弾《はじ》く。

致命傷は避けられたが衝撃は殺せず、ミミは脳震盪《のうしんとう》を起こしかけた。

気力でナイフをアルクの心臓に突き立てようとしたが、間一髪、アルクの左手が、ミミのナイフを握っている方の手を摑《つか》む。

ミミが捨て身の覚悟で突っ込んだため、互いに無傷ではあったが、両者は激突。

高速戦闘の弊害で、二人はもつれたまま勢いよく宙を舞った。

そのまま山肌に叩《たた》きつけられ、転がり、渓流の中へと呑《の》み込まれていく。

相打ち。それなら上出来だ。

落ち行く意識の中、目的を達成し、満足しかけたミミだったが、走馬灯のようにこれまでのターゲットたちや、ニイニやアメリアの顔が浮かぶ。

生きたい。

ひんやりと冷たい感覚で目を覚ます。立ち上がると水の跳ねる音がした。

状況確認。左目に痛み。身体の各所に打撲、擦過傷。生命活動は行えるものの戦闘は困難。

ミミは、使い慣れていない回復魔法を使った。

「《賦活《アニモ・アクティ》》」

回復魔法といっても、怪我が一瞬で治るわけではない。そこまで高度な回復魔法が使える者は大陸に一人いるかいないかだろう。

一般的な回復魔法は、身体が元々持っている生命力を活性化させて、修復を早めるというもの。あらゆる種類の魔法を高いレベルで習得しているミミだったが、回復魔法だけ唯一適正がなく、中程度のものしか使えない。だが、今まで怪我をする事態まで追い込まれないため、支障はなかった。

魔法を使ったことで、ようやく霞《かす》んでいた視界がクリアになる。

洞窟の中だ。すぐ後ろでは波が寄せては引いている。

ここまで流れ着いたのか。

四肢の傷つき方から察するに、身を丸めながら、無意識に身体強化魔法の一種、皮膚硬質化、あるいは逆の軟質化のどちらかを使った。そうとしか考えられない。

ミミは、自分事ながら、人間の生きたいという本能に慄《おのの》いた。

身体を引きずるように動かし、洞窟の中の方に入ってから、壁際に背を預け尻《しり》をつく。

火の魔法で服、所持品を乾かし、身体を温めてから、簡易医療キットで応急処置。

左目の痛みの正体は、瞼《まぶた》の負傷だった。幸いにも眼球には到達していない。

止血し、ガーゼと包帯で眼帯を作る。

身体の各所も同じようにガーゼと包帯を使ったため、簡易医療キットの中身は空になった。

ここで身体を休め、最低限動けるようになってから、脱出を図る。

アルクも自分と同じように生きているかもしれない。

すぐ近くまで、組織の手が迫っているかもしれない。

探知魔法を使ってみたが、あまり機能しなかった。自然の中には結構な頻度でそういうスポットがある。磁場が関係しているだとか、魔石が大量に埋まっているせいだとか、様々な説が唱えられているが、どれが正しいのかは未《いま》だ証明されていない。

携帯食料は一日分。明日からもう動き始めるしかない。

腹を満たしてから、ミミは比較的平らな場所で仰向《あおむ》けになり、目を閉じた。


翌日、目を覚ましてすぐに回復度合いをチェックする。

治りが回復魔法を使っているわりに遅い。このまま脱出するには、いささか心もとない状態。

洞窟内で得られる食料などたかが知れている。

携帯食料をもっと持っておけばよかったと後悔していると、探知魔法に僅《わず》かに反応があった。

探知魔法が機能しにくいのに反応があるということは、相当に近い。

まだ思うように動かせない身体に鞭《むち》を打ち、身体強化魔法を使う。それだけで痛みが走った。

反応を辿《たど》り、洞窟内を進むと、突然、開けた場所に出た。

ミミは息を呑んだ。洞窟の中にもかかわらず、花畑が広がっていたからだ。

大小様々、色とりどりの花たち。

それらが、微弱な魔力で発光する苔に照らされている。

触れようとしたら、その姿がぐにゃりと歪《ゆが》んだ。手を引っ込めると指先から水滴が飛ぶ。

花畑だと思っていたのは、巨大な湖だった。

花が生えていたのは、地面ではなく、天井《てんじょう》。鏡みたいな湖面だった。見る角度を変え、目をこらさなければ底を見ることができなかった。

現実離れした光景に目を奪われている場合ではない。

探知魔法に引っかかった人物は、予想通りアルクだった。こんな辺境の地に他の人間などいるはずがない。

アルクは湖の畔《ほとり》で、こちらに背を向けながら胡坐《あぐら》をかいて何かをしていた。

何をしているかは、匂《にお》いで分かった。

とある植物を燻《いぶ》した匂い。この独特な匂いには覚えがある。

リカルドと訪れたあのテント。

そう、この匂いは、過去の悪い記憶を全《すべ》て消し、幸せだった頃の記憶と人格を呼び起こす麻薬『フェリキタス』。

なぜアルクがフェリキタスを？

駆け出した時にはもう遅かった。アルクは、大量のフェリキタスを使用した。

振り返ったアルクと目が合った。

一見すると何も変わっていないように見えるだろう。アルクとあまり関わりがない人間には。

ミミには分かった。目元、口元が僅かに緩んでいる。

アルクは、戦闘の構えをとっていたミミを一瞥《いちべつ》した。

「うちの組織の流派の構えだな。戦闘服も然《しか》り。仲間か。何があった？」

声音も微《かす》かに柔らかい。普段のアルクと違い、ちゃんと対話ができそうだった。

ミミはどう答えるか考える。

幸せだった頃、つまりは昔のアルクが納得する理由をでっちあげないと。

ミミは記憶の糸を辿る。アルクや、アルクと仲の良いデュオとの会話で、使えそうなもの。

『あの頃は大変だったなぁ。まだうちも出来たての組織で、他の殺し屋稼業のやつらに目付けられてなぁ』

これだ。確かデュオがそう言っていた。

「私たちは、敵対勢力との抗争の後、半ば相打ちのような形で渓流に落ちました」

言うと、アルクは小さくため息を吐《つ》いた。

「やはりか。最近、とかく襲撃が多い。敵対勢力殲滅《せんめつ》のために戦力を割いている場合ではないのだがな。抗争も組織発展のため。いたしかたない」

「私たちと戦闘を行っていた敵対勢力の人間の死亡は、渓流に落ちる前に確認済みです」

「そうか。よくやった」

褒められたことに驚いて、ミミはアルクの顔を二度見した。

「いえ。ほとんどアルクの成果です」

「戦闘の記憶がない。全身の傷から察するに、記憶障害を起こしているようだな。ここはどこだ？　本部はどうなっている？」

「ここは国の端の方です。本部に関しては心配ありません。既に連絡は受けています。デュオが先頭に立ち、ボスを守りながら、組織員と共に撃退に成功したそうです。あとは私たちが本部に戻るだけです」

それを聞いたアルクは、微《かす》かに笑みを浮かべた。

はじめて見た。アルクが笑っているところを。

「ボスは無事、か。流石《さすが》デュオだな。あいつは頼りになる。敵対勢力の更なる襲撃の可能性、怪我《けが》の回復を考慮し、一日ないしは二日、ここに留《とど》まる必要がありそうだ。コードネーム……」

「33です」

「33。ここで傷を癒《いや》しつつ一日待機。襲撃に備え常に警戒を怠らぬよう」

「了解。ただ私は、一日では戦闘復帰が難しそうです」

「いや、一日で十分だ。私が回復魔法を施す」

アルクは祝詞《ノリト》を唱え、ミミの手に触れる。指先から魔法が流れ込んできて、それが身体の中を巡っていくのが分かった。

ミミは目をみはった。強力な回復魔法だ。自分のものとは雲泥の差がある。何より驚いたのは、他人に施す魔法でこの効力。

回復魔法は一般的に自分自身に使うもの。魔力は自分の身体から生み出し、自分の身体で使うためか、物体や他の人間の身体への伝導率が極端に悪い。例えばミミが使える中程度の回復魔法を他人に使う場合、子どもでも使える程度の回復魔法以下の効力しか持たなくなるはずだ。

「凄《すさ》まじい回復魔法ですね」

「意外か？　私は回復魔法を最も得意としている。全《すべ》てはボスのサポートのため」

「この回復速度なら、明日までに最低限は動けるようになるかと」

「私がコードネーム33の存在を把握していないということは、新人、研修生なのだろう。まだ回復魔法の練度が足りていないのは仕方がないことだ」

いつもだったら、修練が足りていない、と怒られる場面のはず。組織ファーストな部分は変わらないままなのに、話しやすい。

もっと色んなことを話してみたい。そう思ってアルクの顔を見た途端、普段のアルクの険しい表情が頭をよぎった。

目の前にいるのは、自分を殺そうとしている相手。

殺すなら、麻薬使用中の今が好機。

ミミは身体に力を入れようとしたが、身体の節々に痛みが走った。

アルクの方が回復速度は速い。たとえ不意打ちできる状況だとしても、一撃目を外せば途端に不利。どちらにせよ、大人しくしているしかない。

それに、今の私に、人を殺せるのだろうか。ニイニとアメリアのためにアルクと戦うことは決めたが、殺す覚悟までできているだろうか。

私はニイニに言った。ニイニが依頼者、自分は殺し屋として任務を受けると。

これが任務だとすると、アルクはターゲット。

なら、やることは今までと変わらない。

ターゲットのことを知ること。

くぅ、とかわいらしい音が鳴った。ミミのお腹《なか》から。

ミミは無言でアルクを見つめる。

「空腹を抑える訓練は積ませているはずだが」

「すみません。つい気が緩んで」

「それほど空腹を感じているのなら、私の携帯食料を分けてやる」

アルクはその場で腰を下ろし、火の魔法で暖を取る。

ミミも同じように腰を下ろし、アルクから携帯食料を受け取った。

わざとお腹を鳴らしてみた甲斐《かい》があった。これでゆっくりとアルクと話せそうだ。

「ありがとうございます」

怪我した瞼を覆《おお》っている包帯の僅かなズレを直してから、ミミは携帯食料を口に含んだ。

「目を怪我したのか」

「大したことありません。回復魔法のおかげで一日足らずで治るかと」

「その間に襲撃があるかもしれない。万全であるべきだ。包帯では上手《うま》く固定できないだろう。私の予備の眼帯を使え」

アルクは、懐から自身が着けているものと同じ、黒いなめし革の眼帯を取り出した。それをミミに渡そうとしたが、両手で携帯食料を持って、ちびちびかじっている姿を見て、小さく息を吐き出す。アルクは仕方なくミミの包帯を外し始めた。

今までアルクとの身体接触は、拳《こぶし》か蹴《け》りが飛んでくることしかなかったため、身構えかけた。だが、アルクの手つきがまるでニイニのように優しかったので、緊張を緩める。

アルクが着けてくれた眼帯は、大きめながらも心地よくフィットした。

「これで戦闘時にズレる心配が消えました。助かりました」

「こういう細かい部分で生死が分かれることがある。他にも気になる部分はないか？　私にできることならやってやる」

「それでは、アルクが眼帯を着けるようになった理由を教えていただけませんか？」

「それは、戦闘には関係のないことではないか？」

「そんなことはありません。もしアルクの目の怪我が戦闘時のものであるならば、その時の状況などを聞いておきたいです。アルクほどの実力者が、回復魔法では治らないほど深い傷を負ったとしたら、相当厳しい戦闘だったはずですから」

アルクから話を聞き出すことは経験上難しい。だから、アルクが興味を示しそうな任務関係に多少強引《ごういん》にでも絡《から》めていく。

アルクは爆《は》ぜる火の粉を眺めながら、やや眉間のシワを深めた。

「話すほどのことではない。未熟だった頃、ボスを庇《かば》っただけだ」

「アルクにも未熟だった頃があったんですね」

「当たり前だ」

「昔からボスとは知り合いだったのですか？」

「四年前。軍に入った後だ。前線配置になった際、出会った」

そういえば、デュオが軍時代に会った、と言っていた。

「ボスは、どんな人なんですか？　私、会ったことも話したこともなくて」

以前、デュオにした質問と同じ質問をしてみる。

昔から、ボス案件で一般人を殺すような人物だったのだろうか。

「ボスは、素晴らしい女性だ。私にとっては女神に等しい」

アルクと同じように火の粉を見つめていたミミだったが、アルクの口から出なさそうな言葉だったため、思わず顔を上げ、表情を確認した。火に照らされて赤くなっていた。

どこか熱に浮かされたような声音で、アルクは語り出す。

「ボスに会う前の私は、人間ではなかった。幼い頃の私は獣で、軍に拾われてからは道具だった。人としての喜びの全てを教えてくれたのがボスだ。ボスは、私の全て」

夢を語る少年のような、キラキラした瞳《ひとみ》。見慣れている虚ろな瞳とは真逆だった。

「獣だった、とはどういうことですか？」

「言葉通りだ。物心ついた頃から、生きるために盗みを働き、時には人を殺した。私が生まれ育ったスラム街は弱肉強食の世界。奪い合いが日常茶飯事。少ない資源の取り合いだった。毎日が戦争だった」

生きるために、他者を殺す。その行為に善悪などなく、そうすることが普通。そんな世界が存在することは、ミミにも想像ができた。

「肩を寄せ合い、協力して生きることは、できなかったのですね」

「そうやって考える人間から死んでいった。それに私は元よりそんな生き方はできない。どうやら私は感情が薄いようでな。情動がないに等しい人間だった。だから他者と生きることなどできなかった」

自分もそうだった。そのせいで、施設で周囲に馴染《なじ》むことができなかった。

もしも自分が、アルクと同じ境遇だったなら、きっと同じ生き方をしていただろう。

「軍に拾われてからは道具だった、というのも？」

「そうだ。余計な感情など抱かず、ただ任務をこなす。誰《だれ》だって殺した。命令されれば、罪のない人間も殺した。任務を達成できなければ、私を拾った上官に半殺しにされた。そのおかげで感情を殺す技術に更に磨きがかかった」

まさに殺し屋。アルクがあれだけ厳しかった理由が分かった気がした。

ここまで聞いた限りでは、ボスに出会う前のアルクも、ミミの知っている普段のアルクと同じような冷たさを纏《まと》っていたように思える。

「それからボスに出会った？」

「ちょうど四年前。戦争が終わる年だ。私とボスは前線部隊に配置された。任務以外で誰とも話さなかった私に、ボスは根気よく声をかけ続けてくれた」

戦争が終結したのは、今から一八年前。

フェリキタスは、幸せだった時期の記憶を呼び戻す。戦争終結から四年が経過した頃のアルクが、今目の前にいるということは、一四年間、幸せな瞬間がなかったことになる。

「アルクは、そんなボスに徐々に心を開いていったのですね」

「開く心などなかった。ボスが心を作ってくれた。食べ物の味わい方、風景の楽しみ方、手遊び……数えきれないほど、教えてくれた」

ミミは思い出した。ルースのシチューのおかげで、食べることの楽しさを知ったことを。

「ボスが、アルクを人間にしてくれたんですね」

「ボスといる時だけ、私は人間になることができた」

「好きだったのですか？　ボスのことが」

ミミはふと尋ねた。アルクの紅潮した頰《ほお》や、熱っぽい瞳が、まるで恋をしている人間のようだったから。

アルクは、眼帯を軽くさすった。

ミミはアルクの心拍数が上がったことを検知した。驚きだった。アルクがこんな初歩的な動揺の仕方をするなんて、信じがたかった。

「ここで噓《うそ》を吐く必要もないか。好きなんて言葉では言い表せない。これは、そう、愛だ。私は、ボスを愛している。私に生きていることの喜びをくれたボスを」

大真面目にそう言い切った。

愛を語るその横顔は、とても殺し屋のそれには見えなかった。

はじめてアルクが、これまでのターゲットたちと同じ存在に思えた。

「ボスのどういうところが好きなんですか？」

「私を気にかけてくれるところ。生きる意味を与えてくれたところ。夢を語っている時の活力に満ちた笑顔。私を呼ぶ時の澄んでいてよく通る声。私とは違う柔らかい手。存在全て」

アルクはそこまで一息で言い終わった後、我に返ったように目を見開き、口を開けたまま固まった。

「アルクのボスへの愛は十分に伝わりました」

「……話しすぎた。忘れろ」

アルクは表情を消し去ると、自分の分の携帯食料を口いっぱい頬張《ほおば》った。

「できるだけ忘れられるよう努めますね」

ターゲットの重要な情報なので、しっかりと記憶しておく。

「もう話はいいだろう。腹も満たした。後は睡眠をとり身体を休めるだけ。襲撃に備え、睡眠は交代でとることとする。まずは身体の治りが遅い君が先だ。私が見張りをしておく」

ミミは、その言葉に甘えることにした。

「ありがとうございます。それでは先に寝ますね。おやすみなさい」

探知魔法が効きにくいため、交代で寝るのが妥当。用心深いアルクらしい。

身体の回復を優先させるべきだし、この状態のアルクなら襲ってくることもない。

寝やすい場所まで移動し、目を閉じようとしたところで、アルクの背中が見えた。

纏う雰囲気こそ違うものの、その背中は戦闘訓練で何度も見てきた、恐ろしい背中。

危うく熟睡するところだった。

アルクは殺し合いの相手。ターゲットなのだ。

吐く息から、まだフェリキタスの効果が切れないことは分かっているが、油断はできない。

何か起こったらすぐに対応できるよう、断続的な仮眠をとることにした。


見張りの交代の時間がきたため、意識を覚醒《かくせい》させる。

いくらか睡眠をとったことで、思考が整理された。回復魔法の助けもあり、身体も動く。

アルクの吐く息から、あと五、六時間程度でフェリキタスの効果が切れることは分かっている。アルクが寝る前に、確認しておかなければならないことがある。

フェリキタスの効果が切れた瞬間、アルクと戦うことになる。

その前に、説得を試みたかった。

できることなら、戦いたくない。

アルクはボスを信奉している。ターゲットが重犯罪者の場合のみ依頼を受けると組織員に謳《うた》っておきながら、ボス案件では一般人を殺している。アルクはそれを知っていて従っているところを見るに、そのことに納得しているはず。だとすると、説得は困難を極める。

理想は、アルクを通して、ボスを説得すること。そこまで辿り着くことは不可能に近いが、最後まで諦《あきら》めたくはなかった。

ミミだって、生きて、ニイニやアメリアのもとへ帰りたい。あの二人に、組織の影に怯《おび》えることなく暮らしてほしい。アルクを、ひいてはボスを説得できれば、全てが叶《かな》う。

身体を起こし、湖の畔で湖面を眺めているアルクのもとへ。

「交代の時間です」

「了解。異常は特になし」

立ち去ろうとするアルクに、ミミは声をかけた。説得材料を増やすために。

「ちょっと待ってください。組織について、ボスについて訊《き》きたいことがあります。アルクと二人きりになれることなんて滅多にありませんから、この機会に訊いておきたくて」

「いいだろう。何が訊きたい？」

「ボスは、なぜ組織を作ったのですか？」

「夢を実現するため、だそうだ。ボスは、いつも夢を語っていた。『貧しい者に救いを。貧富の差を生み出し、助長する悪を自分たちで正す。自分たちのような存在を今後生み出さない、平和な世界を目指す』と。戦争が終結すればそれが叶うと信じ戦ってきた。しかし――」

「そうは、ならなかったですね」

他国に向いていたエネルギーは、自国に向いた。

軍警察と貴族の力が拮抗し、不和が生じた。その軋轢《あつれき》で迷惑を被るのは国民だった。

どちらの勢力も国民に対し横暴で、相手より抜きん出るために裏では汚いこともしている。

軍警察が麻薬を取り締まれば、貴族が裏で流行《はや》らせて私腹を肥やす。時に両勢力は結託する。金のために。貴族の不祥事を軍警察が揉《も》み消《け》すことで、貴族の金が軍警察に渡る。

敵国を倒すための力は、極一部の人間の欲望を叶える力に成り果てた。

「相変わらずこの国は腐ってた。結局、弱者が虐げられる。既得権益の塊の貴族を悪とみなすならば、それに対抗しうる軍警察が正義。そのはずなのに、軍警察も私欲に走った。だから私たちは軍を離れ、自分たちの組織を作った。ボスの夢を叶えるために」

ミミは思い出していた。これまで自分が手にかけてきたターゲットたちの境遇を。

彼ら彼女らは、力を持っている身勝手な人間たちに、人生を歪められた。

そんな人間たちがいなかったら、彼ら彼女らは、どんな人生を歩めていただろう。

「平和な世界を目指す。だからうちの組織は、ターゲットが重犯罪者の場合のみ、依頼を受けるのですね」

「それだけではない。依頼人からの報酬の一部を貧困層への寄付に充てている。ボスは、うちの組織は義賊みたいなものだと言っていた。国や軍警察が裁けない悪を裁くのだと」

そんなボスが、一般人を殺す任務を組織員に与えている。信じられなかった。

「では仮にですよ。何の罪もない一般人を殺す命令を、ボスが下したらどうしますか？」

「そんな命令、ボスがするはずがない。仮にしたとしたら、私とデュオは、ボスを殺さなければばならない」

「どうしてですか?」

「創始者三人で誓いを立てたのだ。私たち三人のうち、誰かが道を踏み外した場合、殺してでも止める、と」

あれほどボスへの愛を語っていたアルクが、いざとなった時、ボスを殺せるだろうか。殺すことができなかったから、ボス案件について何も言わなかったのだろうか。

ボスが、一般人を殺すようになったことと、アルクの幸せがこの時期までだったことに、何か関係がありそうだった。おそらく、フェリキタスを使用したことも。

それを知るためには、フェリキタスの効果が切れたアルクに訊く必要がある。

「変な問いかけをしてしまってすみません。教えていただき、ありがとうございました」

「かまわない。これからもボスの夢を実現するため、修練に励むように」

「了解」

アルクの背が遠ざかっていく。

過去のアルクと話せるのは今だけ。そう思ったら、また口が開いた。

「アルク! あなたは、今、幸せですか」

振り返ったアルクは、幼い子どものような、あどけない笑みを浮かべていた。

「愚問だな。私はボスの傍《そば》にいられたら、それだけで幸せだ。ここから抜け出して、早くボスに会いに行きたい」

ミミは湖の畔で、膝《ひざ》を抱えるようにして座る。

湖の中から、物憂げな金と蒼の目がこちらを見返してきた。

気が重い。説得に失敗した場合、アルクと殺し合うことになる。あんなにも幸せそうな顔をしていたアルクと。

ミミの中では、寝ているアルクを、フェリキタスの効果が残っている状態のアルクを襲う選択肢は完全になくなっていた。組織を裏切ってからのミミは、自分の欲求を優先するようになってしまった。

おかげで、自分の気持ちが段々と分かってきた。

自分が何をするべきなのか、何をしたいのかの。

ぼんやりと、答えが浮かび上がりつつある。

湖面にもまた、何かが浮かび上がりつつあった。

ミミは飛び退《すさ》り、姿勢を低くしてナイフを構える。

水面から現れたのは、黒い仮面を着けた男。

仮面は情報班のものと同じだったが、傷だらけで年季を感じさせるものだった。

湖面を割って出てきたのに、水音一つしない。相当高度な隠密《おんみつ》魔法を使っている。

強い。ひと目で分かった。

先制攻撃を加えるべく地を蹴ったその時、仮面の男は前のめりに倒れ込んだ。

下半身を湖に浸《つ》からせながら、上半身を地面に投げ出している。

油断を誘っているのかもしれない。動き始めた身体に急制動をかけ、物理攻撃と魔法攻撃、両方の準備をしながら様子を見る。

「疲れた。動けねぇ。コードネーム33、助けてくれぇ」

その情けない声は、ミミの人生の中で、ニイニに次いで聞き覚えのある声だった。

「デュオ、なぜここに」

「お前らを捜しに来たに決まってるだろうが。とりあえず湖から引っ張り出してくれ。頼む」

ミミが組織を裏切ったことは、デュオにも伝わっているはずだ。

「捜しに来た目的はなんですか？」

「そりゃあお前らのことを心配してだ。アルクのやつは、ろくに詳細も話さず、『裏切り者の始末をしてくる』って一言だけ残していなくなるし、コードネーム33も二回連続で任務失敗後に失踪。もう何がなんだか」

「混乱させてしまってすみません。訳があったんです」

会話を続けながらも、デュオの一挙手一投足に気を配る。

「いいか、お前たち二人は組織の中核を担っているといっても過言じゃない。これは組織にとって一大事だ。アルクの身勝手な行動、コードネーム33の裏切りの真偽、それを確かめに来たってのもある。ん？　なんだ、まだ警戒してるのか？　分析魔法なりなんなりで調べてみろ。体力も魔力もすっからかんだ」

バイタルサインからして、嘘は言っていないようだ。

警戒心を消さないまでも緩めたミミは、デュオの片腕を掴んで湖から引っこ抜いた。

「いてぇ。あんまり乱暴に扱うな」

「本当に、身体を動かす体力すら残ってないんですね」

「当たり前だ。オレは現役《げんえき》を退いて久しい。お前らの場所を特定できても、そこに辿り着くまでが大変だった。何があったか分からねぇから、隠密も現役ん時くらい気張ったらこのザマだよ。思ったより衰えて悲しくなる」

「デュオは医療班だったのでは？」

「情報班も兼任してたんだ。当時の忙しさたるや……思い出したくもない」

デュオが本気を出したところなんて、今まで見たことがなかった。現役時代は情報班の要だったに違いない。

「とりあえず携帯食料を食べさせますね」

アルクからもらったものが少しだけ残っていたため、仮面の下から口の中にねじ込んだ。

デュオはふごふご声にならない音を出しながら、携帯食料を飲み込む。

「だから、もうちょっとこう、優しくというか。まーいいか。あんがとよ」

芋虫のようにうねうねと這《は》い始めたデュオの首根っこを摑んで引きずり、温度の低い湖の近くから離れさせる。

雑な扱いをしてしまうのは、甘える気持ちの表れでもある。

小さい頃からお世話になっているデュオには、ついこういう態度を取ってしまうのだ。

デュオが自分を殺しに来たわけじゃないと知り、緊張が解けたことによる反動もあった。

「あんまり大きな声を出さないでくださいね。アルクが寝ていますから」

「お前たちに、一体何があった？」

温度が比較的高い位置まで連れてきて、火の魔法で温めながら、ミミは唇を舐《な》めた。

「どこから話すべきなのか。色んなことがありました」

「まず、裏切った理由は？　コードネーム22の件も含めて。どうせお前たち二人とも同じ理由なんだろ？」

「そうです。私たちが離反した理由。それは、ボス案件です」

「ボス案件、か」

デュオは、やっぱりか、と小さく呟《つぶや》き、顔をしかめた。

「知っているんですね？」

「お前の裏切りのおかげでな。幼い頃から見てきたんだぞ？　よっぽどのことがなきゃお前は裏切らん。そのよっぽどのことが知りたくて、現役時代の伝手《つて》を使って調べたんだよ。ボス案件のことを。ボス案件は、ボス以外誰も詳細を知らない。このオレもだ。今までボスを信じて疑いもしなかったが、調べてみたら恐ろしい事実が発覚した」

「罪のない一般人を、ターゲットにしていたことですよね」

「それだけじゃないいんだよ。その一般人は、組織員の家族だった。ボス案件のターゲットは、一人残らず、組織員の血縁者だ」

ミミは思わず、横たわっているデュオに詰め寄り、仮面の奥の目を覗《のぞ》き込んだ。

「どういうことですか。なぜそんなことを。意味が分からないです」

「だろうな。ボスのバックボーンを知っていなけりゃ分からねぇ」

「どんな背景があろうと、そんなことは許されません」

手足が冷たくなっていく。

これまで自分も、ルースと出会う前の時期に、何件かボス案件を受けてきた。

自分が殺していたのは、組織の仲間の、愛すべき家族だった。

「そうだ。その通りだ。どんな理由があったって、やっちゃいけないことだ。罪人しかターゲットにしないと謳っているうちの組織じゃ」

「ボスはなぜそんな凶行に出たのですか」

「それはな――」

ミミとデュオは、人の気配を察知して会話を止めた。

「デュオ。来てくれたのか」

すぐ傍にアルクが出現する。

途中で起きたせいか、まだフェリキタスは抜けていないようだ。

「よおアルク。調子はどうだ」

デュオは鼻を鳴らしてからそう言った。デュオは医療班を一手に担っている医者だ。花畑、吐息に混じる匂いで、フェリキタスを使用したのだと分かったのだろう。

「調子も何もない。いかなる状況下でも任務を遂行するだけだ」

「野暮《やぼ》なこと訊いちまったようだな」

「それより、本部の立て直しはどうなっている。ボスは本当に無事なんだろうな？」

焦《あせ》りが見えるアルクを、デュオは呆《ほう》けたような眼《め》で見つめた。いつの時代のアルクなのか、頭の中で予想しているのかもしれない。

「ボスは無事だ。本部の立て直しも、残ったメンバーがやってくれている。余裕ができたから、オレがお前たちの様子を見に来たんだ」

「来る必要はなかっただろう。お前はボスの左腕だ。私ではなく、ボスのもとにいるべきだ」

「それを言ったらお前だってボスの右腕だ。直接安否を確かめないと気が済まなくてな」

「心配性なやつだ。昔からそうだ。そういう部分は変わらんな」

「お前に言われたくない」

「性格は変わったがな。昔は自信なさげで大人しくて」

「おい！　コードネーム33の前で昔の話はするな！　お前さっきまで寝てたんだろ！　まともに動けるようになるまで休んでこいって！」

「まあそう急《せ》かすな。久しぶりにじっくり話さないか。最近、互いに任務で忙しかったろう」

横になっているデュオのすぐそばに、アルクはどっかりと腰を下ろして胡坐をかいた。

「お前からそんな風に言ってくるなんて珍しいな。どうした？　何かオレに頼みたいことがあるんだろう？　分かってるんだぞ」

「お見通しか。どうにもやりにくいな」

「むしろやりやすいだろうが」

「その、そのな、あー、ちょっと待ってくれないか。コードネーム33の前では話しづらい」

「いいだろ別に。機密情報なのか？」

「そうとも言えるし、そうでないとも言える」

「歯切れが悪いな。早く言えって」

デュオの声が僅かに揺らいだ。

もしかしたら、これから言われることを知っているのかもしれない。

アルクは、深呼吸をしてから、頭を下げた。

「デュオ。他ならぬお前に、ネモとの結婚式の付添人を頼みたい。私には、親族が一人もいない。お前にしか頼めないんだ。いや、たとえ親族がいようとも、お前に頼んでいた。どうだろうか？　引き受けては、くれないだろうか」

　デュオは息を切らしながら緩やかに上体を起こし、言葉尻がしぼんでいくアルクの背中に手を当てた。

「断るわけ、ないじゃないか。オレは、お前とボスのことを大切に思っている。付添人に選んでくれて光栄だ。ぜひやらせてほしい」

「そうか！　良かった。当日はよろしく頼む。では私は身体を休めてくる」

　気恥ずかしかったのか、アルクはそそくさと去っていった。

　アルクの姿が見えなくなった途端、デュオは仮面を外して目元を押さえた。

　限界だったのだろう。声を殺して泣く姿からは、積み重ねてきた時間を感じた。

　デュオが泣き止《や》んだのを見計らって、ミミは静かに尋ねた。

「ネモとは、誰のことでしょうか」

「ボスの名だ」

「やはりそうですか。フェリキタスは幸せだった頃の人格に戻る。アルクは、愛した女性と結婚することができた瞬間までは、幸せだったんですね。その後のアルクに何があったのか、聞かせてもらえませんか」

デュオは再び寝転がり、ミミに背を向けながら身体を丸めた。

「どこまでアルクから聞いてるんだ？」

「ボスの理想のもと、組織を立ち上げたところまでです」

「なら話は早いな。聞いての通り、オレとアルクは、ネモの夢を叶えるために組織を作った」

「アルクとボスは同じ前線配置だったんですよね。デュオもそうだったんですか？」

「オレは軍医として前線にいた。だからあの二人とはそんなに話せていない」

「どうやってその二人と親交を深めたのですか？」

「ボスは、ネモは、オレの実の姉だ」

予想外だったが、合点がいった。

「アルクがネモに心を許していく過程に、デュオも一緒にいたのですね。ネモのおかげで、アルクはデュオとも仲良くなれたと」

「苦労したんだぞ。中々オレとは話してくれなかったんだからな。ネモとオレは恵まれない家庭で育ってな。幼い頃、親に捨てられて路頭に迷った。その時のオレたちとアルクがそっくりだったもんだから、放っておけなくてな。戦争が終わってからは、オレたち三人はもはや一心同体。三人で協力して組織を作って、成長させていって。オレたちが二〇歳の頃は、何もかも順調だった。向かうところ敵なし。敵対組織もばっさばっさ潰《つぶ》していったもんだ」

「そこまでは上手くいっていたんですね。問題はその先。敵対組織の襲撃。ボスとアルクの結婚式付近。そこで悲劇が起こった。そうですね？」

アルクは、敵対組織との抗争が絶えない時期に、結婚式を予定していた。

フェリキタス使用中に保持していた記憶は、結婚式の目前まで。そのあたりで不幸なことが起こり、アルクはそれ以降、幸せを感じることのない人生を歩んだ。そう考えるのが普通。

デュオの背中がますます丸まっていく。自分を抱きしめるように。

「組織員の一人が、うちの情報を敵対組織に流した。家族を人質に取られて、仕方なく。そのせいで、多くの組織員が殺された。特に拠点にいたメンバーは全滅に近かった。アルクとボスの結婚式の翌日だった。オレとアルク含む、任務遠征組が拠点に戻った時、ほぼ手遅れだった。拠点を襲った連中は全員片付けたが、組織にとって重要だった人間がたくさん死んだ」

頭の中で、情報の欠片《かけら》が繋《つな》がった。

組織が変わった理由。

アルクが変わった理由。

「事情は呑み込めました。だからボス案件で、組織員の家族を始末させていた」

「あの事件以降、家族がいない者しか組織に入れてなかったんだが、初期からいる組織員や、実は家族がいたと発覚した組織員には何も伝えず殺していた、ってことなんだろうよ」

「理由は分かりましたが、やりすぎだと、私は思います。やりようはいくらでもあったはず。例えば、家族を組織ぐるみで保護するだとか、家族の情報を消すだとか」

「ボスが生きていれば、そうしていたかもしれないな」

「ちょっと待ってください。ボスは、死んだ？」

ミミは勘違いをしていた。てっきりボスは生きているものとばかり思っていた。

「ボスは拠点にいたんだ。万全に戦える身体じゃなかったのに、最期まで戦い続けた。ボスが大半の敵戦力を削ってくれたおかげで、敵対組織を潰しきれたんだ」

「では、現在のボスは？」

デュオの丸まっていた背中が、ピンと伸びた。

同じタイミングで、ミミは立ち上がって振り返る。

「デュオ。薬をよこせ。どうせ持ってきているのだろう」

深みを増した声。絶望をたたえた瞳。

アルクが立っていた。もう、少し前までの柔和な雰囲気は一片たりとも感じられない。

まだフェリキタスが抜けないだろうという、ミミの見立ては間違っていた。アルクの代謝速度を見誤った。

「アルク。もう『戻って』きてしまったのですね」

アルクはミミの言葉には反応せず、デュオに鋭い眼差《まなざ》しを向けている。

「代謝が早すぎる。アルク、お前まさか、オレに隠れてフェリキタスの量を増やしていたな？」

フェリキタスは使えば使うほど、効果時間が短くなる。

デュオの発言から察するに、アルクはデュオ管理のもと、日常的にフェリキタスを使用していたようだ。

「そんなことはどうでもいい！　早く薬を！」

「オレたち、誓い合ったよな。ボスと三人で組織を立ち上げる時に。オレたちでこの世に蔓延《はびこ》る悪を正す。使命に殉ずる。自分たちの正義で人を殺すその責任を忘れない。だから、誰かが道を踏み外した時、殺してでも止めるって」

「それがどうした。私は道を踏み外してなどいない。全ては組織を守るためだ」

「ならなぜオレにボス案件のことを話さなかった！　やましい気持ちがあったんじゃないのか！」

「話したらお前は反対するだろう。甘いのだ、昔から。徹底的にやらねば失う。何もかも」

「そりゃ反対するさ。ボスだったら、そんなことしなかった。もっと別のやり方で――」

アルクの表情が激しく歪む。

「ボスは！　ネモはもういない！　この世界のどこにも！　もう会えないし話せない！　ネモがどうしていたかなんて、誰にも分からないんだよ！　御託はいいからさっさと薬をよこせ！」

デュオは口を閉じ、震えながら、何度も手を懐に入れようとしていた。

ミミはアルクから意識を逸《そ》らさずに、いつでも応戦できる体勢をとりながら、デュオに向かって口を開いた。

「デュオ、その薬は何なんですか」

「精神安定剤と、中毒症状軽減薬だ」

デュオの書斎を訪れた際、アルクに増強剤を渡していた場面が頭をよぎる。

デュオがアルクに渡していた薬は、増強剤などではなかった。

「それを、アルクに渡してあげてください」

「なぜだ。これから殺し合うことになる相手だぞ」

「いいんです」

「すまん。本来は、オレが渡すか渡さないかを決めるべきだった。き、決められなかった。ネモと、昔のアルクとで立てた誓いを果たすためには、渡すべきじゃない。けど、けどなぁ、オレには、変わっちまったっていっても、アルクを、殺すことなんて」

「私がやります。デュオはそこで見ていてください」

デュオは頷き、アルクに薬を投げた。

アルクはそれを片手で受け取り、やにわに口中へ。

よほど即効性があるのか、見る間にアルクの顔色が良くなっていく。

薬が全身を回り、作用すれば、すぐに殺し合いが始まる。

ミミの心は凪《な》いでいた。

いつもと同じ。任務を遂行するだけ。

自分自身に課した任務を。

アルクはターゲット。最期に、アルクがしたいことをできるように、薬を渡させた。

大きく息を吸う。これまで得た情報を元に、アルクを説得する。

「記憶の中のネモに会いたいがために、フェリキタスを使ったのですか」

「ああそうだ。使っても、効果が切れれば現実に戻る。無意味な行動だ。久しく使っていなかったが、デュオの薬が切れたせいで不覚を取った。なぜ貴様はフェリキタスが効いている時に私を殺さなかった？」

「殺したくなかったからです」

「バカなことを。殺し屋失格だ」

「あなたを説得したかったのです」

「説得？　あり得ない」

いつもと同じ、何もかもを拒絶する虚ろな瞳。

「ネモを愛していたなら、彼女の理想の形を理解していますよね。あるべき形に、組織を戻しませんか。ボス案件を廃止し、理念に従い、元の義賊のような組織へ」

「何を勘違いしている？　ネモの理想などどうでもいい」

「どういう、ことですか」

「言葉通りの意味だ。私は、理想を語るネモが好きだった。ネモが喜ぶから、これまで組織の任務をこなしてきたのだ」

アルクは、ボスの理念に共感していたわけではなかった。ただ、ネモの指示に従ってただけ。

「では、なぜあなたがボスを引き継いだのですか。組織を解散させることもできたはずでは」

「ネモは常々言っていた。『自分に何かあったらアルクが組織を守ってくれるから安心だ』と。もう私に任務を課す者はいない。ならば、自分自身に任務を課せばいい。何の任務を？　決まっている。ネモが言っていた通り、組織を継ぐ。私が組織を存続させる」

昏《くら》い声に宿る強い意志。その意志の力が、正しい方向に向いてくれれば、どれほど――。

「組織員の家族を殺すことも、任務の一環ですか」

「そうだ。ネモが死んだ原因であり、組織が壊滅しかけた原因でもある。同じ過ちは繰り返さない。リスク要因は徹底的に排除する」

ミミには極端に感じるそれも、アルクにとってはただの任務の一部。

フェリキタスが効いていた頃のアルクのことを思い出しながら、言葉を紡《つむ》ぐ。

「かつてのあなたは言っていました。ボスが人間にしてくれたのだと。あなたの人間としての心は、その行動を是とするのですか」

アルクは瞑目し、首を小さく横に振った。

「ネモの死に直面し、湧《わ》き上がる激情のままに、組織の情報を漏《も》らした組織員を殺した。任務以外で人を殺したのは、スラム街時代以来だった。私は気付いた。昔の自分に戻ればいいのだと。ネモを喪《うしな》った苦しみから逃れるためには、感情を殺せばいい。私にはそれができる」

苦しみから逃れるために、心を殺す。

ミミにはその気持ちが分かった。

何も考えずに任務だけをこなしていれば。そう思ったことがあったから。

「他にやりようはなかったのですか」

ミミがそう言うと、アルクはカッと目を見開き、顔を歪ませた。

「そんなものはない！　ネモだけだった。この組織を完璧《かんぺき》に管理できたのは。私には、このやり方しかできなかったのだ！　ネモが、ネモが生きてさえいれば！　全て上手くいった！　何もかもが！」

轟く叫びは、まるで泣き声のように、ミミには聞こえた。

アルクは、深く愛した人を喪い、その絶望に耐えられず、昔の、生きるために人を殺していた頃の自分に閉じこもってしまった。

ネモが生きていたら、アルクは人間でいられた。

アルクを変えられるのは、ネモだけだった。

言葉で変えられないものは存在する。

アルクはもう、組織を存続させることにすがることしかできない。

「分かりました。もう何も言いません」

「もう一度聞く。組織に戻るつもりはないか」

「ありません。最期なので言っておきますが、組織に感謝している部分も私の心にはあります。私を育ててくれたこと。生きる術《すべ》を与えてくれたこと。必要としてくれたこと」

「感謝しているのならば、組織のために死ね」

「それはできかねます。私自身のために、今ここで」


あなたを殺します。


デュオの代わりに、昔のアルク自身が立てた誓いを果たすために。

ニイニとアメリアを殺させないために。

自分が生き残るために。

殺される前に殺す。

ミミは殺し屋としてここまで生きてきてはじめて、自らの意志で人を殺すことを決めた。

組織の道具としてじゃない。一人の人間として生きることにした。

何が正しいだとか正しくないだとか、正義なのか悪なのか、そういうことじゃなかった。

アルクにとって、組織員の家族を殺すことは、組織を守るため。アルクにとっての正義。

その正義がミミには悪に映った。

同じように、誰かがミミの生き方を悪と断じるだろう。

自分がどう思うのか。何をしたいのか。

『ルースの事情を知ったら、ルースは死ぬべきじゃなかったって思うだろ、なぁ！』

今ならジャビドの問いかけに答えられる。

それでもルースは死ぬべきだった。

人を殺してしまった事実は消えない。殺してしまったら、その人は二度と戻ってこない。

それが分かっていたから、ルースは死にたかったと言ったのだ。

『やっぱり、どんなことがあっても、人を殺しちゃダメだったんだって』

ルースの言葉が思い出される。

人を殺すのはいけないこと。だから人を殺した人を殺す。

矛盾している。だからこそ、その矛盾を呑み込むための信念が必要になる。

ジャビド、ニイニ、かつてのアルク。皆、それぞれの信念を抱いていた。

ミミは、これからも殺し屋を続ける。

大きな罪を背負っているターゲットを、権威の影に隠れた悪人を、殺す。

『ボスは、うちの組織は義賊みたいなものだと言っていた。国や軍警察が裁けない悪を裁くのだと』

組織の理念の一部も、ミミの中に息づいている。

ミミは無意識にその理念に共感していたのだ。

だからジャビドに貴族殺しを依頼させた。

なぜ共感したのか。それもこれまでの思い出が教えてくれる。

軍警察が大富豪から賄賂《わいろ》を受け取らなければ、エレナは罪が軽くなった。

貴族が不祥事を揉み消そうとしなければ、裏路地で生きる子どもたちが焼き払われることはなかった。

許せなかった。悪を取り締まる側が、悪行を働くことが。

ミミにも憎しみ、怒りという強い感情があったのだ。

そこに、元々持っていた自分の信念が溶け込む。その信念は、憎しみや怒りといった感情とは、反対の感情で形作られた。

悪意をもって人を殺した者と、誰もが同情したくなるような背景を持っていて人を殺した者。

その両者が同じように国によって殺されるのなら。

『環境さえ違えば道を踏み外さなかったであろう人たちに、最後の数日くらいは、幸せになってほしい。幸せになる手伝いがしたい』

そうやって、強く強く想《おも》うことができたのは、

『人助けが趣味って本当だったんだな。ミミは、俺《おれ》を助けてくれた。ありがとよ』

『ありがとね。ばいばい。ミミ』

『わたし、きっと生き続けたら、どこかのタイミングで軍警察に捕まって、死刑になってた。どうせ死んでた。独りで。誰にも胸の内を話せないまま。傍にいてくれてありがとう』

ターゲットからもらった『ありがとう』のおかげ。

『ありがとう』という祝詞が、ミミに魔法をかけた。

感謝されて、嬉《うれ》しかった。

ただの殺し屋でしかない自分にも、できることがあると、気付かせてくれた。

もう、迷わない。

この手にかけてきた命、罪の清算をするその日まで、信念に従って、生きる。

やっと、生き方を、見つけることができた。

『《我、命を奪い去る者《La Mort》》』

無表情なアルクの顔に重なるように浮かんだ、かつての彼の無邪気な笑顔を振り切り、半透明の刃を展開。

眼帯を取り、懐にしまう。アルクの回復魔法のおかげで、瞼は治っていた。

鎌を構えながら、金と蒼の瞳で、アルクを真《ま》っ直《す》ぐ見据える。

アルクの蒼い瞳は、そんなミミの視線を呑み込んだ。

殺し合いは、音もなく始まる。

いつだってこの組織の人間たちは音を消す。自分の存在を消す。思考は命を奪い取ることにのみ研ぎ澄まされ、洗練され、鈍い光を放つ。

いつかの訓練とは違う、命をかけた戦い。

両者とも補助的に攻撃魔法を使い、基本は身体強化魔法を使った肉体で得物を振るう。

同じ戦闘スタイルだからこそ、実力差が浮き彫りになる。

前回は途中まで互角だったはずなのに、今は序盤でもう苦戦を強いられていた。

負傷していることにより、動きにノイズが生じているのだ。アルクは怪我をしている状態での戦いに慣れている。片やミミは実戦でここまでの相手と相対したことがほとんどなく、これまでの戦闘のほとんどを無傷で切り抜けていた。

経験の差が出た。このままでは、あっけなく死ぬ。

ミミがそう悟った瞬間。

湖の真上。花咲き誇る天井に開いた穴の一つから、幾筋もの雷がアルクに振り注《そそ》ぐ。

アルクはその全てを、ミミを相手取りながら俊敏な動きで避《よ》けた。

「コードネーム22か。裏切り者どもが。まとめてかかってこい」

「ニイニ！　なんで来たの！」

ふわりとミミの傍《かたわ》らに降り立ったのは、腕に稲妻のような傷痕が走る男。

「探知魔法が全然利《き》かなかったから、捜すのに苦労したんだぞ」

「今すぐ逃げてください！　死にますよ！」

「それはこっちのセリフだ！　妹分《いもうと》を見捨てるわけにはいかない！」

「ニイニには本物の妹がいるじゃないですか！」

「その妹に送り出されたんだよ。ミミと二人で帰ってくるように、ってな！」

眠っていたニイニは、アメリアによって起こされた。アメリアはミミを見送った後、やはり一人で行かせるわけにはいかないと思い直し、家の薬箱から、解毒薬ときつけ薬を持ってきてニイニに服用させたのだった。

二人が言葉を交わせたのはそこまでだった。悠長に話している二人をアルクがただ傍観するはずもなく、湖の水から生成した氷の矢と投擲《とうてき》用のナイフが雨のように降《ふ》り注ぐ。その攻撃に乗じて、アルク自身も大型のナイフを構えながら突貫。

組織の殺し屋は基本、単体で動く。そのため連係は不慣れ。いくら仲の良いミミとニイニでもそれは例外ではない。

アルクはミミを狙った。より力の弱い方を。先に殺してニイニとの一対一に持ち込むために。

それを察してニイニはミミより前に出る。

殺すための動きではなく、守るための動き。

その動きは実力差があり、有利な状況を作れていなければ、ただの隙と化す。

ニイニの左腕が宙を舞う。続いて右脚が。

倒れ伏す寸前に、ニイニはミミに向かって言葉を投げかけた。

「思い出せ、ミミ、これまでの、出会い、魔法、あえて、隙、見せ……」

ニイニがとどめを刺される前に、ミミがアルクに肉薄。

これからはニイニに意識を向けさせないよう、アルクを攻め続けなければならない。

戦力差を埋めるためには、どうすればいい。

先ほどのニイニの言葉。それがヒントになるはず。

ミミの頭に浮かんだのは、これまで出会ってきたターゲットたちの顔だった。

『《隠影《ハイド・スキア》》』

この魔法を自らにかけると共に、他の隠密系魔法を解除する。アルクからすれば姿が見えずともその他の感覚器で感知できるため、丸見えのようなものだった。

ミミのその行動の意図がアルクには分からなかったが、好機とみて一気に距離を詰める。

ニイニから気を逸らせるために、隙を見せ攻撃を誘発させるのが目的だった。

『《加速《アクセラ・ラピドゥス》》』

アルクの刃が届くギリギリを見極め、地面に散らばっている五本のナイフを遠隔操作する。

アルクが投擲したナイフを避け際に触れて、魔法をかけておいたのだ。

操作したナイフは全て避けらてしまったが、結果的にアルクに距離をとらせることができた。

ミミはフードを下ろし、銀色のカチューシャにはめ込んである手裏剣を投擲。

追尾魔法は単純に相手を追うだけのため、軌道を読まれやすい。

そのため、遠隔操作しているナイフを手裏剣にぶつけ、軌道を逸らすことで命中を狙う。

アルクは魔力を身体強化魔法にのみ使い、ミミの投擲武器を振り切り迫ってきて、超高速でナイフを振るう。

『《変身《メタモル・イデア》》』

ミミは勝つために賭《か》けに出た。この魔法を使えるかどうか、五分五分だった。

魔法は料理に例えられることがある。魔力という材料があり、祝詞によって示された完成図を目指して、魔力を練る。この魔力を練るという過程が難しく、切る、焼く、煮る、蒸す、乾燥させる、のように、数ある調理方法の中から、最適なものを選ばなければならない。魔法は創作料理のようなもので、他人は真似《まね》できないはずだが、稀《まれ》に同じ魔法を使える者たちがいる。大抵は恋人関係や家族関係にある者同士。あるいは、幼い頃より同門で修行を積んだ者。

魔法を真似るには、相手のことを深く理解しなければならない。歩み寄らねばならない。あの人だったら、こんな風に調理するだろう、と予想できるほど。

ミミは、アルクの攻撃を、身体を縮めることで避けた。アルクのナイフが空を切った瞬間、魔法を解除して元の身体に戻り、鎌の刃をアルクの首元に添える。

ミミは、賭けに勝った。

「少しでも動けば、その瞬間に首を刎《は》ねます」

鎌の刃に血が一筋通り、刃先から滴り落ちた。

「なぜ殺さない。即座に殺せと教えたはずだろう」

アルクの表情は全く変わっていない。死に瀕《ひん》している今も、虚無しか浮かんでいなかった。

「なぜ、でしょう。殺す前に、あなたが幸せになれる方法を、探したいのかもしれません」

「私が幸せになれる方法は、貴様ら裏切り者が死に、組織の安定が保たれることのみだ」

「どちらも難しいです。それ以外では何かありませんか。私はあなたを殺した後、組織を抜け、一人で、国や軍警察が裁けない悪を裁くという、組織の理念に従って生きるつもりです。協力できませんか」

「だからなんだ。私が喜ぶとでも思ったのか。お前一人でできることなどたかが知れている。お前がしていたことは知っていた。ターゲットをギリギリまで生かしていたそうだな。実害がなく、一度たりとも任務を失敗したことがなかったから、見逃していた。無意味な行動だ。結局、ターゲットはお前の手で死ぬ。何も残らない。結局独りになるなら、組織に居続けた方がいいだろう」

「いいえ。遺《のこ》るものはあります。私には何もないと思っていました。でも、持ってました。ターゲットが遺してくれた思い出たちです。私は、思い出と共に生きてゆけます」

猫耳フードが、チョコクッキーの味が、オルゴールのメロディが思い出させてくれる。

寂《さび》しくない。そう思える。

アルクの瞬《まばた》きが多くなった。

「そう思えるのは、強さだ。私はそこまで強くはない」

「一人の人間をそこまで想うことができるあなたは強いです」

「そんなことはどうでもいい。ネモともう会うことのできない、こんな世界も。もういい、早く殺せ」

「殺す前に、何か私にできることはありませんか」

「あるはずがない。情けなど無用」

アルクは目を閉じ、死が訪れる瞬間を待っている。

ミミは、動けなかった。

自分の意志で人を殺す。そう決心したはずなのに、いざ行動に移そうとすると身体が言うことを聞いてくれない。

「早く殺せ。貴様にも譲れないものがあるのだろう。その想いに準じてみせろ！　殺さぬなら、私が貴様を殺す！」

アルクの手が動き出したのを見て、反射的にミミは鎌を振るった。

首が飛ぶ寸前、アルクの唇が『それでいい』と動くのが見えた。

ミミは、振り抜いた姿そのままに、鎌を取り落とした。カラン、と洞窟内に音が響く。

殺し合いが、終わった。自らの意志で、人を殺した。

ミミは、瞼を震わせながら、視界を閉じた。

「アルクのやつ、逝《い》ったか。お前のおかげで、在りし日のネモとアルクと交わした約束を果たせた。道を踏み外したアルクを止めることができた。感謝する」

身体を引きずるように、デュオが歩み寄ってきた。

「感謝されるいわれはありません。私がしたいから、しないといけないと思ったから、したまでです。ただそれだけなんです」

「あいつ、最期に何て言ってた」

「ネモのいない世界など、どうでもいいと」

「だと思ったよ。クソ、何年かけてもダメだった。あいつを救えなかった。何をしても、あいつの心にはネモしかいなかった。分かり切ってはいたんだ。いたんだが……」

デュオは、アルクの首と胴体を抱き寄せ、嗚咽《おえつ》を漏らした。

ミミはフードを深く被《かぶ》り、その場から立ち去った。

一人になったデュオは、ひとしきり涙を流した後、首と胴体を縫合し始めた。

せめて、死に化粧くらいは、オレが。

縫合し、清拭したところで、ようやくアルクの顔を見ることができた。

デュオは息を止めた。

「ネモが死んでから、そんな顔、一度たりとも見せなかったのにな」

デュオは、最期になってようやく、アルクの本当の願いを知ってしまった。

アルクはずっと死にたかったのだ。

ネモに会えない絶望を断ち切り、ネモに会いに行きたかったのだ。

そして、自分を断ち切ってくれる相手も、ミミでなければならなかった。

デュオはボロボロに傷ついていたアルクの眼帯を外した。

金色の瞳。

ミミと全く同じ。右目が金色、左目が蒼色。猫のようなオッドアイ。

デュオは、ミミにずっと言えなかったことがある。

アルクの過去について語って聞かせた時、あえて話さなかった。

敵対組織に襲撃にあった際、拠点にいたネモが、万全に戦える身体じゃなかったのは、身籠《ごも》っていたから。アルクとの子を。

死に体のネモから、子どもだけでも、と頼まれたデュオは、回復魔法を使いながら、何とか赤子を取り上げた。死の間際《まぎわ》にネモが赤子の顔を見ることができたのか、できなかったのかは、今でも分からない。

デュオは当然、アルクに赤子を渡そうとした。

しかしアルクは全く赤子に愛情を示そうとはしなかった。

アルクの中にはネモしかいなかった。組織を守るという使命でしか動けなかった。

デュオも組織の立て直しのため忙しく、赤子を育てている余裕はなかった。

だから、組織の施設に預けることにしたのだった。

ネモが死んでから組織は急速に変わっていき、実働班の戦闘力を上げるための手術も開発された。もちろんそれにデュオも噛《か》んでいた。

身体能力、魔法効率を上げるその手術の代償は、生殖能力を失うこと。

今でもメスを入れた日のことを覚えている。

殺し屋にとっては必要なこと。生存率を上げることができる。この子を守ることに繋がるのだと言い聞かせながら。

アルクもアルクで、自分で育てようとはしなかったくせに、戦闘の手ほどきだけはした。

今回の件だって、部下を引き連れてくればいいもの、単独でミミを追った。

「身勝手な男だ。娘に背負わせて、自分だけそんなに満ち足りたような顔しやがって」

デュオはアルクの目を閉じさせ、懐から取り出した新しい眼帯を、右目に着けた。

「ありがとな、ミミ。お前のおかげで、こいつは望んだ形で終わることができた」

なぁネモ。数えることを諦めるくらい、お前が生きてたら、と思ったよ。

お前の旦那は、オレの友は、娘に介錯《かいしゃく》を頼むような愚か者だ。

だから、そっちで叱っておいてくれ。改心させてやってくれ。

そんで、いつか先の未来、ミミがそっちに行ったら、二人で温かく迎えてやってくれ。オレとの約束だ。

アルクとの別れを済ませたデュオは、ミミを呼ぼうと立ち上がった。
その気配を察して、瞬時にミミが傍らに現れる。
「私に弔わせてもらえませんか？」
デュオは指先をアルクの亡骸《なきがら》から逸らし、深く頷いた。
ミミはあえて強化魔法を使わず、その重みを感じながら、湖の中へ入っていく。
足がつくギリギリまで進み、手を離す前にアルクの顔を眺めた。
無表情に見えて、あなたは常に険しい表情をしていたのですね。
どことなく私と似たものを感じるのは、あなたも私も、天涯孤独だからでしょうか。
殺す前に、少しでもあなたを幸せにしてあげたかった。
ミミは、穏やかな表情を浮かべるアルクを、湖の底へ。
アルクの顔が見えなくなったところで、鎌を展開。目を閉じ、捧《ささ》げ持つ。
「《汝の旅路に幸あらんことを《Bon Voyage》》」

終章 殺し屋の少女

湖から上がったミミは、横になって身体《からだ》を休めているデュオの近くに腰を下ろした。

二人でしばらく湖を眺める。ひと際大きな滴が湖に落ちたのをきっかけに、ミミはデュオに向き直った。

「ニイニの容体は。呼吸、脈拍等安定しているように見えましたが」

ミミはあの激しい戦闘の最中でも、周囲に注意を向けていた。

左腕と右脚を切り落とされたニイニを、デュオがすぐに回収し、手当てをしていたことは知っていた。

デュオがアルクの遺体を整えていた間、ミミは意識のないニイニを見守っていた。

「一命はとりとめられた。応急処置しかできなかったから、この後、オレの体力が回復次第、ここを抜け出して診療所で本格的に手当てする。ったく、二度もあいつの命を救うことになるたぁ、これも運命かね」

ミミは座りながらデュオに頭を下げた。

ニイニを死なせてしまったら、アメリアに合わせる顔がなくなる。

「これから組織はどうなるのでしょう。今後も、私やニイニを処分しに来るのでしょうか」

「どうだろうな。三代目のボスの意向による」

「もう次期ボス候補は決まっているのですか」

「順当にいくならオレだろうな。唯一生き残っちまった創始者メンバーだし、組織のことを誰《だれ》より知ってる。でもオレはボスなんかやりたくねぇ」

「では誰が」

「いいか、コードネーム33。お前と、コードネーム22が組織から絶対に狙《ねら》われなくなる方法が一つある。何か分かるか」

話の流れから考えるに、一つしかなかった。

「私かニイニに、ボスになれと？」

「そうだ。実質的な運営はオレがやるから、あくまでお飾りの、ってことにはなるが。コードネーム33がボスで、22がボスの補佐役ってのが丸い。お前はアルクを殺した実績により、その卓越した戦闘力は誰もが認めるはずだ。組織を裏切った経緯と、アルクが裏で何をしていたかが明かされれば、反発する者もいなくなる。そもそも反発するやつはオレが黙らせるがな。むしろ祭り上げられるかもしれない。いざとなったら組織最強の人間、ボスが出張ってくるってことを考えると組織の皆も安心だろ」

「困りましたね。私はこの国を出て、一人で殺し屋を続けるつもりだったのですが」

ぼんやりと考えていた、組織を抜けた後の生活。

個人で殺し屋を続ける。ただし、ターゲットは、重罪人のみ。

ひとところに留《とど》まらず、旅をしながら。

「そうか。なら、籍だけ残しておいてくれねぇか？　書類上ではボスってことで」

「いいですよ。それに、ひとまずは近隣諸国を回るつもりなので、難易度の高い任務が発生した場合、便りさえいただければ駆けつけます」

「それは助かる。組織に帰ってきたくなったら、いつでも帰ってこい。すぐにボスの席に座れるようにしておく」

帰る場所がある。そう思ったら、口元がほころびそうになった。

「気が向いたら帰ってきます」


洞窟から脱出して、三ヶ月が経過した。

今日は、ミミの門出の日。

大人二、三人で運ぶような大荷物を背負ったミミを見送るのは、デュオただ一人。

木々に囲まれた本部の入り口。夜が明ける、ほんの少し前。

「餞別《せんべつ》だ。持ってけ」

デュオは、ミミが気に入っていたレコードを差し出す。

ネモが好んで聴いていたレコードだった。ミミがお腹の中にいる頃も聴いていて、もっとこのレコードを聴かせろ、と腹を蹴《け》るのだと笑っていた。

かなり昔のレコードで、現在は入手困難。デュオにとっても大切なレコード。これを聴くと、青春時代の記憶が蘇《よみがえ》る。満ち足りていたあの頃に戻ることができる。

それをミミに渡すことに、一切躊躇《いっさいちゅうちょ》しなかった。

このレコードは、ミミに安らぎをもたらしてくれるだろうから。

神妙な面持ちのデュオに、ミミは何かを感じ取り、両手でゆっくりと受け取った。

「ありがとうございます。大切にしますね」

「オレの好きな曲だから、帰ってきたときにまた聴かせてくれ」

「もちろんです。忘れないように持っていきますね」

ミミもデュオに何か渡したいと思い、カバンからあるモノを取り出す。

「それ、どうしたんだ」

「フェリキタス使用時のアルクからもらいました。デュオが持っていた方がいいかと」

デュオは、眼帯を手の平にのせたミミの指を、握って閉じさせた。

「お前が持っておけ。あの頃のアルクにもらったんだろ」

眼帯を見ると目に浮かぶ。湖に咲き誇る花畑を。はじめて自分の意志で殺した人間のことを。

ミミは、アルクに眼帯を着けてもらったことを思い出しながら、カバンにしまい直した。

空の色が変わり始めた。それを見て、ミミはデュオに背を向けた。

「それでは、行ってきます」

「おう。元気でな」

「また、いつか」

ミミは清々《すがすが》しい気持ちで一歩を踏み出した。

もう組織に頼る必要はない。

『自分』という居場所がある。

揺るがない自分自身という存在がある。

そんな自分を形作《かたちづく》ることができたのは、これまでの全《すべ》ての出会いのおかげだ。

飛空便を利用すべく空港に向かう途中の三叉路で、ミミは足を止めた。

「よっ。ちょっと遅かったな」

道の分かれ目にある標識の上に、一人の青年が立っていた。

「のんびり歩いてきましたから」

「そっか。もう急がなくていいもんな」

「義手と義足の調子はどうですか？」

「すこぶる良いよ。デュオはすごいね。こんな高度なものを設計できるなんて」

「それを形にするニイニもすごいです。自分でメンテナンスできるのは強みですね」

「おかげでデュオのもとを離れて、こうやってミミと旅に出られる」

ミミと同じように大量の荷物を背負ったニイニは、軽《かろ》やかにミミの隣に降り立った。

「背中の荷物、持ちましょうか？」

「逆に僕がミミの荷物を持つよ。ミミの記念すべき門出の日だからね」

「いいんですか？　結構重いですよ？」

「任せて。それくらいなら身体強化魔法使わなくても余裕だよ」

「ありがとうございます。では、お言葉に甘えさせていただきますね」

ミミは、背負っていた荷物をニイニに渡した。

二人は連れ立って歩き始める。行く道は同じだった。

「本当に良かったんですか？　私と来て」

「いいんだよ。僕は書類上、ミミのお付きってことになってるしね。妹《いもうと》分を一人で旅に行かせるわけにはいかないよ。それにミミも僕と一緒の方が好都合のはずだ。一人で殺し屋をやるとなると、依頼主との交渉や、情報収集、事後処理、書類関係と雑務が多い。今のところ殺し屋に復帰するつもりがない僕にとって、ミミのサポートをする仕事はもってこいなんだ」

ニイニは、義手義足になったことに加え、これまでのボス案件で一般人を手にかけていたことを知り心痛を感じていたため、しばらく殺し屋を休むと言っていた。殺してしまった罪なき人たちを偲《しの》びながら過ごしたいそうだ。

「せっかく家も買ったのに？」

「あの家を買ったのは、帰ってくるはずのないアメリアを待つため。生きて再会できたから、もういいんだ」

涼しげな顔でそう言うニイニ。

ニイニが旅に同行することを知らされたのは昨日の深夜。未《いま》だ信じられない。

「アメリアは何と?」

「そりゃあ複雑そうな顔をしてたよ。でも最後は納得して、笑顔で送り出してくれた。一年に一度は会う約束をしたおかげかな。その時は組織の力を借りつつ、細心の注意を払わなきゃ」

昨夜の会話を思い起こす。

アメリアは、義両親のもとに戻る。ニイニはデュオに事の顚末《てんまつ》を聞き、元とはいえ殺し屋と一般人が一緒にいることは大きなリスクだと感じ、アメリアと離別することを決意。デュオや組織の情報班と協力し、戸籍等、ニイニとアメリアが兄妹であることを証明するものを全て消した。そこまでは聞いたはずだ。

「ようやく再会できたのに。寂《さび》しくはないんですか?」

「お互いに死んだと思ってたんだ。直接話せる。会える。それだけで十分幸せなんだ。離れていても、お互い生きている。この世界に存在している。それが分かっているだけでいいんだ」

アメリアも同じことを言いそうだと、ミミは思った。

ミミは二ヶ月ほど前、義手、義足を着ける前のニイニを背負って、アメリアに生存報告をしに行った。その際、アメリアは、ニイニと同じように、ミミを抱きしめた。あの時のアメリアの嬉《うれ》し涙《なみだ》は、朝日を反射して輝いていた。

ニイニとアメリアには、二人仲良く暮らしてほしかった。

そう思う一方で、家族のように接してくれる人が隣にいることに、浮き足立ってしまう。

「アメリアが納得しているのならいいです。それではニイニ、これからもよろしくお願いいたします」

「そんなにかしこまらなくていいって。よろしく、ミミ」

その会話以降、二人は歩幅を合わせて歩きながら、思いつくままに話をした。

土の匂《にお》い、頰《ほお》を撫《な》でるそよ風、形を変えながら流れる雲。

生きているから、感じられる。

そのことに感謝しながら、死者を想《おも》う。

「その姿、久しぶりに見たな」

ニイニは、感慨深そうにミミの服装に言及した。

ミミは任務服を着ていなかった。

白いブラウスと紺のロングスカートが、風でふわりと揺れる。

「クッキー、いかがですか。私が焼いたんですよ」

「もらうよ。おっ、美味《うま》い」

小さな袋から取り出したチョコクッキーをかじる。

「音楽、かけていいですか」

木箱を開け、ネジを巻く。

「オルゴールの音？　何か落ち着くね、このメロディ」

「お気に入りの曲なんですよ」

寄り添って歩く二人は、兄妹のように見えた。


今日もこの世界のどこかに、音もなく現れる。

猫耳フード、猫尻尾《しっぽ》。

右目が金色、左目が蒼《あお》色のオッドアイの少女が。

そして、誰かの耳元でこう囁《ささや》くのだった。


「一週間後、あなたを殺します」

終わり

あとがき

私は、ライトノベルが大好きです。

中高生の頃、ライトノベルに出会いました。衝撃でした。こんなに面白いものがあるのか、と。夢中になって読みました。お小遣いもお年玉も全てライトノベルの購入に充てました。

心の底から震えるライトノベルに出会い続けるために、自分は生きていると感じました。

大学生の頃、辛いことがありました。その時、なぜか私は筆を執りました。

ずっと好きだったライトノベルを、自分で書いてみたい。ライトノベル作家になりたい。そう思ったのです。

それから私はひたすら書きました。初めて長編を完成させた時、あまりに楽しくて、嬉しくて、涙が出ました。

書くことが、夢を追うことが、生きがいになりました。

社会人になってからは、出勤前に書き、休憩時間に書き、退勤後に書き……。そんな生活を送っていた私は、応募を始めてから五年間、一次選考を通過することができませんでした。

六年目。最終選考で落選した私は、仕事を辞めました。貯金が尽きるまで夢を追おうと決めたからです。その二年後。貯金が尽きました。夢を諦め、再就職してから半年後、一本の電話がかかってきました。その電話の主は――。

ＧＡ文庫編集部の皆さま、並びに担当編集の及川さん。私をライトノベル作家にしてくださって、ありがとうございます。おかげさまで、両親に、私を生んでくれてありがとう、生まれてこなければ、こんな幸せを味わうことはできなかった、と感謝を伝えることができました。これからも何卒よろしくお願いいたします。夢の続きを、長く、長く見られるよう、精進してまいります。

イラスト担当のあるてら先生。初めてカバーイラストを拝見した際、あまりの美しさに息を呑みました。素敵なイラストの数々を、ありがとうございます。

これまで応募作を読んでくれた友人、モチベーションを高め合ってきた焼肉会の皆、支えてくれた家族、本作に携わっていただいた皆さまに、感謝を。

私は、ライトノベルが大好きです。ライトノベルに救われてきた人生です。これまで読んできた全てのライトノベルと、そのライトノベルを作ってきた方々にも、感謝申し上げます。

最後に、ここまで読んでくれたあなたに、心からのありがとうを。二巻でまたお会いできたら、嬉しいです。

ところで、人生は、旅にたとえられることがあります。

また会う日まで、どうか、お元気で。

「《汝の旅路に幸あらんことを《Bon voyage》》」

ファンレター、作品の
ご感想をお待ちしています

〈あて先〉

〒105-0001
東京都港区虎ノ門2-2-1
ＳＢクリエイティブ(株)
GA文庫編集部 気付

「幼田ヒロ先生」係
「あるてら先生」係

本書に関するご意見・ご感想は
右の QR コードよりお寄せください。

※アクセスの際や登録時に発生する通信費等はご負担ください。

https://ga.sbcr.jp/

一週間後、あなたを殺します

発　行　　2024年7月31日　初版第一刷発行

著　者　　幼田ヒロ
発行者　　出井貴完

発行所　　SBクリエイティブ株式会社
〒105-0001
東京都港区虎ノ門2-2-1

装　丁　　AFTERGLOW

印刷・製本　中央精版印刷株式会社

定価はカバーに表示してあります。

ISBN978-4-8156-2631-0
Printed in Japan　　GA文庫

試読版は
こちら!

第17回 GA文庫大賞
GA文庫では10代~20代のライトノベル読者に向けた
魅力溢れるエンターテインメント作品を募集します！
書く、その先へ。
イラスト／はねこと
大賞賞金300万円+コミカライズ確約！
全入賞作品を刊行までサポート!!
◆ 募集内容 ◆
広義のエンターテインメント小説（ファンタジー、ラブコメ、学園など）で、日本語で書かれた未発表のオリジナル作品を募集します。希望者全員に評価シートを送付します。
※入賞作は当社にて刊行いたします。詳しくは募集要項をご確認下さい。
応募の詳細はGA文庫公式ホームページにて
https://ga.sbcr.jp/